Valla

Zwischen Hölle und Fegefeuer

Ein Roman von

Lisa Lamp

Bibliografische Information der Deutschen Nationalbibliothek:
Die Deutsche Nationalbibliothek verzeichnet diese Publikation in der Deutschen Nationalbibliografie; detaillierte bibliografische Daten sind im Internet über http://dnb.d-nb.de abrufbar.

Valla – Zwischen Hölle und Fegefeuer
Lisa Lamp

Erstausgabe
März 2021

D-74889 Sinsheim
info@DerFuchs-Verlag.de
DerFuchs-Verlag.de

ISBN 978-3- 96713-004-1 (Taschenbuch)
ISBN 978-3- 96713-005-8 (ePub)

Für Alex

Das Schicksal spielt mit den Menschen und bringt sie an ihre Grenzen, aber manchmal gibt es ihnen auch etwas, von dem sie gar nicht wussten, dass sie es brauchen. Ich bin froh, dass das Schicksal unserer Familie dich geschenkt hat. Es war die vorherigen Strapazen wert.

Kapitel 1

Valla

Warum regst du dich so auf? Wenn du mit mir schlafen willst, dann sag es einfach! Oder hör auf, dich zu beschweren, was ich mit anderen tue. Diese Show ist selbst für deine Verhältnisse lächerlich!«, schrie Elijah mir lachend entgegen und erntete von den umstehenden Mitschülern regen Zuspruch.

Die Mädchen um ihn kicherten, seine Freunde grölten und irgendwer gab ein anzügliches Pfeifen von sich. Sie fanden Elijahs Worte schlagfertig und feuerten ihn wie einen Helden an, der ein Monster in die Flucht geschlagen hatte. Leider war ich in diesem Fall das Monster. Waren sie nicht irgendwann davon genervt, ihn anzuhimmeln und mich wie eine Aussätzige zu behandeln?

Ich hatte für ihn nur ein müdes Lächeln übrig. Jeden Tag dieselbe Scheiße. Ich war es leid, mich mit dem Obermacker der Teufelsanwärter zu zanken. Es war vergeudete Zeit und vermieste mir den Tag. Immer wieder nahm ich mir vor, mich nicht provozieren zu lassen und ihn zu ignorieren, doch das war fast so wie zu versuchen, nicht mehr zu atmen. Ein paar Augenblicke war es erträglich, aber dann wurde der Drang, nach Luft zu schnappen, übermächtig und man musste ihm nachgeben.

Auch heute hatte ich es wieder nicht geschafft, meinen Mund zu halten. Ich hatte mich mit Silvania an einen der hintersten Tische im Klassenzimmer gesetzt, in mein Sandwich gebissen und es gleich darauf wieder ausgespuckt. Anfangs hatte mich Elijahs Anwesenheit nicht gestört. Natürlich war es zum Haareraufen, dass wir gezwungen waren, im gleichen Raum zu sitzen. Aber das war auszuhalten. Manchmal. Ich hatte ihn kaum bemerkt. Es geschah schließlich nichts Ungewöhnliches. Teufelsanwärter waren dafür bekannt, über die Stränge zu schlagen und sich der Wollust hinzugeben. Kein Wunder, sie nahmen an, sich alles erlauben zu können, nur weil sie von Luzifer persönlich abstammten. Dass Dämonen eigentlich die Arbeit in der menschlichen Welt erledigten, wurde dabei ignoriert.

Zur Abwechslung war es jedoch nicht seine Großkotzigkeit wegen seiner Herkunft, die mich in Rage versetzt hatte, sondern sein unerreichbarer Egoismus. Der Nacken einer schwarzhaarigen Dämonin, die rittlings auf seinem Schoß gesessen hatte, war von seinen Lippen liebkost worden. Ihre Hände waren auf seine Brust gestützt gewesen und den Kopf hatte sie genüsslich nach hinten gelegt. Ihre Krallen waren in sein Hemd gebohrt, dessen ersten drei Knöpfe weit offenstanden und eine gute Sicht auf seine rasierte Brust freigaben. Die Dämonin hatte wie eine Pornodarstellerin gestöhnt, als Elijah ihren Hals abgeschleckt und seine Lippen auf ihre gedrückt hatte. Grob hatte er seine Hand in ihrer Haarpracht vergraben und an den einzelnen Strähnen gezogen, um den Kopf beim Kuss zu navigieren. Liebevoll wirkte es nicht, dennoch erfüllte das Keuchen der Frau den Raum, sodass das Schmatzen der Essenden übertönt wurde. Wobei die meisten die Freistunde sowieso nicht mehr nutzten, um zu essen, sondern dem Geschehen folgten und gafften, als wären wir im Zirkus und die beiden Küssenden die Hauptattraktion. Widerlich!

Das rote Kleid der Schwarzhaarigen hatte zwar Elijahs offene Hose kaschiert, aber die Geräuschkulisse ließ keinen Zweifel daran, was die beiden trieben. Teufel sei Dank hatten die jüngeren Schüler gerade Unterricht. Besaß Elijah keinen Anstand? Oder zumindest Respekt vor seinen Mitschülern? Wieso fragte ich überhaupt? Natürlich nicht. Es war ihm egal, dass zwischen dem ersten Unterrichtsblock und dem Zweiten nur wenig Zeit zur Verfügung stand, in der ich versuchte, mein Käse-Salat-Sandwich hinunterzuwürgen, mich mithilfe einer Flasche Wasser vor dem Verdursten zu retten und mich auf die Überprüfung in der kommenden Einheit vorzubereiten. Und danach wollte ich auch noch pünktlich zum Unterricht erscheinen.

Als die Dämonin wieder gestöhnt und mich somit von meinen Notizen abgelenkt hatte, die vor mir ausgebreitet waren, riss mir der Geduldsfaden. Ich war aufgesprungen, auf das Pärchen zugegangen und hatte sie allerliebst gefragt, ob sie ihre Aktivitäten unterlassen könnten. Na schön, vielleicht hatte ich auch wütend geknurrt, dass sie den Scheiß gefälligst zuhause machen sollten. Und nun stand ich hier und wurde von diesem Gigolo beleidigt. Dieser Vollarsch! Als würde ich es auch nur in Erwägung ziehen, jemals mit ihm das Bett zu teilen. Oder in diesem Fall den Stuhl. Ob er wenigstens darauf achtete, immer denselben zu nehmen? Wenn nicht, hoffte ich, dass die Sitzgelegenheiten regelmäßig von irgendjemandem gereinigt wurden.

»Sei versichert, dass du der Letzte wärst, mit dem ich schlafen würde. Mach dich nicht lächerlich, du egomanischer Mistkerl. Ich möchte nur nicht dabei sein müssen, wenn du eine von deinen Schnallen auf dem Tisch knallst. Es gibt einige, die hier essen wollen. Habt so viel Anstand und verpisst euch!«, konterte ich und warf der Dämonin einen mitleidigen Blick zu.

Sicher, in mir loderte der Hass und sie war daran nicht unschuldig. Allerdings konnte ich ihr kaum böse sein. Nicht, wenn ich mir vorstellte, was ihr noch bevorstand und wie ahnungslos sie sein musste. Jeder wusste, dass Elijah Dämonen hasste. Für ihn waren sie nicht mehr wert als der Dreck unter seinen Fingernägeln. Zum Ficken reichten die wechselnden Mädchen ihm, doch aus ihnen wurden nie mehr als zufällige Bekanntschaften. Trotzdem versuchte jeden zweiten Tag eine von den beratungsresistenten Dumpfbacken, den Playboy zu belehren. Sie dachten wirklich, dass er sich nur für sie ändern würde, weil gerade sie die Eine waren. Als würde es die Richtige oder den Richtigen überhaupt geben. Na ja, das Ende vom Lied war aber immer das gleiche: Elijah änderte sich nicht und eine weitere meiner Rasse war gezwungen, mit der Schmach zu leben, sich wegen eines One-Night-Stands erniedrigt zu haben.

Die heutige Auserwählte kannte ich sogar, wobei kennen zu viel gesagt war. Ich wusste, wer sie war. Wir waren im selben Beschwörungskurs für körperlose Seelen und Monster der Unterwelt, da sie im letzten Halbjahr nie in ihrem Kurs erschienen war und nun die Stunden bei uns nachholen musste. Verflucht! Bildete ich es mir ein oder wurden die Mädchen immer unreifer? Hatte er sich schon durch unsere Altersgruppe gefickt, sodass er auf die nächsten Generationen zurückgreifen musste? Sie war beinahe drei Jahre jünger als ich und wusste noch nicht einmal, ob sie in der Hölle bleiben durfte. Hätte er nicht wenigstens bis zu ihrem siebzehnten Geburtstag warten können, wenn ihr der Dämonenstein umgehängt wurde und leuchtete? Strahlte er nicht in einer blutroten Farbe, würde ihr Gedächtnis gelöscht und sie auf die Erde gebracht werden, wo sie als normale Frau weiterleben musste, obwohl ihre Eltern zwei Höllenbewohner waren. Sie wäre allein, auf sich gestellt. Man würde ihr eine neue Identität verpassen. Vielleicht als Prostituierte in einem Bordell oder als Obdachlose, die unter einer Brücke hauste. Sie würde alles vergessen. Ihren Namen, ihre Familie, ihr Leben. Und dank Elijah auch noch ihre Entjungferung. Ein grausames Schicksal, vor dem ich mich immer gefürchtet hatte. Zum Glück war das vorbei.

»Der Letzte? Wohl eher der Erste, Schätzchen. Es gibt niemanden, der eine Beißzange wie dich freiwillig anfassen würde. Sei froh, dass ich dir gestatte zuzusehen, wie Leidenschaft aussieht! Näher wirst du dem Genuss nie kommen.«

Trotz der Wut in mir achtete ich darauf, dass meine Miene ausdruckslos blieb. Kein Gesichtsmuskel durfte auch nur zucken. Elijah sollte nicht wissen, dass seine Beleidigungen mich trafen. Er war der Grund dafür, dass sie der Wahrheit entsprachen, und ich hätte nicht erwartet, dass gerade er diesen Umstand gegen mich verwenden würde. Vor allem nicht nach dem, was zwischen uns vorgefallen war. Niemand wollte mich anfassen? Richtig. Aber vor ein paar Jahren war das noch anders gewesen. Da hatten die Männer bei mir Schlange gestanden und mich angeschmachtet, obwohl ich sie reihenweise verschmäht hatte. Bis auf einen. Und der machte mir nun das Leben schwer.

Elijahs Gesicht verzog sich zu einem gemeinen Grinsen, während er zwischen sich und die Schwarzhaarige griff, mit seinen Händen die Hose wieder über seinen Schwanz zog und die Dämonin anschließend von seinem Schoß schubste. Sie gab einen überraschten Ton von sich und sah mit rot gefärbten Wangen an sich herab, um ihr Kleid glatt zu streichen. Wovor hatte sie Angst? Dass irgendwer unbeabsichtigt ihren Hintern zu sehen bekam? Der Zug war abgefahren. Wahrscheinlich konnten sich alle im Raum bereits ein ungefähres Bild davon machen, wie die Schönheit nackt aussah.

Die Knöpfe von Elijahs Hose standen offen, sodass ich sofort wusste, dass er eine dunkelrote Boxershorts trug. Jedoch hielt ihn das nicht davon ab, aufzustehen und sich mir zu nähern, bis kaum noch Platz zwischen uns war. Er stand plötzlich so nah vor mir, dass ich jedes Detail an ihm betrachten konnte. Elijah sah attraktiv aus – was ihm nur allzu bewusst war –, aber der verklärte Schlafzimmerblick setzte nochmal eine Schippe drauf. Seine schwarzen Haare hingen zerzaust in sein gebräuntes Gesicht und bildeten einen warmen Kontrast zu den glühenden Augen, die wie Feuer zu lodern schienen. Sie waren nicht gänzlich rot, immer wieder mischten sich gelbe und orangene Funken in seine Iris, die seine Augen zu einem Spektakel machten. Seine kantigen Gesichtszüge und die gerade Nase passten zu seinem arroganten Gehabe. Sie bissen sich jedoch mit der Hose, die unter dem Arsch hing, als könnte er sich nicht richtig anziehen.

Trotzdem musste ich zugeben, dass er gut aussah. Besser als alle anderen Dämonen und Teufelsanwärter. Seine Erscheinung raubte mir den Atem. Er war sexy, böse und kümmerte sich nicht darum, was andere dachten. Und das störte mich. Es machte mir Angst. Ich sollte nicht so denken, sonst landete ich nächste Woche noch an der Stelle der Schwarzhaarigen und heulte mir hinterher die Augen aus, weil ich nicht auf meinen Verstand gehört hatte.

»Mein Fehler! Danke! Danke vielmals, oh großer, mächtiger Elijah, dass du zulässt, dass wir dir bei der einzigen Beschäftigung zusehen dürfen, die du draufhast«, sagte ich und war stolz, wie sicher meine Stimme klang.

Ich sprach mit Absicht eine Oktave höher, um meinen Sarkasmus zu verdeutlichen. Dennoch ging ich einen Schritt zurück, um mehr Abstand zwischen uns zu bringen. Die Nähe zu ihm verwirrte mich. Ich mochte nicht, wie mein Körper auf ihn reagierte. Die Hitze, die von ihm ausging, benebelte meine Sinne und der Geruch nach ausgeblasenen Kerzen und glühenden Kohlen umgab mich, hüllte mich ein, bis ich nichts anderes mehr wahrnahm. Ich wollte mich an die Wärme schmiegen, auch wenn ich wusste, dass ich mich nur verbrennen konnte. Dem Teufel sei Dank hatte ich aber genug Selbstbeherrschung, um mich nicht vor allen zum Gespött zu machen.

»Sei vorsichtig! Sonst beweise ich dir eines Tages noch, dass ich mehr als das kann«, zischte er und seine Augen verengten sich zu Schlitzen, während er sich zu mir hinunterbeugte. »Oh, warte! Das habe ich ja schon«, flüsterte er, sodass nur ich es hören konnte.

Ich fühlte seinen Atem an meiner Ohrmuschel. Ein Schauer jagte durch meinen Körper. Für einen kurzen Moment vergaß ich, dass ich wütend auf ihn war, und lehnte mich der Berührung entgegen. Sanft nahm er mein Ohrläppchen zwischen die Zähne und biss hinein. Sofort stellten sich meine Nackenhaare auf und ich stieß ihn geistesgegenwärtig von mir, als hätte er eine ansteckende Krankheit. Vielleicht hatte er die auch. Herpes oder Chlamydien.

Elijah taumelte rückwärts und konnte sich in letzter Sekunde an einem Tisch abfangen, um nicht mit dem Hintern auf den Boden zu knallen. Sein Grinsen verrutschte nicht einen Millimeter.

»Hübsche Kette übrigens«, stichelte er und mein anfänglicher Zorn verrauchte, um Trauer Platz zu machen.

Reflexartig griff ich zu meinem nackten Hals. Es war jetzt schon knapp zwei Jahre her und trotzdem hing mein Versagen an mir wie eine Klette, die ich nicht loswurde. Wie auch, wenn Elijah und sein Gefolge aus Dorftrotteln mich immer wieder daran erinnerten? Dabei war es nicht mein Fehler gewesen, auch wenn dank des Teufelsanwärters alle genau das dachten. Zumal es gut für mich angefangen hatte.

Dad hatte mir die Ehre zu Teil werden lassen, den Dämonenstein in der Woche vor der Zeremonie tragen zu dürfen. Als Beschützer des Steins durfte er selbst entscheiden, wo er ihn aufbewahrte. Und er hatte meinen Hals gewählt, weil er dachte, dass ich seine Nachfolgerin werden würde. Denn bereits sein Dad, sein Grandpa und dessen Dad hatten die Aufgabe bekommen, den Stein zu verwahren. Unter anderen Umständen hätte ich die Tradition bestimmt fortgeführt, doch das Schicksal hatte mir einen Strich durch die Rechnung gemacht.

Die Engelsritter aus dem Himmel griffen an, töteten viele Höllenbewohner und versuchten, den Stein zu stehlen, um uns zu schwächen. Ohne den Dämonenstein würde Chaos ausbrechen. Niemand würde mehr wissen, was seine Bestimmung war und welchen Nutzen er für die Hölle hatte. Die ganze Hierarchie und das System der

Unterwelt würden zusammenbrechen. Alles würde stillstehen. Nicht nur bei uns, sondern auch in der Menschenwelt. Es wären keine Todesdämonen mehr da, die alte oder sterbenskranke Menschen von ihrem Leid erlösten. Niemand würde die körperlosen Seelen von Verbrechern einsammeln, die nach ihrem Tod nicht wüssten, ob sie in den Himmel oder in die Hölle gehörten. Die verwirrten Geister von plötzlich aus dem Leben gerissenen Verkehrs- oder Mordopfern würden auf der Erde herumwandern. Und alle Emotionen wären von einem Tag auf den anderen bedeutungslos. Ohne Hass keine Liebe. Ohne Pech kein Glück.

Eigentlich wussten die Engel das, weshalb uns ihr Angriff überrascht hatte. Wir waren nicht vorbereitet gewesen und viele ließen ihr Leben. Ich hingegen hatte nur mein Ansehen verloren. Frustriert schloss ich die Augen, als die Erinnerung mich einholte und mich schmerzlich daran denken ließ, wie unfair das Leben sein konnte.

***

Ein Engel mit riesigen Schwingen flog auf mich zu, während ich mit Silvania im Schulhof aß und mich über menschliche Bands lustig machte. Er landete mit einem dumpfen Ton auf dem Boden und löste eine Druckwelle aus, die Staub aufwirbelte und Silvania von der Bank stieß. Sie schlug sich den Kopf am Untergrund auf und blieb ohnmächtig liegen. Geschockt schrie ich nach meiner Freundin und hoffte auf ein Lebenszeichen, doch noch bevor ich zu ihr eilen und ihren Puls messen konnte, war der Engel mit wenigen Schritten bei mir, riss an meiner Halskette und entwendete mir den Stein. In meiner Starre tat ich nichts, um ihn aufzuhalten. Ich war wie gelähmt, mein Kopf wie leer gefegt. Es dauerte einen Moment, bis mir klar wurde, was hier gerade passierte und als die Erkenntnis sich in mein Bewusstsein schlich, traf sie mich mit voller Wucht. Ein schriller Schrei löste sich aus meiner Kehle und ich lief dem Dieb nach. Unüberlegt, bedachte man, dass ich keine Waffe hatte und mir der ausgewachsene Engel körperlich überlegen war.

Ich warf mich gegen seinen Rücken und hielt mich an seinen Flügeln fest. Ich versuchte, ihn auf den Boden zu drücken, um ihn am Wegfliegen zu hindern. Hier und da lösten sich Federn aus seinen Schwingen und er keuchte vor Schmerz. Der Überraschungsmoment war auf meiner Seite. Aber es nützte nicht viel. Es dauerte keine halbe Minute, bis der Engel sich gegen meinen Griff wehrte und mich wie einen lästigen Käfer abschüttelte. Ich wurde weggeschleudert und kam hart mit dem Hinterkopf auf. Ich hörte ihn lachen, während meine Sicht verschwamm und ich das Schlagen von Flügeln vernahm. Der Schmerz explodierte in meinem Kopf und alles wurde schwarz.

***

Erst Stunden später war ich im Lazarett aufgewacht, wo meine Schädeldecke mit elf Stichen genäht worden war. Ich erfuhr, dass Elijah in der Zeit, in der der Engel mit mir beschäftigt gewesen war, den Stein an sich genommen hatte. Doch erzählt hatte er, dass ich vor Angst weggelaufen war und er allein kämpfen musste. Er wurde als Held gefeiert. Und ich? Ich war der Unglücksrabe, der seinem Dad nicht mehr unter die

Augen treten konnte. Und auch sonst niemandem. Meine Schwester sprach nur noch mit mir, wenn es unvermeidbar war. Mom weinte, sobald sie mich sah, und meine früheren Freunde hatten sich über mich lustig gemacht. Bis ich einem von ihnen das Nasenbein gebrochen und zwei Zähne ausgeschlagen hatte. Danach waren sie dazu übergegangen, mich mit Ignoranz zu strafen.

Ich seufzte und öffnete die Augen wieder, nur um Elijahs überhebliches Grinsen zu sehen.

»Lass uns einfach gehen, Valla. Er ist es nicht wert. Keiner von denen«, mischte Silvania sich ein, holte mich aus meinen Gedanken und griff nach meinem Unterarm, um mich in Richtung des Ausgangs zu ziehen. Doch ich wehrte mich dagegen und stellte mich breitbeinig hin, um nicht das Gleichgewicht zu verlieren und stehenzubleiben. Sicher wäre es klüger zu gehen, aber ich war nicht bereit, es so enden zu lassen. Es sollte nicht sein, dass er sich alles leisten konnte, nur weil sein Dad mit dem Teufel verwandt war.

»Und deshalb soll ich ihm alles durchgehen lassen?«, fragte ich Silvania.

Sie ließ mich los, als ihr klar wurde, dass ich mich nicht wegbewegen würde. Mit einer schnellen Bewegung klemmte sie sich eine Strähne ihres blauen Haares hinters Ohr und seufzte frustriert.

»Nein, natürlich nicht«, murmelte sie entwaffnet, doch ihre gelben Augen funkelten mich flehend an.

Sie hasste Auseinandersetzungen mit Elijah, seit sein bester Freund Nikolai sie letztes Jahr auf einer Party gefickt hatte, ohne sie danach anzurufen. Gut, er kannte ihre Nummer nicht und ihren Namen wusste er wahrscheinlich auch nicht mehr – vielleicht hatte er ihn auch nie gekannt – trotzdem himmelte Silvania ihn noch an, als wäre er der Teufel höchstpersönlich. Dass gerade er nun neben Elijah stand und buhte, musste ihr schwer zusetzen.

»Hör lieber auf deine kleine Freundin! Verzieh dich in das Loch, aus dem du gekrochen bist! Ich bin hier noch beschäftigt«, meinte er achselzuckend und hielt seiner neuesten Eroberung auffordernd die Hand hin.

In einer perfekten Welt hätte sie seine Finger weggeschlagen, ihm ins Gesicht gespuckt und ihm irgendeine Beleidigung reingewürgt, bevor sie mit ihren hohen Stöckeln davongeeilt wäre. Aber die Welt war nicht perfekt. Elijah setzte sich auf den Stuhl zurück und die Dämonin kletterte brav wieder auf seinen Schoß, als hätte ich die beiden nie unterbrochen.

»Das Loch, von dem du redest, ist vermutlich eine Bibliothek. Aber es wundert mich nicht, dass du das nicht weißt. Du hast noch nicht oft eine betreten«, erwiderte ich, jedoch fehlte meinen Worten der übliche Biss.

Ich war so unendlich müde. Die ganze Nacht hatte ich mir um die Ohren geschlagen, um alle Beschwörungen auswendig zu lernen, die ich für die Prüfung brauchen könnte, und nun würde ich durchfallen, weil mir die Zeit fehlte, den genauen Wortlaut nochmal zu wiederholen. Mit etwas Glück schaffte ich es trotzdem, meinen Durchschnitt zu halten.

»Kann ja nicht jeder eine beschissene Streberin sein, wie ...«

Ich. Er sagte es nicht, aber die Worte schwebten im Raum und jeder konnte sich denken, was er sagen wollte. Einige versuchten, ihr Gelächter als ein Husten zu kaschieren, andere grinsten mich offen an, aber sie alle warteten auf meinen Konter. Für die anderen war es zu einem beliebten Spiel geworden. Valla gegen Elijah. Nachwuchsdämonin gegen Teufelsanwärter.

»Besser eine Streberin als ein Arschloch ohne Zukunft. Ich bin gespannt, wo du vom Teufel hingeschickt wirst, Elijah. Vielleicht so ein cooler Ort wie Hardegg. Achtzig Einwohner. Kein eigenes Krankenhaus, kein Bildungssystem, keine Partys. Ist sicher spannend, tote Seelen aus dem Altersheim abzuholen, in einem Dorf, wo sonst nichts passiert«, meinte ich, lächelte zuckersüß und drehte mich mit einem Hüftschwung um, den Silvania mir *für alle Fälle* gezeigt hatte.

Was sie mir damit hatte sagen wollen, wusste ich zwar bis heute nicht, weil ich mir nicht vorstellen konnte, ihn irgendwann für etwas Wichtiges zu brauchen, aber für einen arroganten Abgang war er perfekt. Außerdem hoffte ich, er würde überspielen, dass ich meine Worte selbst nicht glaubte.

Ja, Elijah war ein hochmütiger Faulpelz, der sich auf seinen Lorbeeren ausruhte, aber er war in so ziemlich jeder praktischen Disziplin der Beste, ohne sich anzustrengen. Wenn er seine Nase, wie ich, in Bücher stecken würde, wäre er mir um Längen voraus. Wahrscheinlich würde er sogar die Leitung über eine der Großstädte bekommen. Vielleicht New York, Las Vegas oder ein anderes Eck der Welt, in der die Laster den Alltag beherrschten. Das war der größte Unterschied zwischen Dämonen und den Teufelsanwärtern. Letztere bekamen einen Ort zugeteilt, den sie verwalten mussten. Sie waren die Bosse, während wir Dämonen von ihnen geleitet wurden und unseren Aufgaben nachzukommen hatten. Einige, wie Silvania, hatten dabei großes Glück. Sie durfte verheiratete Männer auf Abwege führen. Es musste ein riesiger Spaß sein, zuzusehen, wie die Ehen in die Brüche gingen und die Frauen aus verletztem Stolz wegen der Betrügereien ihren Gatten die Kehlen aufschlitzten.

»Lass uns gehen! Ich habe keinen Bock mehr auf die Scheiße«, sagte ich zu meiner Freundin und steuerte schnurstracks den Ausgang an.

Fast erwartete ich, dass Elijah noch etwas erwidern würde, um das letzte Wort zu haben, doch ich hörte nur das Klatschen von aufeinandertreffender Haut und die wiederkehrenden Stöhngeräusche.

»Ich fasse es nicht. Was denkt dieser Arsch sich dabei?«, fluchte Silvania und erinnerte mich wieder daran, weshalb wir befreundet waren.

Sicher, anfangs hatten wir nur miteinander Zeit verbracht, weil wir die gleiche Faszination für die sieben Todsünden empfanden, doch wir hatten irgendwann gelernt, zusammenzuhalten. Wir waren ein eingespieltes Team und das mochte ich an uns. Ich hasste Elijah und sie war loyal genug, ihn zu verachten. Aber auch so konnte ich immer auf sie zählen. Während alle anderen sich von mir abgewandt hatten, als mir der Ruf eines Feiglings zugeschrieben wurde, war sie an meiner Seite geblieben. Deshalb konnte ich ihr nicht böse sein, weil sie eine bessere Aufgabe für die Zukunft bekommen hatte als ich.

»Gar nichts. Es würde mich wundern, wenn Elijah überhaupt denken könnte. Geht ohne Gehirn ja schlecht«, schnaubte ich und blieb stocksteif stehen. Mir fiel wieder ein, dass ich meine Notizen auf dem Tisch im Klassenzimmer vergessen hatte.

»Zum Teufel nochmal!«, schrie ich, drehte mich um und wollte wütend kehrtmachen, doch Silvania hielt mich zurück, drückte mir einen Stapel Zettel in die Hand und sah mich mit einem schiefen Grinsen an.

»Hast du etwas vergessen?«, fragte sie kichernd, zwinkerte mir zu und wickelte spielend eine ihrer Haarsträhnen um ihren Finger.

»Du bist die Beste«, sagte ich euphorisch und meinte es auch so.

Ohne Sil wüsste ich nicht, was ich machen sollte. Ich konnte schlecht durch die Gänge laufen und mit mir selbst reden. Wobei mich die anderen nicht noch mehr meiden könnten, selbst wenn ich den Verstand verlor.

»Ich weiß«, erwiderte sie selbstüberzeugt und wurde von einem erneuten Lachanfall geschüttelt, der mich meine Mundwinkel leicht anheben ließ. »Du warst so wütend. Ich dachte, du würdest ihm eine scheuern und abhauen. Also habe ich in weiser Voraussicht alles, was wichtig aussah, zusammengepackt. Wäre ziemlich beschämend, nach diesem tollen Abgang nochmal zurückgehen zu müssen.«

»So toll war der nicht. Die Auseinandersetzung habe ich verloren. Ich habe nichts bewirkt, sondern ihn nur kurz unterbrochen. Er wird morgen wieder das Gleiche abziehen.«

Ich ärgerte mich darüber, wie viel Wahrheit in meinen Worten steckte. Schlussendlich hätte ich meine Argumente auch einer Wand erzählen können. Die hätte mich vermutlich mehr beachtet als Elijah. Zu seiner Verteidigung war zu sagen, dass es sich auch schlecht ohne Blut im Kopf diskutieren ließ.

»Wieso stört dich das so?«, fragte Silvania, als wir um die erste Ecke bogen.

Somit hatten wir genug Abstand zwischen uns und diesen Idioten gebracht, sodass uns niemand belauschen konnte. In diesem Teil des Schulgebäudes waren die Wände strahlend weiß, jedoch wurden sie dunkler, je näher wir dem nächsten Unterrichtsraum kamen. Zuerst verfärbten sie sich gräulich, bis die Mauern in einem satten Schwarz erstrahlten. Nirgendwo waren Fenster, allein die Fackeln an den Wandhalterungen, die auf magische Weise immer zu brennen schienen, boten genug Licht, um alles zu erkennen.

»Bitte?«, fragte ich nach, weil ich ihr nur mit einem Ohr zugehört hatte.

Ich sortierte die Blätter mit den Beschwörungsformeln und verschaffte mir einen Überblick, ob noch alle Seiten vorhanden waren. Das war natürlich nicht der Fall. Die Beschwörung eines Dschinns fehlte, genauso wie die eines Ghuls und eines Mantikors. Während ich bei den ersten beiden die Formeln noch im Kopf hatte, wusste ich bei einem Mantikor nur noch, dass man ihm ein Opfer bringen musste, das er verspeisen konnte: ein Schaf oder ein neugeborenes Baby. Die Opfergabe musste der Länge nach mit einem Dolch aus Kupfer aufgeschnitten und das Herz entnommen werden. Anschließend hatte der Beschwörer in das Organ zu beißen und drei Sätze in einer Sprache aufzusagen, die älter war als alle anderen dieser Welt. Doch diese Worte wollten mir nicht einfallen. So ein Mist! Wenn gerade das zur Prüfung kam, war ich erledigt. Nicht auszumalen, was mein Dad sagen würde, wenn ich durchfallen würde. Ich hatte ihm genug Schande gebracht. Noch einen Fehltritt würde er nicht durchgehen lassen. Das hatte er mir deutlich gemacht.

»Na, warum ärgert es dich, wenn Elijah Dämoninnen abschleppt?«, hakte sie ungeduldig nach und blieb abrupt stehen.

Einen Moment fiel es mir nicht auf, sodass ich einfach ohne sie weiterlief, doch das Fehlen der Schritte neben mir ließ mich von meinen Lernbögen aufsehen und innehalten.

»Das ist mir egal. Ich möchte es nur nicht mitbekommen«, erwiderte ich schnell und betete, dass die Diskussion damit beendet war. Doch das Glück war heute nicht auf meiner Seite.

Silvania neigte den Kopf und musterte mich, so lange, bis es mir unangenehm wurde. Ihr Blick war stechend, als würde sie etwas suchen, aber nicht finden. Ihre Züge verzogen sich unzufrieden und sie hob eine Augenbraue, wodurch sich ihre Stirn in Falten legte.

»Wieso nicht?«, wollte sie wissen und ihr Ton hatte eine seltsame Färbung angenommen. Misstrauen. Sie kaufte mir nicht ab, was ich sagte.

»Es stört mich beim Lernen.«

»Ah ja«, schnaubte sie und ließ keinen Zweifel daran, dass sie mir kein Wort glaubte. Doch es war die Wahrheit. Was wollte sie denn noch?

»Was?«, murrte ich. »Möchtest du irgendwas sagen?«

Die Art, wie sie mich ansah, gefiel mir nicht. Es erinnerte mich daran, dass sie glaubte, mich besser zu kennen als ich mich selbst, und dass sie sich anscheinend wieder in die Idee von mir und dem Großkotz gemeinsam, für immer vereint, verrannt hatte. Über Elijah zu sprechen war gefährlich, auch wenn Silvania das nicht wusste. Ich konnte nur hoffen, dass ich sie noch umstimmen oder ablenken konnte, egal, was sich ihr wirres Gehirn wieder ausgedacht hatte.

»Nein, ich finde es nur auffällig. Bei niemand anderem stört es dich, wenn sie Gefühle in der Öffentlichkeit zelebrieren. Nur bei ihm.«

Angespannt runzelte ich die Stirn und leckte mir über die Unterlippe. Ich wusste, was sie dachte, obwohl sie es nicht aussprach. Ich musste vorsichtig sein. Wenn ich es vehement abstritt, könnte sie das als Geständnis werten, und wenn ich nichts sagte, wäre es ebenfalls verdächtig. Um Zeit zu schinden, packte ich meine Unterlagen in meine schwarze Umhängetasche und kramte nach meiner Wasserflasche.

»Erstens, Sil, fühlen wir nicht. Zumindest nicht Liebe oder ähnlichen Schwachsinn. Nur Begierde, Verlangen oder welche Hormone auch immer uns Lust verschaffen. Und zweitens ist Elijah der Einzige, der über das Knutschen hinausgeht, wenn er außerhalb seiner eigenen vier Wände ist«, antwortete ich sachlich, schraubte den Verschluss der Flasche ab und setzte diese an meinen Mund. Ich spürte, wie das kühle Nass meine Lippen benetzte und meine Speiseröhre hinabfloss.

»Also liegt es nicht an dem Kuss zwischen ihm und dir?«, hakte Silvania nach, als ich noch einen Schluck trinken wollte. Doch noch bevor ich es schlucken konnte, spuckte ich die Flüssigkeit fontänenartig aus. Kein Tropfen landete wieder in der Flasche, die ich reflexartig von meinem Körper riss. Dafür ergoss sich das Wasser auf dem schwarz-grau marmorierten Boden.

»Kuss? Welcher Kuss?«, wollte ich panisch wissen und versuchte, mir das Ereignis wieder in Erinnerung zu rufen. Doch keiner hatte uns gesehen. Niemand konnte es ihr erzählt haben. Aber woher wusste sie es dann? Oder war das ein Test? Hatte sie nur spekuliert und ich war darauf reingefallen?

»Oh, bitte, leugne es gar nicht erst. Nik und ich haben euch damals gesehen, als wir ...« Sie stoppte, wie so oft, wenn es um Nikolai Pyron ging. Ich hatte noch nie Sex gehabt, geschweige denn einen One-Night-Stand, aber ich kannte das Konzept. Rein, raus, rein, raus. Dass dieser Vorgang so besonders sein sollte, konnte ich mir nicht vorstellen. Und schon gar nicht konnte ich glauben, dass eine intelligente Dämonin wegen einer Nacht einem Typen über zwei Jahre hinweg nachtrauerte. Doch sie tat es und kam einfach nicht von ihm los. Dabei hatte ich alles versucht, um sie auf andere Gedanken zu bringen: Blind Dates, Partynächte, Doppeldates, die vor allem für mich ein Horror gewesen waren, und ich hatte ihr sogar eine Einladung für die Schülerorgien zum Jahresabschluss besorgt. Nichts hatte funktioniert. Immer noch ging es Nikolai hier, Nikolai da. Es war frustrierend.

»... als wir auf dem Weg ins Bett waren. Du weißt schon, an Samhain«, beendete sie ihren Satz und mir wurde schlagartig eiskalt.

Ein Kloß bildete sich in meinem Hals und meine Zunge fühlte sich taub an, als würde jemand dafür sorgen, dass ich nicht sprechen konnte. Eine Gänsehaut überzog meinen Körper. Ich zitterte. Das war Folter. Es war, als würde eine unsichtbare Hand nach meinem Herzen greifen und es zerquetschen. Wie konnten wir so unvorsichtig sein? Wenn sie uns gesehen hatten, wer wusste schon, wer sonst noch? Es könnte jeder mitbekommen haben. Aber es war so lange her, richtig? Wenn es mehr Beobachter gegeben hätte, dann hätten sie uns schon damit konfrontiert. Alles war gut. Ich durfte nur nicht die Nerven verlieren. Schön, Sil hatte es mitbekommen, aber es war kaum etwas passiert. Diese Geschichte würde meinem Ansehen nicht weiter schaden. *Er* würde mir nicht weiter schaden.

»Nein«, antwortete ich, als ich meine Stimme wiederfand. Allerdings verbesserte ich mich, da mir klar wurde, dass es keinen Zweck hatte, es abzustreiten. »Ich meine, ja.«

Ich bemühte mich, meine Gedanken zu ordnen und das Chaos zu bekämpfen, das in meinem Innersten wütete. Es gelang mir nicht. Hunderttausend Szenarien gingen mir durch den Kopf. Von Silvania, die mich anklagend ansah und wissen wollte, weshalb ich es ihr nicht gesagt hatte. Von Nik, der mit seinen Freunden über die dumme Dämonin lachte, die dachte, dass ein betrunkener Kuss auf einer Party eine tolle Idee war. Von Elijah, der erzählte, dass ich nicht küssen konnte. Von meinem Dad, der mich enttäuscht fragte, warum ich nichts richtig machen konnte. Da hatte ich einen Teufelsanwärter an der Angel und ließ ihn ziehen. Es würde nicht helfen, ihm zu erklären, was Elijah für ein Mann war. Ich wäre schuld. Und vermutlich hatte er damit auch Recht. Hätte ich auf der Party die Beine breit gemacht und das Kondom abgezogen, ohne dass Elijah es mitbekommen hätte, wäre ich bei dem Angriff der Engel schwanger gewesen. Ich hätte sein Baby erwartet und hätte ausgesorgt gehabt, ob der Kindsvater weiter etwas mit mir zutun haben wollte oder nicht. Aber das hatte ich nicht gewollt. Berechnende Frauen, die Männern ungewollte Kinder unterschoben, um nicht mehr arbeiten gehen zu müssen, war eher eine menschliche Masche. Und ich wollte nicht menschlich sein. Ich war stolz, eine Dämonin zu sein, und ich wollte der Hölle dienen.

»Der Kuss war vor dem Angriff der Engel«, nuschelte ich erklärend, sodass es mich wunderte, dass Silvania mich verstand. Doch da sie mir antwortete, hatte sie wohl keine Probleme, mein Gemurmel zu entziffern.

»Und das ist wichtig, weil ...?«, fragte sie und setzte sich wieder in Bewegung, als das Ende der Freistunde durch einen Schrei verkündet wurde. Es klang wie das Flehen eines Mannes, bevor er starb, aber an einer Schule, die sich selbst die Akademie der sieben Todsünden nannte, störte sich niemand daran. Nichtsdestotrotz hatte ich mir nicht nur einmal die Frage gestellt, wo die gequälte Stimme aufgenommen worden war, die den Schulalltag einteilte.

»Weil Elijah Dämonen hasst und der Kuss unbedeutend war. Es war nichts. Wir waren betrunken und es stand niemand anderer zur Verfügung.«

Lüge. Viele Schüler in meinem Alter hatten die Party besucht, immerhin war es die Letzte gewesen, bevor wir unsere Aufgaben zugeteilt bekommen hatten. Deshalb war auch ich dort gewesen, obwohl ich Feten sonst wie Krankheiten mied. Von allen Dämonen war ich wohl diejenige, die am wenigsten in das Klischee der saufenden, drogennehmenden Nutten-Dämonin im schwarzen Lederkostüm passte, das sich die Menschen zurechtgelegt hatten. Ich trank nicht, Drogen waren mir suspekt und Leder war schrecklich unpraktisch. Doch an diesem Tag war alles anders gewesen.

***

Ich trug ein schwarzes Sommerkleid, das knapp meine Knie verdeckte und genug Ausschnitt zeigte, um den Ansatz meiner Brüste nicht zu verstecken. Außerdem sparte es den Rücken großzügig aus, sodass meine Haut nur durch meine Haarpracht geschützt wurde, die zu einem Zopf zusammengebunden war.

Sil war schon vor Stunden mit einem gut aussehenden Teufelsanwärter verschwunden und seitdem nicht mehr aufgetaucht. Dennoch fehlte sie mir nicht. Ich amüsierte mich auch ohne sie gut, obwohl ich am Anfang des Abends Sorge hatte, dass ich allein in einer Ecke enden würde. Doch so war es nicht.

Irgendeine Dämonin hatte mir einen Drink, der in grellen Farben leuchtete, in die Hand gedrückt, mich am Arm gepackt und ins Getümmel gezogen. Ich wusste nicht, ob wir uns kannten, aber so schnell, wie sie aufgetaucht war, verschwand sie auch wieder und ließ mich auf der Tanzfläche stehen. Also hatte ich zwei Möglichkeiten: gehen oder mitmachen. Als auch noch mein Lieblingslied *Schöne Grüße aus der Hölle* erklang, war klar, dass ich nicht den Schwanz einziehen würde. Ich bewegte meinen Hintern im Takt der Melodie, sodass die Flüssigkeit in meinem Glas gefährlich hin und her schwappte, doch ich schaffte es, nichts zu verschütten. Ich warf meine feuerroten Haare zurück, schloss die Augen und gab mich den Klängen hin.

Ich wusste nicht, wann ich beschlossen hatte mitzusingen, und ich bemerkte auch kaum, dass die Tanzfläche immer leerer wurde, während ein Song nach dem anderen spielte. Langsam wurde mir heiß. Ich spürte, wie ein Schweißtropfen über meine Schläfe lief und dass ein feuchter Film meine Haut benetzte. Trotzdem hörte ich nicht auf. Ich war wie im Rausch, und zwar im doppelten Sinne. Der Alkohol zeigte endlich seine Wirkung. Er zirkulierte in meinen Blutbahnen und benebelte meinen Verstand. Es war, als würde jemand einen Filter über mein Gehirn legen. Das Denken fiel mir plötzlich schwer und mein Kopf fühlte sich an, als wäre er mit Watte gefüllt. Die Farben um mich schienen heller zu strahlen und die Musik dröhnte lauter in meinen Ohren. Doch ich war zufrieden. Es war fantastisch, als wäre ich zum Tanzen geboren. Selbst die großen Hände, die auf einmal von hinten meine Hüfte umfingen und mich an einen anderen Körper zogen, machten mir nichts aus. Ich schwang den Hintern schneller und rieb meinen Rücken an der nackten Brust meines Tanzpartners. Mir war nicht klar, wann er sein Shirt verloren oder ob er überhaupt eines getragen hatte. Doch ich war unendlich dankbar, ihm so nahe sein zu können. Ich spürte die Muskeln, die sich an meine Wirbelsäule schmiegten, und das kalte Eisen der Gürtelschnalle, die sich fast schmerzhaft in mein Steißbein drückte. Der Geruch nach Lagerfeuer hüllte mich ein und weiche Lippen, die noch hitziger waren als mein glühender Körper, küssten meine Schulter. Die Berührung war flüchtig, als würde er abwarten wollen, wie ich reagierte. Doch ich tat nichts, außer mich näher an ihn zu drängen, um mehr von dem Gefühl zu bekommen, das sich in mir ausbreitete. Es ließ mich schweben.

Ein undefinierbares Kribbeln durchzog meinen Magen, meine Hände zitterten vor Aufregung und dennoch war jeder meiner Muskeln entspannt. Ich schloss die Augen und blendete die Tanzenden um uns herum aus, während der Unbekannte sich eine Spur von meiner Schulter zum Hals küsste. Seine Hände wanderten in der Zwischenzeit vom Becken zu meinem Bauch und umschlangen mich, sodass ich mich nicht mehr von ihm lösen konnte. Ich wollte es auch gar nicht. Ein Stöhnen kam über meine Lippen, das ich nicht unterdrücken konnte, und ein tiefes Lachen erklang. Ein Schauer jagte über meinen Rücken, als ich seinen Atem an meinem Nacken fühlte, und ich genoss die Wärme, die sich in meinem Schoß ausbreitete.

»Würde ich den Teufel betrügen, wenn ich eine Schönheit wie dich mit einer Göttin vergleichen würde?«, fragte eine rauchige Stimme, die ich unter tausenden wiedererkannt hätte.

Elijah Reaver. Sport-Ass, Beschwörungsgenie und begehrtester Junggeselle der Hölle. Niemand kannte sich so gut mit Geistern, Tötungsarten und Teufelsanbetungen aus wie er.

Mein Körper versteifte sich und das Lächeln auf meinem Gesicht gefror. Geistesgegenwärtig hielt ich mein Getränk fester, um es nicht fallenzulassen. Das Hochgefühl verschwand und ich riss überrascht die Augen auf. Dass Elijah Partys mochte, war bekannt, aber normalerweise hielt er sich bedeckt. Er tanzte nicht und knutschte nicht mit irgendwelchen Mädchen in dunklen Ecken, geschweige denn mitten auf der Tanzfläche. Sein Verhalten verwirrte mich. Wieso war er hier, bei mir, anstatt mit seinen Freunden zu feiern? Und weshalb hatte er mich wie eine Geliebte liebkost?

Seine Arme gaben mich frei, als hätte er meine veränderte Stimmung bemerkt. Er löste sich von meinem Körper, jedoch stand er immer noch nah genug hinter mir, dass ich seinen Geruch wahrnehmen konnte.

»Stimmt etwas nicht?«, raunte er mir ins Ohr und ich fühlte, wie seine Fingerspitzen meinen Unterarm entlang strichen. Es kitzelte, aber war nicht unangenehm.

Er nahm meine Hand in seine und drehte mich zu sich, sodass ich ihm ins Gesicht sehen konnte. Mein Herz setzte einen Schlag aus, als meine gelben Augen in seine roten starrten. Ein unsicheres Lächeln umspielte seine Lippen, als er meine starren Züge bemerkte.

»Was machst du da?«, fragte ich leise und wiederholte die Frage lauter, nachdem Elijah mich verwirrt ansah.

Da meine Stimme wieder von den hohen Tönen der Musik verschluckt wurde, beugte ich mich näher zu ihm, um nicht schreien zu müssen, wodurch meine Brüste gegen seinen Oberkörper drückten.

»Wonach sieht es denn aus?«, antwortete er und sein Grinsen wurde breiter, während er seine Hände wieder um mich schlang und sie auf meinem Hintern platzierte.

»Als würdest du mich anbaggern«, entgegnete ich und biss mir auf die Unterlippe, um ein Stöhnen zu unterdrücken.

Sanft streichelte sein Daumen über meinen Po, wodurch der seidige Stoff meines Kleids an der Haut rieb.

»Und ist das schlimm? Ich wüsste nicht, was dagegen sprechen ...« Bevor er seinen Satz beenden konnte, wurde er von einem Dämon unterbrochen, der ihn von der Seite anrempelte.

Elijahs Stirn knallte schmerzhaft auf meine und ich ließ geschockt mein Glas fallen, das auf dem Boden aufschlug und in hundert kleine Teile zersplitterte. Die Flüssigkeit verteilte sich unter meinen Füßen und einige Spritzer fielen auf meine Unterschenkel. Der betrunkene Dämon nuschelte eine Entschuldigung, die nur aus zusammenhanglosem Gebrabbel bestand, bevor er mit einem dümmlichen Grinsen an uns vorbei torkelte und in der Menge verschwand.

»Alles in Ordnung?«, fragte Elijah, scannte mich jedoch trotz meines Nickens auf Schnittverletzungen, bevor er weitersprach. »Lass uns an einen anderen Ort gehen. Schon peinlich, dass einige ihre eigenen Grenzen nicht einschätzen können.«

Seine Miene war grimmig und seine Stimme klang angespannt, als müsste er sich zurückhalten, dem Typen nicht nachzulaufen, um ihm eine zu verpassen. Ein harter Zug lag auf seinen Lippen und ich konnte sehen, wie sich sein Kiefer anspannte. Einen Moment schaltete sich mein Gehirn wieder ein und teilte mir mit, dass es keine gute Idee war, die Party zu verlassen, um mit Elijah allein zu sein. Nicht, weil ich glaubte, dass er mich in seinem Zorn auf den Betrunkenen verletzten würde, sondern weil mein Unterleib sich bei dem Gedanken daran freudig zusammenzog. Nichtsdestotrotz ließ ich mich von ihm durch den Saal dirigieren und ignorierte die Stimme in meinem Kopf, die wie mein Dad klang und mir erklärte, dass Spaß der größte Feind von Pflichtbewusstsein war.

»Alles gut? Du siehst nervös aus«, meinte Elijah, nachdem er mich in einen leeren Raum geschleppt hatte, der große Ähnlichkeit mit einem Weinkeller aufwies. Unzählige Flaschen stecken in runden Öffnungen an der Wand und warteten darauf, getrunken zu werden. Vermutlich würden die Feiernden die Hälfte heute vernichten.

»Gibt es einen Anlass dafür?«, wollte ich wissen und war mir bewusst, wie naiv meine Frage klang.

Natürlich gab es einen Grund dafür, dass mein Herz gegen meine Brust hämmerte und meine Unterlippe zitterte. Seit Wochen war mir Elijah immer wieder über den Weg gelaufen. Wir hatten geredet, zusammen gegessen und das eine oder andere Mal gemeinsam gelernt. Das Ergebnis davon war, dass ich ihn nicht so abstoßend fand wie den Rest der Teufelsanwärter und Dämonen, die um meine Aufmerksamkeit buhlten. Vielleicht, weil er genau das nicht tat. Er versuchte nicht, sich unter scheinheiligen Vorwänden aufzudrängen. Elijah sagte direkt, was er dachte und was er wollte. Bei ihm musste ich keine Angst haben, etwas falsch zu machen, weil er es mir sofort mitteilte, wenn ihm etwas nicht passte. Anders als andere, die hinter meinem Rücken über mich lästerten. Die Zeit mit ihm war einfach schön. Aber noch nie war es so wie heute. Zwischen uns herrschte eine Spannung, die greifbar war, ich aber nicht zuordnen konnte.

»Ich bin nervös«, gestand er und seine Miene erhellte sich. Das zornige Glitzern verschwand aus seinen Augen und er fuhr sich mit der Hand durch die Stirnfransen, sodass sie ihm ins Gesicht fielen.

»Warum?« Mein Mund war staubtrocken. Hier war es noch wärmer. Dabei war es auf der Tanzfläche schon beinahe unerträglich gewesen. Trotzdem hatte ich nicht das Bedürfnis, gleich wieder zu gehen.

»Ich stehe mit der schönsten Frau, die ich je gesehen habe, allein in einer Kammer. Sie scheint nichts dagegen zu haben, wenn ich sie anfasse. Ich will sie um den Verstand küssen. Das ist alles, woran ich denken kann. Wie sollte ich da nicht nervös sein?«

Elijahs Stimme klang rau, als hätte er Rasierklingen verschluckt, und er löste seine Finger von meinen, um seine Hand in den Nacken zu legen. Er umschloss sanft mein Genick und streichelte mir über die Wange, die vom Alkohol und der Hitze knallrot sein musste. Doch diesen Umstand ignorierte ich. Er fand mich schön. Egal, ob mit rötlichen Wangen oder nicht.

»Wieso tust du es dann nicht?«, fragte ich atemlos und presste meine Unterschenkel näher aneinander, um das Pochen zu stoppen, das in meiner Mitte immer schlimmer wurde.

»Ich will sichergehen, dass sie es auch so sehr möchte wie ich. Aber lange kann ich nicht mehr warten. Der Drang, ihr nahe zu sein, wird immer stärker.«

Elijah übte leichten Druck auf mein Genick aus, sodass er mich näher zu sich ziehen konnte. Die Stirn legte er an meine und seine freie Hand wanderte an meinem Rücken hinab. Ich spürte seinen Atem an meinen Lippen und starrte ihn mit weit aufgerissenen Augen an, während er seine schloss und tief die Luft einsog, als würde er meinen Geruch aufnehmen. Noch nie war ich so froh, auf Sil gehört und vor der Fete geduscht zu haben.

Elijah neigte den Kopf, bis seine Nase neben meiner ankam und unsere Gesichter noch näher beieinander waren. Aus dieser Entfernung konnte ich jedes Detail seines Gesichts sehen. Die kleine Narbe über der Augenbraue, das Muttermal auf der Schläfe, das nicht mehr war als ein stecknadelgroßer Punkt. Nichts blieb mir verborgen. Aber am meisten faszinierte mich der zufriedene Gesichtsausdruck, den er zur Schau stellte. Grübchen zierten die Mundwinkel und seine Lippen waren leicht geöffnet. Ein wenig sah er aus, als würde er schlafen, auch wenn ich wusste, dass er wach war.

»Und ich bin schwach. Ich weiß nicht, wie lange ich noch widerstehen kann«, murmelte er und senkte sein Kinn, sodass sein Mund über meinem schwebte.

Uns trennten nur noch wenige Millimeter. Ich brauchte nur eine winzige Bewegung zu machen und wir würden uns küssen. Doch wollte ich das auch? Jetzt waren wir Freunde. Oder zumindest freundschaftliche Bekannte. Aber wie würde es morgen sein? Noch konnten wir tun, als wäre nie etwas zwischen uns gewesen, solange wir nicht weitergingen. Doch wenn er mir meinen ersten Kuss stahl, war ich mir sicher, dass ich nicht einfach wieder zur Tagesordnung übergehen konnte. Jedes Mal, wenn ich ihn ansehen würde, würde ich an diesen Moment denken. Wie seine Lippen sich auf meinen angefühlt hatten, meine Hände seinen Körper erkundet und welche Gefühle er in mir ausgelöst hatte. Aber war das so schlimm?

Hin und hergerissen seufzte ich und versuchte, das Klopfen meines Herzens, das mir befahl, ich solle ihn küssen, zu ignorieren, um klar denken zu können. Ich musste eine Entscheidung treffen. Am besten sofort. Er wartete bereits viel zu lange auf eine Antwort. Die Stille lag wie ein Damoklesschwert über uns. Sie war grausam, beinahe erdrückend. War es immer so? Wenn ja, verstand ich endlich die Menschen, die sich tagelang weinend einschlossen oder ihrem sinnlosen Leben ein Ende bereiteten, weil sie keinen anderen Ausweg mehr sahen, um über eine missglückte Liebesbeziehung hinwegzukommen. Doch die Frage erübrigte sich von selbst. Elijahs Augen öffneten sich, als von mir keine Reaktion kam, und seine Lachfältchen glätteten sich. Das Glühen in seiner Iris verschwand und ein grauer Schleier legte sich über sie, sodass das rote Flimmern den Glanz verlor.

Er löste sich von mir und wollte sich zurückziehen, doch ich legte meine Hand auf die Mulde, in welcher der Rücken in seinen Hintern überging, und atmete einmal tief durch. Es war nicht schwer. Eigentlich war es ganz einfach. Ich war diejenige, die es unnötig verkomplizierte. Ich mochte ihn. Ich wollte ihn. Was sollte passieren? Wen kümmerte es, was morgen geschah?

»Dann widerstehe dem Drang nicht«, säuselte ich.

Kaum hatte ich meinen Satz beendet, überbrückte Elijah das letzte Stück und seine Lippen prallten auf meine, als würden sie magnetisch voneinander angezogen werden.

Der Kuss war nicht zärtlich. Er war von Anfang an wild. Hungrig. Als würden alle Emotionen, die wir zurückgehalten hatten, herausbrechen und uns verzehren. Ich keuchte, stöhnte, als seine Hände meinen Körper erkundeten. Überall fühlte ich seine Fingerspitzen, die unendlich sachte meine Haut berührten. Am Rücken, auf meinem Hintern und an den Armen. Gierig küsste er mich, sodass es beinahe schmerzhaft war. Ich spürte seine Zähne, die meine Lippen streiften, und hörte ihn animalisch knurren. Es war wie ein Grollen, das tief aus seiner Kehle aufstieg. Jedoch ängstigte mich das Geräusch nicht. Es stachelte auch mich an, alle Hemmungen fallenzulassen.

Fahrig fuhr ich mit den Händen über seine Muskeln, während seine Zunge fragend über meine Unterlippe strich, bis ich ihm Einlass gewährte. Sofort nahm sein Geschmack mich in Beschlag. Die Mischung aus kühlem Bier, Schokolade und einer Komponente, die ich nicht benennen konnte, machte süchtig. Jedes Härchen auf meinem Körper stellte sich auf. Ich war wie elektrisiert. Ich wollte mehr. Alles. Aber auf keinen Fall wollte ich, dass er mich je wieder losließ.

***

Ironisch, oder nicht? Es war der perfekte Augenblick gewesen. Ich hatte mich nie so wohl gefühlt wie in diesem Moment. Noch nie hatte ich davor meinen Verstand abgeschaltet und meine Existenz einfach genossen. Ich hatte die Frage, was morgen sein würde, mit einem Schulterzucken abgetan und mich von meinen

Gefühlen leiten lassen. Und was hatte es mir gebracht? Ich war nie wieder auf eine Party gegangen. Mich hatte auch niemand mehr eingeladen, während Elijah es sich zur Aufgabe gemacht hatte, an jeder Zusammenkunft teilzunehmen und jedes Mal ein anderes Mädchen abzuschleppen. Ich war die Erste gewesen, aber im Grunde eine von vielen. Und danach hatten wir nicht mehr miteinander gelernt, gegessen oder uns auch nur unterhalten. Alles war anders geworden. Elijah hatte mich verraten und ich musste erkennen, dass die Liebe trügerisch war und sie unsere Herzen vergiftete.

»Schade eigentlich, dass es nichts bedeutet hat. Du bist immer so steif, Valla«, sagte Silvania, stibitzte sich die Flasche aus meiner Hand und nahm einen kräftigen Schluck.

Zeitgleich gingen wir auf das große, rote Pentagramm zu, das den Eingang zum Klassenzimmer kennzeichnete. Der fünfzackige Stern war mit Blut von Verbrechern an die Wand gemalt worden und wurde einmal jährlich erneuert, damit er nicht verblasste. Gerade an den ersten Tagen stank es deshalb im ganzen Gebäude nach Eisen, weil die Belüftungssysteme nichts gegen die Aromen tun konnten, die das veraltete Blut verströmte. Doch das letzte Mal musste schon eine Weile her gewesen sein. Ich roch Schwefel, Weihrauch und Myrrhe – der typische Geruch der Hölle.

»Steif? Wie darf ich das verstehen?«

Verwirrt sah ich sie an, während ich mit dem Zeigefinger der rechten Hand auf die Mitte des Pentagramms drückte und ein Klicken erklang. Kurz darauf rumorte das Gebäude. Die Wand vor uns ächzte und weißer Rauch schien von den Mauern aufzusteigen. Es knarrte. Putz löste sich an der Stelle, an der die Wand mit dem

Boden verwachsen war, und zwei parallele Risse, die einen Durchgang markierten, wurden sichtbar. Vor unseren Augen bröckelte die Mauer weg, bis auf dem Marmor ein Haufen Gestein lag und das Loch groß genug war, um ins Klassenzimmer zu gehen. Wir passierten den Eingang und hinter uns wurden die Brocken auf magische Weise angehoben, um wieder eine Wand mit dem Pentagramm darauf zu formen.

»Gefühllos, kalt, hart – such dir eins davon aus. Wir fühlen, Valla. Ja, auch Liebe, obwohl wir Dämonen sind. Finde dich damit ab und kämpfe nicht dagegen an. Denk nur mal an den Teufel. Selbst er hat seine große Liebe in Eva gefunden«, argumentierte Silvania und ging nach hinten ans Ende des Zimmers, um so weit wie möglich von unserem Prüfer, Meister Asmodäus, entfernt zu sein.

Sie ließ sich auf einem Stuhl aus menschlichen Knochen nieder und legte ihre Tasche vor sich auf den Tisch, der ebenfalls aus Überresten der Menschen bestand. Zum Glück hatten wir heute älteres Mobiliar erwischt. An den Neueren waren manchmal noch Fleischrückstände zu finden, weil sich niemand die Mühe gemacht hatte, die Knochen vor dem Zusammenbauen zu säubern, wenn die Leichenteile aus dem Folterkeller der Hölle geliefert wurden. Es schien sich auch niemand über den süßlich-faulen Geruch zu beschweren, wenn das Fleisch zu verrotten anfing. Doch ich hasste es, wenn ich meine Notizen auf den Tisch legte und sie anschließend mit Blutresten besudelt waren.

»Die er aus Gier Adam stahl, um mit ihr Lilith zu zeugen, mit der er dann hunderte Nachkommen fabrizierte«, erwiderte ich und verdrehte die Augen, um Sil zu zeigen, dass ich ihre Argumentation lächerlich fand.

Der Teufel hatte sicher Wichtigeres zu tun, als Liebesverse zu verfassen und Frauen zu umgarnen. Und ich bezweifelte, dass ein Mann, der seit einer Ewigkeit täglich eifersüchtige Mörderinnen, Pädophile, Betrüger und Vergewaltiger bestrafte, sich für die Liebe öffnen könnte. Wenn man die tiefsten Abgründe sah und wusste, was einige unter dem Deckmantel der Liebe bereit waren zu tun, war das abschreckend genug, um nie wieder jemandem seine innersten Gefühle zu offenbaren.

»Aber er hat sie geliebt. Außerdem ist das Jahre her und seit über einem Jahrhundert hat er kein Kind mehr bekommen. Es wird gemunkelt, dass er sich wieder verliebt hätte. So, wie ich Nikolai liebe. Aber du denkst immer nur an die Arbeit.«

Ich zuckte bei Silvanias Worten zusammen und erntete von ihr einen entschuldigenden Blick, der mir zeigte, dass sie sehr wohl wusste, was sie damit in mir auslöste. Mein Herz zog sich schmerzhaft zusammen und eine seltsame Leere machte sich in mir breit, die immer Besitz von mir nahm, wenn die Kinder des Teufels zur Sprache kamen. Musste Sil gerade heute auch noch in dieser Wunde bohren? Reichte es nicht, wenn Elijah mir wieder einmal vor Augen geführt hatte, dass er mein Leben zerstört hatte? Ich hatte so eine große Zukunft vor mir gehabt und dann, von einem Tag auf den anderen, hatten alle gehofft, dass der Dämonenstein mir keine Aufgabe zuteilen würde, damit ich von der Bildfläche verschwand. Wenn es nur so gewesen wäre. Na gut, das war übertrieben, immerhin liebte ich es hier und hätte mir nicht vorstellen können, zwischen all den Menschen zu leben, ohne mich an meine Familie zu erinnern. Aber war die Alternative besser? Ich hatte noch den enttäuschten Gesichtsausdruck meines Dads vor Augen, als mir der Stein umgehängt und meine Aufgabe verkündet wurde. Seine Augen waren aus der ersten Reihe starr auf mich gerichtet gewesen, während er aufgestanden war und die Bühne betreten hatte. Seine Hände waren zu Fäusten geballt und seine Lippen zu einem dünnen Strich zusammengepresst gewesen. Sein Gesicht war rot angelaufen. Zeitgleich hatte ich ihm mit Tränen in den Augen entgegengesehen und gedacht, dass er meine Schmach beenden wollte. Aber ich hatte mich geirrt. Der restliche Saal hatte gelacht.

»Das hat sie verdient«, »Tja das war es mit der Familienehre« und »Ich wusste gar nicht, dass man für nichts gut genug sein konnte«, waren noch die netteren Beleidigungen, die im Raum ertönt waren.

Doch die Stimmen verklangen erst, als mein Dad bei mir ankam, den Stein von meinem Hals riss und mit seiner freien Hand zuschlug. Ich hörte das Klatschen, bevor ein Kribbeln meine Wange durchzog und der Schmerz einsetzte. Trotz des Brennens meiner linken Gesichtshälfte hatte ich noch einige Augenblicke gebraucht, um zu realisieren, dass mein Dad mich nach siebzehn Jahren meines Lebens zum ersten Mal geschlagen hatte. Davor war ich immer seine Kleine gewesen.

Doch seit diesem Tag war jedes nette Wort, das er an mich richtete, eine Besonderheit. Konnte Silvania nicht verstehen, dass ich deshalb so hart arbeiten musste? Mit etwas Glück würden sie mir doch noch eine andere Aufgabe zuteilen, um meine Talente nicht zu vergeuden, wenn ich als Jahrgangsbeste abschloss. Sonst war das mein Schicksal. Ich würde die Beschützerin vom letzten Sohn des Teufels sein, den es gar nicht gab, und würde für die körperliche Unversehrtheit von jemandem zuständig sein, der nicht existierte. Ich durfte zwar in der Hölle bleiben, hatte aber keinen Nutzen.

»Dafür gibt es uns auch«, murmelte ich und versuchte, die Erinnerungen an diesen Tag abzuschütteln. Es reichte, wenn alle anderen mir immer wieder vor Augen führten, dass ich eine Schande war, da musste ich mich nicht auch noch selbst geißeln.

»Wenn nur das unser Lebensinhalt ist, kann mir die Ewigkeit gestohlen bleiben«, sagte Sil ernst und griff nach meiner Hand, damit ich sie ansah.

Die Atmosphäre schlug um. Bis jetzt war es nur ein Gespräch zwischen Freundinnen gewesen. Spontan, leicht, wenn auch nicht immer schmerzfrei. Doch plötzlich schien es viel mehr zu sein. Der Ausdruck auf Silvanias Gesicht passte nicht zu ihrem fröhlichen Wesen. Sie wirkte bedrückt, als würde sie etwas beschäftigen, und sie schaute mich mit tränengefüllten Augen an. Ob sie sich Sorgen um mich machte?

»Wir sollten uns auf die bevorstehende Prüfung konzentrieren«, murmelte ich, entzog ihr meine Hand und blickte starr geradeaus, um sie nicht ansehen zu müssen. Sil und ich sprachen immer über unsere Probleme, aber noch nie zuvor hatte ich den Verdacht, dass sie etwas zurückhielt, um mich mit ihren Worten nicht zu verletzen. Hatte ich mich so stark verändert, dass es besorgniserregend war? Sicher, ich hatte mich in den letzten Monaten zu einer Stubenhockerin entwickelt, die ihre Zeit in der Bibliothek oder ihrem Zimmer verbrachte. Aber ich dachte nicht, dass sich mein Charakter ebenfalls von früher unterschied.

Nachdenklich senkte ich den Kopf und betrachtete meine Hände, die auf der Tischplatte lagen. Vielleicht hatte Sil Recht und ich musste wirklich wieder mehr auf mich achten. Meine Haut war durch die Hitze in der Hölle ausgetrocknet, weil ich sie nicht mehr pflegte, und meine Fingernägel waren so weit abgekaut, dass ich stellenweise Blut sah. Sie waren nicht lackiert, während Sil richtige Muster auf ihren Nägeln hatte. Ihre blauen Haare fielen ihr geglättet über die Schultern und eine Spange, auf der eine schwarze Rose angebracht war, hielt ihre Stirnfransen aus ihrem Gesicht. Meine Haare hingen wirr und zerzaust an mir herunter. Ich hatte sie gestern gewaschen, doch seitdem war keine Bürste mehr in ihre Nähe gekommen. Ich seufzte deprimiert. Mir sollte es nichts ausmachen, keinen Schönheitswettbewerb gewinnen zu können, aber leider tat es das doch.

»Es ist schon ziemlich spät. Vielleicht hat er die Prüfung vergessen«, sagte Silvania und erlöste mich damit von meinen elendigen, sinnlosen Gedanken. Ich würde mich nicht schminken oder früher aufstehen, um mich aufzutakeln. Das war das Einzige, das mir an meinem neuen Leben gefiel.

»Eigenartig. Ich könnte mich nicht erinnern, dass Meister Asmodäus jemals zu spät gekommen wäre«, erwiderte ich und starrte auf das Gestell aus abgetrennten menschlichen Fingern, das eine Uhr darstellen sollte. Unpünktlichkeit passte nicht zu ihm. Ganz und gar nicht. Selbst nach dem Angriff der Engel hatte er am nächsten Tag zur normalen Zeit den Unterricht gestartet und dabei war seine Frau während des Kampfes ums Leben gekommen. Er war sogar so streng gewesen, dass er trotz der Katastrophe Schüler von der Lerneinheit ausgeschlossen hatte, weil sie nicht rechtzeitig gekommen waren oder angefangen hatten zu weinen. Und nun kam er an einem Tag wie jedem anderen zu spät?

»Ist er auch nicht«, stimmte Sil mir zu und folgte meinem Blick zur Uhr. Irritiert fuhr sie sich über das Gesicht, bevor sie den Kopf aufmerksam in die Richtung des Nebentisches drehte, an dem sich zwei Schüler unterhielten.

»Wisst ihr, wo der Meister bleibt?«, fragte Sil freundlich und unterbrach damit das Gespräch der beiden.

Sie musterten erst meine Freundin und sahen daraufhin mich abschätzig an, was ich gekonnt ignorierte. Dennoch traf mich der Hass in ihren Augen und die Arroganz, mit der sie über mich urteilten. Ich wagte zu bezweifeln, dass sie selbst am Tag des Angriffs gekämpft hatten. Aber es war leichter, über mich zu richten, als sich selbst einzugestehen, dass man auch nichts beigetragen hatte, um den Schaden abzuwenden.

»Nein, aber in den anderen Klassen hat der Unterricht auch noch nicht begonnen. Niemand hat jemanden vom Lehrpersonal gesehen«, antwortete eine der beiden, nachdem ich ihr Starren unkommentiert ließ und mich auch auf kein Starr-Duell einließ. Doch ihre Worte waren unbedeutend, weil in diesem Moment die Wand krachte und zu bröckeln begann. Im Eingang erschien Meister Asmodäus, der stehen blieb, seinen Blick über die Schüler schweifen ließ und laut verkündete:

»Die Prüfung fällt heute aus. Der restliche Unterricht ebenfalls. Packen Sie zusammen und verlassen Sie umgehend das Schulgelände.«

Dann machte er kehrt, lief den Gang entlang und verschwand hinter der nächsten Ecke. Verwirrtes Gemurmel brach unter den Schülern aus und auch ich schüttelte irritiert den Kopf. Was zum Teufel war das?

Abgesehen davon, dass ich mir umsonst die Nacht um die Ohren geschlagen hatte, um zu lernen, war sofort klar, dass irgendetwas geschehen war. Meister Asmodäus war ein hochgewachsener Mann, der auf sein Aussehen wert legte. Er trug jeden Tag einen Anzug, die grau melierten Haare waren mittels Gel perfekt nach hinten gekämmt und schwarze Lackschuhe rundeten das Outfit ab. Doch heute standen seine Strähnen wirr in alle Richtungen ab. Sein Hemd war zerknittert und anstatt der Anzugshose hatte er eine Jogginghose an, die auf dem Schenkel einen Fleck aufwies. Es sah aus, als wäre er gerade aus dem Bett gefallen. Außerdem waren tiefe Sorgenfalten in seinem Gesicht zu erkennen, die ihn zehn Jahre älter wirken ließen. Er war blass, wodurch die Augenringe noch mehr hervorstachen.

»Was ist denn los? Weißt du, was passiert ist?«, fragte Silvania mich beunruhigt und sah immer noch auf die Stelle, wo Asmodäus verschwunden war.

In der Zwischenzeit hatte sich die Wand wieder aufgebaut, aber dahinter waren deutlich Stimmen zu hören. Andere Schüler, die wie wir spekulierten. Allem Anschein nach wurde das gesamte Gebäude geräumt.

»Keine Ahnung, aber irgendwas stimmt hier nicht und Meister Asmodäus' Abgang ist kein gutes Omen, wenn du mich fragst.«

Auf Silvanias Züge legte sich ein hinterhältiges Grinsen und sie blickte mich verschwörerisch an, als hätte sie vor eine Dummheit zu begehen. Und dumm war noch untertrieben. Wahnsinnig, geisteskrank, todesmutig.

»Also bleiben wir und versuchen herauszufinden, was hier gespielt wird?«, wollte sie mit gesengter Stimme wissen, während ich meine Sachen zusammenpackte, aufstand und meine Tasche schulterte. Sil tat es mir gleich, blieb aber demonstrativ stehen, anstatt wie die anderen den Raum zu verlassen. »Komm, ich weiß, dass es dich genauso interessiert wie mich.«

Das entsprach der Wahrheit. Natürlich war ich neugierig. Wer würde das in so einer Situation nicht sein? Doch ich konnte es nicht riskieren, wieder negativ aufzufallen. Es gab sogar bei den Meistern einige wenige, die trotz meiner Leistungen kaum mit mir sprachen und mich bei jedem Fehltritt absichtlich zu hart bestraften, um ein Zeichen zu setzen. Für sie wäre es die perfekte Gelegenheit, mich doch noch von der Akademie zu schmeißen.

»Nein. Bist du verrückt? Wir stehen kurz vor unserem Abschluss. Ich habe keine Lust, mir noch Ärger einzuhandeln«, meinte ich und bereute, dass meine Stimme so harsch klang.

Sil war meine Freundin. Sie hatte es nicht verdient, dass ich sie anschnauzte. Aber ich konnte nicht anders. Verstand sie nicht, dass uns das in Teufels Küche bringen könnte? Was wäre, wenn das Gebäude drohte einzustürzen und wir wären noch drinnen, weil wir nicht auf den Meister gehört hatten?

»Schön, wie du meinst. Du kannst ja verschwinden. Ich will erst sichergehen, dass alle anderen Klassen auch Bescheid wissen. Nicht, dass diejenigen, die gerade eine Freistunde haben, nicht informiert werden«, sagte Sil bestimmt und ging erhobenen Hauptes auf den Ausgang zu, ohne auf mich zu warten.

Eigentlich war ihre Idee nicht schlecht, obwohl ich bezweifelte, dass die Meister diese Klassen vergessen würden. Dennoch war an der Sache etwas faul. Silvania war nett zu allen, die ihr auf den Schulgängen begegneten, auch wenn sie ihr unbekannt waren. Aber extra loszuziehen, um Fremde über die Schließung der Schule zu informieren? Das klang gar nicht nach Sil.

»Halt! Du bist nicht so pflichtbewusst. Welche Klasse hat gerade keinen Unterricht?«, wollte ich vorwurfsvoll wissen und eilte ihr hinterher.

»Ist das wichtig? Wir sollten uns nicht mit solchen irrelevanten Details aufhalten, oder?«, erwiderte sie, drehte sich aber nicht zu mir um. Somit konnte ich ihr Gesicht nicht sehen. Doch ich hörte das unterdrückte Lachen in ihrer Stimme. Ich hatte also Recht.

»Es ist Nikolais, richtig? Von keiner anderen der knapp dreißig Klassen kennst du die Stundenpläne auswendig. Sil, bitte! Vergiss den Typen endlich«, stöhnte ich genervt und legte ihr eine Hand auf die Schulter, damit sie stehenblieb. »Du bist zu gut für ihn. Jemand wie er hat dich nicht verdient. Du brauchst einen Mann, dem du nicht wie ein räudiger Köter nachlaufen musst. Wenn du dich für immer auf Nikolai versteifst, wirst du allein bleiben, bis du alt und vertrocknet bist.«

Ich wusste zwar nicht, was daran so schlimm sein sollte, sein Leben allein zu meistern und nur sich selbst Rechenschaft ablegen zu müssen, aber Silvania schien es Angst zu machen. Wie die menschlichen Mädchen jagte sie der Illusion eines perfekten Gegenstücks hinterher und wurde nur enttäuscht.

»Für immer«, hauchte sie mit melancholischer Stimme und drehte sich zu mir um, sodass ich das Zucken ihrer Mundwinkel sah, die ein Lächeln andeuteten. »Das will ich. Aber ich erwarte nicht, dass du das verstehst.«

Sie machte eine kurze Pause, doch es kam mir vor, als würde sie noch viel mehr sagen wollen. Ihr Mund öffnete und schloss sich wieder. Sie verzog die Lippen zu einem dünnen Strich.

»Kommst du mit oder nicht? Mehr will ich nicht wissen. Wenn nicht, suche ich ohne dich. Doch ich werde nicht einfach gehen, ohne zu wissen, wo er ist.«

»Ehrlich, was findest du an ihm?«

Verzweifelt sah ich sie an, doch sie reagierte nicht auf meine Frage, was mich seufzen ließ. Es war auch niemand mehr da, um mir zu helfen, sie zu Vernunft zu bringen. Was sollte ich tun? Einfach gehen? Das stand nicht zur Debatte. Sil würde mich auch nicht allein lassen, wenn ich drohte, in mein Verderben zu laufen, und ich war mir sicher, dass es nicht gut für sie enden würde. Im schlimmsten Fall wäre Nikolai schon mit seinen Freunden draußen und wir würden umsonst alle Räume absuchen. Im besten Fall würden wir ihn finden und er würde Sil auslachen, weil sie ihn gesucht hatte.

»Wenn wir jemandem in die Arme laufen, wälze ich die Schuld auf dich ab«, entschied ich und hoffte, dass die Meister verstehen würden, dass ich es als sicherer empfunden hatte, mit Silvania zu gehen, statt sie allein durch die Akademie streifen zu lassen.

»Danke«, sagte sie und ihr Gesicht erhellte sich. Sie strahlte mich an, als hätte ich ihr erzählt, dass sie zum Teufel persönlich eingeladen wurde, legte ihre Arme um mich und drückte mich fest an sich. Die Umarmung war für mich so ungewohnt, dass ich wie angewurzelt dastand, statt meine Arme um sie zu legen. Wann war es das letzte Mal vorgekommen, dass ich jemand anderem so nah gewesen war? Sofort konnte ich nichts anderes mehr riechen als ihr süßliches Parfüm, das ihren gesamten Eigengeruch überlagerte und mich husten ließ. Ihr Griff war so fest, dass ich Angst hatte zu ersticken, doch die Geste löste in mir ein Gefühl der Wärme aus, obwohl mir gar nicht klar war, dass sich in mir die Kälte eingenistet hatte.

Es dauerte nur wenige Atemzüge, bis sie mich wieder losließ und in Richtung Cafeteria rannte, doch die Sekunden zogen sich ins Unendliche. Langsam folgte ich ihr durch die gespenstige Leere. Niemals war es hier so still gewesen. Das Gebäude war wie ausgestorben. Meine Schritte hallten von den Wänden wider und als die Fackeln an den Mauern, die für Licht sorgten, nach der Reihe erloschen, beschlich mich das Gefühl, dass es doch besser gewesen wäre, nach draußen zu gehen.

»Silvania!«, rief ich, bekam aber keine Antwort. Ich setzte einen Fuß vor den anderen und tapste durch die Dunkelheit, während ich meine Hand zur Orientierung ausstreckte und mit den Fingern an der Wand entlangfuhr. Die Mauer fühlte sich rau unter meiner Haut an und stellenweise löste sich durch meine Berührung der Putz. Sie blätterte ab und bröselte zu Boden.

»Sil! Wo bist du?«

Wieder keine Antwort, doch vor mir wurde es heller, als hätte jemand vergessen, ein paar Fackeln auszumachen. Schnell lief ich auf die Lichtquelle zu, jedoch war Silvania auch hier nicht zu sehen. Ich war wieder im Gebäudetrakt angekommen, an dem die Wände weiß waren, und trotz der dämmrigen Beleuchtung war mir klar, dass etwas anders war als sonst. Irgendetwas stimmte hier nicht. Meine Fingerspitzen fühlten sich feucht an. Schmierig. Irritiert zog ich die Hand ein und besah sie genauer. Meine Fingerkuppen waren rot verfärbt. Die Flüssigkeit war warm. Auch an den Mauern klebten rote Spritzer. Blut. Mit angehaltenem Atem sah ich auf die Kleckse, die unregelmäßig verteilt waren und dennoch wie ein Kunstwerk aussahen. Was war hier passiert? Ein ungutes Gefühl beschlich mich. Wir sollten von hier verschwinden. Sofort!

»Sil!«, versuchte ich es noch einmal und konnte die Panik in meiner Stimme nicht unterdrücken. Wo war sie? Wieso antwortete sie nicht. War das Blut von ihr?

»Valla! Hilfe! Valla!«, hörte ich Silvania kreischen und rannte, ohne nachzudenken, dem Klang ihrer Stimme hinterher, die mich wieder in die Dunkelheit führte.

Ich spürte, wie mein Herz raste. Adrenalin pumpte durch meine Adern und ich schwitzte, obwohl mir eiskalt war. Hastig sog ich Sauerstoff in meine Lungen und ließ die Luft wieder entweichen. Dennoch hatte ich das Gefühl, zu ersticken. Meine Kehle war wie zugeschnürt. In meiner Seite stach es, doch ich beschleunigte meine Schritte und flehte stumm zum Teufel, dass es Sil gut ging. Ich lief weiter und weiter, ohne stehenzubleiben, obwohl meine Beine nach kurzer Zeit schmerzhaft brannten und ich komplett orientierungslos war. Ich war mir nicht sicher, ob ich diesen Teil des Gebäudes kannte, aber selbst wenn, war er kaum wiederzuerkennen. Es war einfach zu dunkel und die sporadischen Feuer an der Wand trugen nur dazu bei, dass sich meine Augen nicht an die Schwärze gewöhnen konnten.

Nachdem ich Silvania endlich erreichte, atmete ich, als würde ich eine Sauerstoffflasche benötigen. Mehr Cardio-Training zu machen, wäre nicht schlecht gewesen. Das sollte ich dringend ändern. Schmerzhaft keuchend stemmte ich die Hände in die Hüften und bemühte mich, meinen Herzschlag zu beruhigen. Sil schien es gut zu gehen. Sie stand mit dem Rücken zu mir und starrte auf den Boden. Über ihr brannte eine Fackel, sodass ich eine perfekte Sicht auf ihre Kehrseite hatte. Stocksteif stand sie da und ... Schluchzte sie etwa?

»Sil?«

Keine Reaktion.

»Silvania?«

Ein Wimmern.

»Ist alles in Ordnung?«

Kräftig schüttelte sie den Kopf und bedeckte mit den Fingern ihr Gesicht, während ich nähertrat und meine Hand auf ihren Oberarm legte. Doch ich hatte nicht das Gefühl, dass sie meine Berührung wahrnahm. Ihr Blick blieb starr gesenkt.

»Beim unheiligen Teufel, wer tut so etwas Schreckliches?«, fragte sie und schniefte, sodass ich ihren Schmerz beinahe fühlen konnte. Es tat mir weh, sie so leiden zu sehen und nicht zu wissen, was ich tun konnte, um das zu ändern.

»Sil? Was ist los?«, flüsterte ich, um sie nicht zu verschrecken. Ich erreichte jedoch nur, dass sie die Arme sinken ließ und sich zu mir drehte. Tränen liefen über ihre Wangen und legten einen feuchten Glanz über ihr bleiches Gesicht. Wortlos zeigte sie nach vorne und forderte mich mit einem Nicken auf, hinzusehen. Ich kniff die Augen zusammen, um den Fleck, auf den ihr Finger deutete, besser betrachten zu können. Der Boden schien sich vor uns zu wölben und Wasser breitete sich über dem Flur aus. Kälte ging von den Buckeln aus und schien von der Umgebung aufgenommen zu werden, sodass ich fröstelte. In der Hölle war es warm. Immer. Deshalb war ich kühle Temperaturen nicht gewohnt. Eigentlich war dies niemand, der noch die Akademie besuchte. Eine Gänsehaut überzog meinen Körper und ich rieb mir die Unterarme. Ich trat einen Schritt nach vorne, um besser sehen zu können. Und stolperte prompt rückwärts.

»Verdammte Scheiße!«, schrie ich und riss die Augen auf.

Da lag jemand. Es war nicht der Untergrund, der uneben war, sondern eine Gestalt, die in sich zusammengesunken auf dem Boden schlief. Wobei ich mir nicht sicher war, ob er wirklich nur bei Morpheus im Land der Träume war. Sein Brustkorb hob und senkte sich nicht. Seine Haut war seltsam bläulich und seine Lippen hatte jede Farbe verloren. Seine blonden Haare waren nass und tropften den Boden voll, genau wie seine Kleidung. Jedoch klebte sie nicht feucht an seinem Körper, sondern wirkte steif, beinahe tiefgefroren. Kleine Kristalle überzogen den Stoff, die sich langsam auflösten. Je mehr ich erkannte, desto sicherer wurde ich mir, dass sich der Junge nicht freiwillig hier positioniert hatte. Sein Kopf lag auf der Seite und er blickte in unsere Richtung, ohne wirklich etwas zu sehen. Seine Iris war weiß und in den Augen fehlte jedes Leben. Sie waren ausdruckslos. Tot.

Instinktiv packte ich Silvanias Hand. Ich hatte genug. Egal, wo Nikolai war, er konnte dortbleiben. Aber Sil und ich mussten hier raus!

»Lass uns von hier verschwinden!«, befahl ich und zog meine beste Freundin am Arm, um sie zum Gehen zu animieren. Doch sie bewegte sich nicht.

Ihr Finger war immer noch auf den Toten gerichtet und sie weinte stumm um das Leben, das beendet worden war. Als Dämonin hatte ich schon in jungen Jahren Leichenteile von Menschen gesehen. Eine ausgehöhlte Zunge war sogar der Aufsatz für mein Fläschchen gewesen. Doch es war etwas anderes, einen von uns so zu erblicken und zu wissen, dass er nie wieder sprechen würde. Er würde sich nie wieder bewegen. Ich kannte den Jungen nicht, aber irgendwo in der Unterwelt würde ein Bruder, eine Mom oder ein Dad um einen Dämon trauern, der dem Teufel gestohlen wurde. Kein Wunder, dass Sil weinte. Auch ich fühlte eine Beklommenheit in meiner Brust, die mit jeder Sekunde stärker wurde.

Ein Geräusch hinter mir ließ mich herumfahren. Es klang wie ein Rascheln, wie das Aneinanderreiben von Stoffen. Und dazu kamen schnelle Schritte. Jemand lief auf uns zu. Zwei. Nein, drei. Oder waren es mehr? Gehetzt sah ich mich um und suchte nach einer Gelegenheit, uns zu verstecken. Doch hier war nichts. Wir standen in einem langen Gang, in dem ich mich nicht auskannte. Hier ein Pentagramm zu suchen, würde uns kostbare Minuten kosten. Zeit, die wir nicht hatten.

Ein Schnaufen, nicht weit von uns entfernt, erklang. Ich konnte niemanden sehen. Der Gang sah leer aus, doch ich wusste, dass das nicht der Wahrheit entsprach.

»Sil! Wir müssen hier weg«, flehte ich und zerrte stärker an meiner Freundin, sodass ich sie hinter mir herzog. Trotz ihres dünnen Körpers und meiner Panik, die mir neue Kraft gab, reichte es nicht, um zu laufen. Wir waren zu langsam.

Die Schritte kamen näher. Ich hörte das bedrohliche Schnauben unserer Verfolger und versuchte, die aufkommenden Bilder von Messern, die mir die Kehle durchschnitten und Kugeln, die mich durchbohrten, auszublenden. Sie klangen erschöpft. Wie lange preschten sie schon durch das Gebäude?

»Silvania! Bitte«, bettelte ich weiter und hoffte, sie würde aus ihrer Starre erwachen und den Ernst der Lage begreifen. Egal, wer uns verfolgte, sie waren nicht begeistert, dass wir sie gestört hatten.

»Schnappt sie euch!«, schrie eine tiefe Stimme.

Sie war nah. Zu nah für meinen Geschmack. Und hart. Sie ließ keine Emotionen erahnen, als wäre der Sprecher ein Roboter, oder er würde jeden Tag zwei Schülerinnen verfolgen, um ihnen Unaussprechliches anzutun. Ob er selbst Teil der Akademie war?

»Haben sie uns gesehen?«, fragte eine andere Stimme. Sie klang höher, weiblicher und ein Hauch von Unsicherheit schwang in ihren Worten mit. Hatte sie Angst, erkannt worden zu sein? Ob ich sie schon einmal gesehen hatte? Oder Sil?

Ein Schrei ertönte. Die Schulglocke. Doch ich war nicht darauf vorbereitet gewesen. Ich zuckte zusammen und geriet ins Straucheln. Silvanias Arm rutschte mir durch die Finger und ich hörte ein dumpfes Geräusch, während sie wie ein nasser Sandsack auf dem Boden aufschlug. Ein überraschter Ton kam über ihre Lippen. Gezwungen, stehen zu bleiben, tastete ich blind nach Sil. Schon lange hatten wir den Lichtkegel der letzten Fackel hinter uns gelassen. Das Geräusch der Schritte unserer Angreifer hatte mich fast erreicht, als ich mit der Hand gegen Widerstand stieß. Silvania. Ich wollte ihr aufhelfen und weiterlaufen, doch es war zu spät.

Etwas Hartes traf meinen Hinterkopf. So fest, dass ich das Gleichgewicht verlor und nach vorne fiel. Instinktiv versuchte ich, meinen Fall mit meinen Händen zu bremsen. Jedoch erreichte ich nur, dass ein schmerzhafter Stich durch meine Handgelenke ging. Mir wurde schwindelig. Mein Magen zog sich zusammen und die Dunkelheit vor meinen Augen flackerte. Die Schwärze wurde von kleinen Lichtpunkten durchzogen, die verschwammen. Tränen füllten meine Augen.

»Ist das wichtig? Wir nehmen sie beide mit und fertig. Zwei mehr werden keinen Unterschied machen. Und jetzt beeilt euch. Die Mission dauert schon zu lange. Wir werden noch erwischt und dann war alles umsonst. Ich habe zu hart hierfür gearbeitet, um alles wegen zwei Mädchen über den Haufen zu werfen.«

Ich fühlte etwas Nasses an meinem Kopf und meine Arme zitterten gefährlich, bevor mich die Kraft verließ und sie unter mir wegbrachen. Mein Schädel schlug auf dem Untergrund auf und meine Augen fielen zu. Nur mit Mühe konnte ich sie wieder aufdrücken. Ich war plötzlich unheimlich müde. Fremde Hände berührten meinen Körper. Ich strengte mich an, mich zu bewegen, mich zu wehren, doch mehr als ein Keuchen brachte ich nicht zustande. Der Raum um mich schien sich zu drehen und mein Magen zog sich krampfartig zusammen. Finger tasteten meinen Rumpf ab. Suchten sie nach Waffen?

»Ah, verdammt!«, fluchte jemand und die Hände auf mir verschwanden.

»Was ist los? Warum dauert das so lange?«, brüllte der Anführer. Er schrie, da war ich mir sicher. Aber dennoch wirkte die Stimme weit weg und es fiel mir schwer, zu verstehen, was er sagte. Alle meine Sinne schienen sich zu verabschieden. Ich roch kaum noch den Gestank nach Blut und Schweiß, der in der Luft lag. Ein Kribbeln zog sich durch meine Gliedmaßen, bevor ich meine Arme nicht mehr spürte.

»Wir können sie nicht mitnehmen.«

Das qualvolle Pochen in meinem Kopf verschwand und machte einer wohltuenden Leere Platz.

»Wieso nicht?«

Ich verlor das Gefühl in den Beinen und ich schaffte es nicht mehr, meine Augen offenzuhalten.

»Sie glüht.«

Die Stimmen wurden immer leiser, bis sie kaum noch zu hören waren und Schwärze mich umhüllte.

»Was soll das heißen?«

Pause. Neben mir bewegte sich etwas.

»Verfluchte Scheiße! Dann lassen wir sie hier. Nehmt die andere mit und raus.«

Schwärze umhüllte mich. Ich verlor das Bewusstsein.

Kapitel 2

Valla

Master, entschuldigen Sie die Störung, aber es geht um das Mädchen«, sagte ein dunkelhäutiger Mann mit Glatze und strahlend blauen Augen.

Auf seinem Hinterkopf war ein weißer, fünfzackiger Stern tätowiert und er trug einen Umhang, den dasselbe Zeichen zierte. Er kniete vor einem Thron, der den Stoff für viele Albträume hätte liefern können. Menschliche Gesichter, die ihren Eigentümern abgezogen worden waren, bildeten den Stoff für die Sitzfläche und die Lehne, während abgetrennte Beine und Arme als Gestell fungierten. Verstärkt wurde die Konstruktion durch Knochen und Gedärme, die zu Schnüren umfunktioniert worden waren.

Auf dem Stuhl saß auch ein weiterer Mann. Seine Haare waren schwarz und hingen ihm über die Schultern. Aus seinem Kopf ragten zwei Hörner in der gleichen Farbe, die länger waren als die Armlehnen des Throns. Seine Haut war blass, nicht leichenblass, aber es sah doch ungesund aus. Er trug nur eine schlichte schwarze Hose, seine glatte Brust war nackt. In der Hand hielt er einen langen Stab, auf dem ein Totenkopf thronte. In die Augenhöhlen des Schädels waren rote Rubine eingelassen, die im Licht funkelten. Aber am beeindruckendsten waren die dunklen Schwingen auf seinem Rücken. Jede Feder schien einen eigenen Schwarzton für sich zu beanspruchen. Das Gefieder war wie eine Komposition, ein Kunstwerk, und ließ das Erscheinungsbild des Mannes überwältigend erscheinen. Seine Augen, in denen ein Feuer loderte, durchbohrten eine Frau, die nackt auf dem Fell eines gehäuteten Tieres lag. Ihre Arme und Beine waren ausgestreckt und auf dem Boden angenagelt worden. An den Einstichstellen befanden sich dunkle Blutkrusten. Wie lange sie schon hier lag? Ihr Körper war übersäht von Flecken in den unterschiedlichsten Farben. Gelb, Grün, Rot, Violett, Blau. Ihre Oberlippe war aufgeplatzt, ihr rechtes Auge geschwollen. Von ihrer Wange zu ihrem Kinn zog sich ein tiefer Schnitt, aus dem pulsartig das Blut strömte. Sie wimmerte. Ihre Stimme klang heiser, als könnte sie nicht mehr schreien. Vermutlich hatte sie seit Stunden nichts anderes getan. An ihren Fingern fehlten Nägel und das Fleisch war blutunterlaufen. Fast so, als wäre die Haut abgezogen worden.

»Bitte«, flehte sie leise und eine Träne lief über ihre Schläfe hinab auf das stinkende Fell. »Ich habe nichts getan.«

Aber niemand schenkte ihr Beachtung. Die Aufmerksamkeit des Herrschers galt seinem Untertan, dem er mit der Hand bedeutete, näher zu kommen.

»Wenn es um sie geht, ist es keine Störung, Septer. Ich sagte, ich will über alles informiert werden, was sie betrifft«, antwortete er und erhob sich von seinem Stuhl. Die Flügel spannten sich zur Gänze auf und nahmen einen Großteil des Raumes ein.

Septer erhob sich aus seiner knienden Position, stieg über die gefolterte Frau und ging zu seinem Master. Wenige Meter vor ihm blieb er stehen und senkte den Blick.

»Sie wurde von den gleichen Personen angegriffen, die den Dämon getötet haben«, berichtete er und ließ den Kopf unterwürfig tiefer sinken.

Hatte er Angst vor der Reaktion des Herrschers?

»Ist sie unverletzt?«

»Ja.« Septer zögerte. Er biss sich auf die Lippe und seine Augen huschten im Raum umher. Er schluckte, schien sich nicht überwinden zu können, den Mund erneut zu öffnen. Einige Momente vergingen, aber auch der Herrscher sagte nichts, als wüsste er, dass seinem Untergebenen etwas auf der Zunge brannte.

»Ich verstehe nur nicht wie, Master. Sie hat plötzlich gebrannt«, murmelte Septer dann doch noch, als könnte er seine Neugierde trotz der Angst nicht zügeln.

»Sehr gut. Ihre Kräfte scheinen sich bei Gefahr zu entfalten. Das wurde auch Zeit. Sie muss lernen, sie gezielt einzusetzen.«

Der Master nickte wohlwollend und der Anflug eines Lächelns erschien auf seinem Gesicht. Das beruhigte Septer. Er wurde mutiger. Anmaßender. Aber er hatte allem Anschein nach nur das Beste für die Höllenbewohner im Sinn.

»Wäre es nicht ratsamer, doch gegen die Abtrünnigen vorzugehen? Bevor noch mehr sterben und ein Krieg vom Zaun bricht?«

»Nein. Du bist noch jung, Septer, deshalb wirst du nicht verstehen, dass manche Dinge viel Zeit brauchen. Ich habe lange auf diesen Moment gewartet und diese Abtrünnigen spielen mir dabei in die Karten.«

Der Herrscher pausierte, sah auf den Totenkopf an seinem Stab, dessen Rubine rot aufleuchteten, und nickte.

»Genau. Wie besprochen werden wir gar nichts tun. Ich bin gespannt, wie es sich entwickelt. Wenn alles nach Plan läuft, werden wir bald sehr weit vom Krieg entfernt sein«, sprach er weiter, doch er schien mit den Gedanken weit weg zu sein. Sein Blick fiel ins Leere, die Züge wurden ausdruckslos und er hatte den Kopf leicht schief gelegt.

»Ich verstehe nicht, Master«, sagte Septer verwirrt, zog die Augenbrauen zusammen und holte den Herrscher aus seiner Trance. Auch er schien nicht aus den Botschaften seines Masters schlau zu werden.

»Das musst du auch nicht. Wichtig ist nur, dass dem Mädchen nichts passiert ist. Sie ist zu wichtig für meinen Sohn, um so abzutreten. Es muss noch einiges passieren, bevor die Entscheidung gefällt wird, ob sie sterben darf oder leben muss.«

***

»Wach auf, Nervensäge! Mach die Augen auf!«

Ich fühlte ein Rütteln an meiner Schulter, das mich aus dem Schlaf riss. Meine Wange pochte unangenehm, als hätte mich jemand geschlagen und meine Augenlider waren schwer wie Blei, sodass ich sie nicht öffnen konnte. Ich lag auf einem harten Untergrund und mein Kopf stach schmerzhaft. Immer noch hatte ich das Gefühl, mich übergeben zu müssen. Was war passiert? Warum lag ich nicht in meinem Bett? Und wer war dieser geflügelte Mann, dessen Abbild sich mir ins Gedächtnis gebrannt hatte?

»Beweg dich endlich!«, befahl jemand streng und wieder ging ein Ruck durch meinen Körper, der mir den Magen umdrehte. Eine Schmerzwelle breitete sich in meinem Kopf aus und durchzog meine Glieder.

»Elijah, nicht so fest. Du wirst sie noch verletzen«, sagte eine weitere Person. Sie klang weniger aufgewühlt, eher beherrscht, obwohl Sorge in der Stimme mitschwang. »Wenn du sie tötest, bekommen wir keine Antworten von ihr.«

Die Geräusche waren viel zu laut und dröhnten in meinen Ohren. Langsam kamen meine Erinnerungen zurück, die ich am liebsten vergessen hätte. An den toten Dämon im Gang, die Bande, die mich gejagt hatte. An Sil. Wo war sie? Hatten unsere Angreifer sie mitgenommen?

»Sie rührt sich nicht. Wieso bewegt sie sich nicht? Meister Asmodäus, Sie haben gesagt, es ginge ihr gut.«

Die Stimme hallte vorwurfsvoll von den Wänden wider. Obwohl das Geschrei in meinem Kopf hämmerte und mein Trommelfell zum Schmerzen brachte, wollte ich nicht, dass es verstummte. Der Klang beruhigte mich, lullte mich ein und hätte mich wieder einschlafen lassen, wenn niemand an mir gezerrt hätte.

»Ihre Atmung ist normal, sie hat nur eine leichte Gehirnerschütterung, Elijah«, erwiderte Asmodäus und ein genervter Laut war zu hören.

Wie oft hatte Elijah den Meister schon mit seinen Fragen zu meinem Gemütszustand belästigt? Moment! Elijah? Was wollte er hier? Der hatte mir gerade noch gefehlt.

»Und wieso wacht sie dann nicht auf?«, verlangte der Teufelsanwärter zu wissen, und erneut rüttelte mich jemand gewaltsam.

Ich war unendlich müde, aber je länger ich den Verdacht hatte, dass Elijah über mir kniete, desto leichter fiel es mir, meine Kraftreserven zusammenzunehmen und die Augen aufzureißen. Wie ich vermutet hatte, schwebte Elijahs Gesicht nur wenige Zentimeter über meinem. Seine Hände waren in meinem Shirt vergraben und er hatte meinen Oberkörper ein Stück angehoben. Sein Duft umhüllte mich, als meine Sinne vollständig zurückkehrten, und seine Iriden brannten sich in meine.

»Weil ein Vollidiot sie durchschüttelt, als wäre sie eine Gummipuppe«, fauchte ich und knallte daraufhin mit dem Schädel auf den Boden, da Elijah mich reflexartig fallenließ.

Schwarze Punkte tanzten durch meine Sicht und ich konnte ein Keuchen nicht unterdrücken. Eine neue Schmerzwelle übermannte mich. Wann hatte ich das letzte Mal solche Kopfschmerzen gehabt?

»Alles klar bei dir? Hast du Silvania gesehen? Alle suchen nach euch«, mischte sich Nikolai ein, stieß seinen besten Freund zur Seite und streckte mir die Hand entgegen. Ich war so überrascht, dass ich sie wirklich ergriff und ihm erlaubte, mir aufzuhelfen, anstatt auf seine Geste zu spucken. Das war alles seine Schuld. Ohne ihn wären Sil und ich wie alle anderen aus der Akademie gegangen. Aber nein, wir mussten ihn suchen und nun war Silvania weg.

»Sie war bei mir. Sie ...« Ich versuchte, mich daran zu erinnern, wo sie gestanden hatte, doch es wollte mir nicht einfallen. Mir war schwindelig und ich konnte mich kaum aufrechthalten.

»Ich habe einen Schlag auf den Hinterkopf abbekommen, aber ich konnte sie noch schreien hören«, stammelte ich und massierte mir die Schläfen, um den Druck in meinem Inneren zu verringern. Es fühlte sich an, als würde mein Gehirn nach außen drücken und unentwegt gegen meinen Schädelknochen schlagen. »Was ist hier los? Wer ist der Tote? Wo haben sie Sil hingebracht und wer hat mich niedergeschlagen?«

Ich verschränkte die Arme vor der Brust und betrachtete die drei Männer, die sich in einem Halbkreis vor mir aufgereiht hatten. Während Elijah versuchte, mich mit seinen Blicken zu erdolchen, schienen die anderen beiden wirklich besorgt zu sein. Aber niemand wollte genauer auf meine Fragen eingehen.

»Wir hatten gehofft, dass Sie uns das sagen könnten«, antwortete der Meister und zerschlug die Hoffnung, meine beste Freundin so schnell wie möglich wiederzusehen.

»Warum wart ihr überhaupt hier? Alle sollten das Gebäude räumen«, wollte Nikolai wissen und sein Unterton war anklagend.

Machte er etwa *mich* dafür verantwortlich? Er konnte doch nicht wirklich glauben, dass ich Sil mit Absicht in Gefahr gebracht hätte, nur um ... Was? Die Heldin zu spielen? Wir hatten doch keine Ahnung, weshalb die Schule gesperrt wurde. Wenn irgendwer gesagt hätte, dass blutrünstige Mörder Schüler entführten, wären wir bestimmt nicht so leichtsinnig gewesen.

»Sie wollte dich suchen, du Arschloch. Weiß der Teufel, was sie an dir findet«, zischte ich und betrachtete ihn abfällig, wobei es sein Charakter war, der mich anwiderte. Ansonsten war er eigentlich ganz ansehnlich mit den orangenen Haaren, dem spitzen Kinn und den vollen Lippen. Aber gutes Aussehen war eben nicht alles. »Und jetzt ist sie wer weiß wo und wird vermutlich gefoltert, bevor sie getötet wird. Und das alles nur, weil du sie vor einer halben Ewigkeit ficken musstest.«

Wut flammte in mir auf. Nicht unbedingt auf Nikolai, auch wenn er meinen Zorn abbekam. Eher auf mich und auf Sil. Sie hatte einfach nicht gehen wollen und ich war zu schwach gewesen, um sie zu überreden. Ich hätte mich mehr einsetzen müssen oder sie allein losschicken, in der Hoffnung, dass sie sich ohne Begleitung nicht traute. Doch das hatte ich nicht. Ich war mit Sicherheit die mieseste Freundin der Welt.

»Wie kannst du es wagen, mir zu unterstellen, dass ihr Verschwinden meine Schuld wäre?«, knurrte Nikolai, doch dann wurde seine Stimme ruhiger, beinahe traurig. Die geballten Fäuste öffneten sich, die aufgeblähten Nasenflügel begannen zu beben und sein gerötetes Gesicht wurde bleich. »Glaubst du, ich hätte nicht lieber, dass sie hier wäre? Bei mir? In Sicherheit?«

Seine Kiefermuskulatur spannte sich an und Tränen schimmerten in seinen Augen. Die Hände zitterten und er versteckte sie hinter seinem Rücken, als er es bemerkte. Er war ein verdammt guter Schauspieler. Fast hätte ich ihm seine Trauer abgenommen. Aber eben nur fast. Auch wenn die Art, wie er meinem Blick auswich und in die Leere starrte, beängstigend war.

»Wie rührend!«, säuselte ich sarkastisch und machte keinen Hehl daraus, dass ich ihm kein Wort glaubte. »Versuch erst gar nicht, so zu tun, als wäre sie dir wichtig. Was weißt du schon über sie? Du hast sie die letzten Monate keines Blickes gewürdigt. Aber was war von einem Teufelsanwärter auch zu erwarten?«

»Zieh die Krallen ein, Kampfzicke. Siehst du nicht, dass es ihm leidtut, dass sie deine Freundin mitgenommen haben? Du kannst dir sicher sein, wir alle sind traurig, dass es nicht dich erwischt hat«, half Elijah seinem Freund, während dieser mich mit offenem Mund anstarrte, als wäre mir ein zweiter Kopf gewachsen. Dennoch schien Elijah vom Verhalten seines Freundes irritiert zu sein. Er versuchte Blickkontakt herzustellen, doch Nikolai reagierte nicht.

»Wir Dämoninnen sind für euch alle gleich, also tu nicht so, als würde es für dich einen Unterschied machen«, lachte ich, aber es war kein freundliches Lachen. Es klang wie das einer Hexe, gemein und gehässig. Passend dazu verzog ich meine Lippen zu einem teuflischen Grinsen.

»Du bist etwas Besonderes«, sagte Elijah liebevoll und mir gefror das Blut in den Adern.

Hatte er gerade einen Schlaganfall oder warum sagte er diesen Unsinn? Nikolai hob perplex den Kopf, sah seinen Freund verwirrt an und selbst Meister Asmodäus riss überrascht die Augen auf. Doch ich war zu sprachlos, um irgendetwas zu tun. Elijah hatte das früher oft zu mir gesagt, bevor wir nichts Weiteres als Beschimpfungen mehr füreinander übrig hatten. Ihn es jetzt sagen zu hören, war wie ein Schlag ins Gesicht und ließ Gefühle in mir aufwallen, von denen ich dachte, sie begraben zu haben.

›Er ist ein Teufelsanwärter. Er ist ein Teufelsanwärter‹, wiederholte ich gedanklich wie ein Mantra und rief mir das Bild der schwarzhaarigen Dämonin ins Gedächtnis, die er vor wenigen Stunden in der Freistunde entehrt hatte. ›Er ist ein Teufelsanwärter.‹

Ich durfte meinen Gefühlen nicht nachgeben. Und dennoch schaffte ich es nicht, gegen sie anzukämpfen. Unser Kuss stahl sich in meine Gedanken und ließ mein Herz schneller schlagen.

»Du bist etwas Besonderes«, wiederholte er und setzte ein Strahlen auf, das mit jedem Stern mithalten könnte. Doch seine Stimmlage und seine Mimik passten nicht zu dem boshaften Funkeln in seinen Augen. »Niemand schafft es, mir so auf die Nerven zu gehen wie du«, setzte er nach und verpasste mir somit einen Dämpfer.

Die Worte trafen mich wie ein Messer und durchbohrten mein verräterisches Herz. Es fiel mir unendlich schwer, mir nichts anmerken zu lassen. Doch irgendwie schaffte ich es, meinen Stolz nicht zu verlieren. Das Lächeln auf meinen Lippen hielt ich eiskalt aufrecht, auch wenn mir zum Weinen zumute war. Aber diesen Gefallen würde ich dem arroganten Kotzbrocken nicht tun. Ich würde nicht vor ihm zusammenbrechen, weil ich meine Emotionen nicht unter Kontrolle hatte. Fieberhaft suchte ich nach einem passenden Konter, der genauso hinterhältig war. Doch ich kam nicht mehr dazu, ihn auszusprechen.

»Könntet ihr eure kindischen Zankereien nur einen Moment beiseiteschieben? Vor uns liegt eine zerfetzte Leiche und Silvania wird vermisst«, unterbrach Nikolai uns und warf die Arme in die Luft, um seine Aussage zu unterstreichen.

»Nik, komm wieder runter. Sie ist nur eine Dämonin und der Tote sieht mir auch nicht nach einem Teufelsanwärter aus, also besteht für uns keine Gefahr«, versuchte Elijah seinen Freund zu beruhigen, doch seine Worte hatten den gegenteiligen Effekt. Nikolai fuhr sich durch die Haare und die ersten Tränen lösten sich aus seinen Augenwinkeln.

»Wer redet von uns? Was ist mit Silvania?«, schrie er und ballte die Hände erneut zu Fäusten. »Entschuldige, hatte ich ganz vergessen: Wenn sie nicht wie wir sind, haben sie keine Bedeutung.«

»Beruhigt euch!«, rief der Meister dazwischen, aber die Teufelsanwärter ignorierten ihn einfach.

Verbittert lachte Nikolai und sein bester Freund zuckte unter dem ungewohnten Ton zusammen. Ich konnte ihn verstehen. Auch ich wäre erschrocken gewesen, wenn sich Nikolais Wut gegen mich gerichtet hätte. Eigentlich war Wut nicht richtig. Es war eine Mischung aus Trauer, Angst und Resignation. Beängstigend. Es wirkte, als hätte er aufgegeben und würde den aussichtslosen Kampf trotzdem weiterführen.

»Kein Wunder, dass du so denkst. Jeder, den du gefragt hast, hat dir Recht gegeben. Aber das ist Schwachsinn. Silvania ist eine tolle Frau. Sie hat das schönste Lächeln, das ich je gesehen habe. Ihre Augen leuchten, wenn sie sich freut, und ihre blauen Haare schimmern im Licht der Sonne. Sie spricht vier verschiedene Sprachen, spielt noch mehr Instrumente, ist klug und witzig und sie ...«

Nikolai war kaum zu verstehen und die Hälfte musste ich mir zusammenreimen, weil die meisten Silben in seinem Schluchzen untergingen. Sein Gesicht war klitschnass von den Tränen, die er vergoss. Der Anblick des gebrochenen Mannes regte etwas in mir, das mir nicht gefiel. Es machte mich unsicher. Ich wusste nicht, wie ich mich verhalten sollte. War all das wirklich nur gespielt oder entging mir etwas Essenzielles, das ich nicht begreifen konnte? Warum sollte ein Mann so fertig sein, wenn sein One-Night-Stand entführt wurde? Niedergeschlagen vielleicht, oder besorgt. Aber Nikolai sah aus, als hätte man ihn zerstört.

»Was verpasse ich hier gerade?«, fragte ich verwundert und zog die Augenbrauen zusammen.

Nikolai wirkte nicht so, als wäre Sil ihm egal. Eher als würde er den Gedanken, ohne sie leben zu müssen, nicht ertragen.

Nikolai sah weiterhin zu seinem besten Freund, sodass ich mir nicht sicher war, ob er mich gehört hatte. Doch seine nächsten Worte machten meine Frage überflüssig. Sie warfen stattdessen mehr auf, als mir lieb war.

»Ich liebe sie. Es tut mir leid, Elijah. Wirklich. Aber ich kann es nicht ändern.«

»Meine Herren!« Meister Asmodäus versuchte, sich Gehör zu verschaffen, doch seine Worte wurden von Nikolais Klagelauten übertönt.

Erneut überkam Elijahs besten Freund ein Weinkrampf, der auch mir die Tränen in die Augen trieb. Schon lange war das Grinsen von meinem Gesicht verschwunden und auch Elijah sah nicht mehr aus, als könnte er sich ein Lächeln abringen.

»Du hast nie etwas gesagt«, flüsterte er und schüttelte den Kopf.

Glaubte er, dass er damit die Augen vor der Wahrheit verschließen konnte? Nichts würde daran etwas ändern, dass ihm sein bester Freund den mit Abstand wichtigsten Teil in seinem Leben vorenthalten hatte.

»Was denn? Was hätte ich sagen sollen? Silvania und ich haben unsere erste Nacht miteinander verbracht und am nächsten Tag fiel der Himmel in die Hölle ein. Deine Mom starb und du ...« *Hattest angefangen, Dämonen zu hassen, weil einer von ihnen aus Angst seinen Posten verlassen hatte und stattdessen deine Mom von einem Engel ausgeweidet worden war.*

Nikolai sprach es nicht aus. Das musste er auch gar nicht. Er ließ den Satz offen und wischte sich die Tränen aus dem Gesicht, als er erneut ansetzte:

»Ich habe Sil danach angerufen. Ich wollte wissen, ob sie alles gut überstanden hat, und wir haben uns getroffen, um über die Nacht und den Kampf zu reden. Und es führte eins zum anderen.«

Wieder machte Nikolai eine Pause, atmete tief durch die Nase ein und durch den Mund aus, um sich zu beruhigen.

»Ich liebe sie, Elijah. Mehr als alles andere. Und jetzt ist sie weg«, keuchte er abschließend und setzte sich mit dem Rücken an die Wand gelehnt auf den Boden. Den Kopf legte er in den Nacken und weinte stumm um die Liebe, die er verloren hatte.

Es war echt. Da war ich mir nun sicher. Niemand konnte so gut schauspielern. Trotzdem wollte ich es nicht glauben. Sil erzählte mir alles. Wieso hätte sie mir das verschweigen sollen? Ob Nikolai sich diese Beziehung nur ausgedacht hatte? War er ebenso besessen von Sil wie sie von ihm?

»Wovon redest du? Silvania hätte mir davon erzählt, wenn sie eine Sexbeziehung gehabt hätte«, stellte ich klar.

Doch noch während ich es aussprach, war ich mir nicht mehr so sicher, ob meine Worte der Wahrheit entsprachen. Sil war in letzter Zeit komisch gewesen. Verschlossener. Hatte sie ihr Glück vor mir versteckt? Aber wieso hätte sie das tun sollen?

»Es ist lustig. Elijah und du, ihr seid euch so verdammt ähnlich. Euer Hass hält euch gefangen, sodass ihr den Wald vor lauter Bäumen nicht seht. Du verabscheust Teufelsanwärter so sehr wie er Dämonen. Keiner von euch ist gewillt, das Gute im anderen zu erkennen. Ihr hört nur das, was ihr hören wollt. Sil und ich hatten nicht nur Sex. Wir wollten es euch sagen, aber ihr wart so verbohrt. Wir lieben uns. Sie ist mein Leben. Deshalb habe ich sie gefragt, ob sie meine Frau werden will. Und ihr geht es genauso, ansonsten hätte sie nicht *Ja* gesagt.«

Wie konnte mir das entgehen? Ich hatte Silvanias Bewunderungen und die ständigen zufälligen Zusammenstöße mit ihm auf Besessenheit zurückgeführt. Sie hatte all das jedoch getan, damit ich Sympathie für ihn entwickelte. In der Hoffnung, mir irgendwann gestehen zu können, dass sie sich mit ihm traf. Und ich hatte ihn runtergeputzt, ihr gesagt, was er für ein schlechter Typ war und dass sie sich nicht auf so jemanden einlassen sollte. Ich hatte etwas verpasst. Etwas Großes. Und Sil musste erst verschleppt werden, damit mir das klar wurde. Ich war wirklich eine miserable Freundin.

»Was? Wann?«, krächzte ich und ging auf Nikolai zu, der den Kopf in meine Richtung drehte und mich erschöpft anblickte.

»Gestern. Sie hatte versprochen, es dir heute zu sagen. Aber das macht keinen Unterschied mehr.«

Seine Tränen stockten und er schloss die geröteten Augen. All der Stolz, die Arroganz, die ich von den Teufelsanwärtern gewohnt war, fehlten Nikolai. Er sah gebrochen aus, als hätte er jeden Grund zu leben verloren.

»Doch, tut es«, widersprach ich tonlos und überlegte, was ich machen konnte. Mich neben ihn zu setzen und ihn zu trösten wäre ein guter Anfang, aber das schaffte ich einfach nicht. Noch immer waren sie meine selbsterwählten Feinde, doch nichts zu tun erschien mir auch nicht richtig.

Die Hölle lachte über mich, weil alle Bewohner glaubten, dass ich zu feige war, etwas zu unternehmen, und lieber vor Gefahren weglief, als mich ihnen zu stellen.

Diesmal würde das anders sein. Ich wollte nicht mehr das ängstliche Häschen sein und Sil zurückhaben.

»Ich werde sie finden«, verkündete ich, ignorierte die Stimme in meinem Kopf, die mir sagte, dass ich versagen würde, und half Nikolai auf.

Er sollte mir egal sein, aber er war es nicht. Dieser Teufelsanwärter war Sil so wichtig gewesen, dass sie ihr Leben riskiert hatte, und deshalb musste ich versuchen, mit ihm auszukommen. Wenigstens das war ich Silvania schuldig.

»Wie bitte?«, fragte Nikolai und seine Pupillen weiteten sich. Er kam auf die Beine und rang sich ein hoffnungsvolles Lächeln ab.

»Bestimmt nicht!«, pflichtete Meister Asmodäus ihm bei, legte aber überlegend den Kopf schief, als würde er nicht zu seinen Worten stehen.

»Ich werde sie finden. Sie ist meine Freundin, auch wenn sie dich vor mir geheimgehalten hat. Egal wo sie ist, sie wird mir Rede und Antwort stehen müssen, wieso sie das getan hat. Aber das hat Zeit, bis sie wieder zuhause ist. Ich konnte immer auf sie zählen, also kann sie jetzt auch mit mir rechnen«, sagte ich bitterernst und meinte es auch so. Mein derzeitiges Leben verbrachte ich größtenteils in Einsamkeit. Wie würde es erst werden, wenn Sil nicht mehr da war?

»Das ist sehr ehrbar, Valla. Aber es gibt keine Hinweise auf ihren Aufenthaltsort. Niemand hat etwas gesehen«, mischte sich Asmodäus ein und drängte sich erfolgreich in den Vordergrund.

Peinlich berührt dachte ich daran, was ich gesagt hatte, ohne zu überlegen, was der Meister denken könnte. Ich hatte Elijah beleidigt, Nikolai als Lügner hingestellt und Schwäche gezeigt. Nicht vorzustellen, was mein Dad dazu sagen würde, wenn er erfuhr, dass ich mein Gesicht vor einer Autoritätsperson verloren hatte.

»Das stimmt nicht. Es hat zwar niemand Lebendes etwas gesehen, aber der Tote war tiefgefroren«, behauptete ich und sah mich nach der Leiche um, die wirklich nicht weit von uns entfernt lag.

Sie war in der Zwischenzeit aufgetaut. Wasser benetzte den Boden und die Haut des Jungen war aufgeweicht, sodass er aussah, als hätte man ihn aus einem Fluss geborgen.

»Du meinst, die Leichenstarre hatte schon eingesetzt«, verbesserte Elijah mich arrogant und trat auf den toten Körper zu.

»Nein. Ich meine, dass das Fleisch gefroren war, als wäre es in einer Tiefkühltruhe gewesen.«

Es freute mich, Elijahs überraschtes Gesicht zu sehen und den Widerwillen darin zu lesen, während ihm klar wurde, dass ihn seine Besserwisserei nun wie einen Idioten dastehen ließ. Doch meine Schadenfreude währte nur kurz.

»Das ist unmöglich. Die Durchschnittskörpertemperatur bei Dämonen liegt weit höher als bei Menschen. Um jemanden mit einer so hohen Kerntemperatur einzufrieren, müsste man ihn an einen Ort gebracht haben, an denen arktische Gegebenheiten herrschen«, erläuterte Meister Asmodäus und fuhr mit dem Zeigefinger überlegend sein Kinn entlang. Eine Falte bildete sich zwischen seinen Augen und er musterte mich, als würde er sich fragen, was ich vorhatte.

»Tja, dann wurde er vielleicht in einem kalten Teil des Landes festgehalten«, sagte ich mit hochgehobener Augenbraue und ging innerlich die Orte durch, die in Frage kamen. Es dauerte nicht lange. Mir fiel nur einer ein. Und der Meister war zum selben Ergebnis gekommen.

»Denken Sie nicht einmal daran! Das Betreten des Fegefeuers ist für Höllenbewohner in der Ausbildung nicht erlaubt«, erinnerte Asmodäus mich und warf mir einen scharfen Blick zu, der sein Missfallen ausdrückte.

Es wäre der perfekte Moment, um klein beizugeben und nachhause zu gehen, doch davon würde ich Sil nicht wiederbekommen und meine Mitschüler hätten einen weiteren Grund, über mich zu lachen.

»Mit allergrößtem Respekt, Meister, mit Ausnahme des Teufels begibt sich niemand dorthin. Alle meiden das Fegefeuer. Es soll ein scheußlicher Ort sein. Aber mit Sicherheit perfekt, wenn man Gefangene irgendwo verstecken möchte, wo sie keiner findet. Niemand würde dort freiwillig suchen.«

Ein Schauder überkam mich bei dem Gedanken, Sil tiefgefroren in den Gängen vorzufinden. Nein, das wollte ich mir nicht einmal vorstellen.

»Niemand außer Ihnen offensichtlich. Wobei ich gerade an Ihrem Urteilsvermögen zweifle«, sagte der Meister und begann, im Gang auf und ab zu gehen.

Ich konnte sein Zögern verstehen, auch ich hatte die Bilder des Fegefeuers im Unterricht zu sehen bekommen. Es war ein düsteres, kaltes Gefängnis. Während in der Hölle die Sonne nie unterging, ging sie im Fegefeuer nie auf. Es war der furchterregendste Fleck, den dieses Universum zu bieten hatte, und war die Endstation für alle, die sogar für die Hölle zu bösartig waren. Es gab nur wenige, die dieses Schicksal ereilte. Ich glaube, der Letzte war ein Mann, der in seiner Gier einen Weltkrieg in der Menschenwelt verursacht hatte.

»Jeder von uns, der sich länger als zwei Tage dort aufhält, stirbt. Der Teufel kann sich gegen die eisige Kälte schützen, aber Ihr Körper wäre den frostigen Temperaturen schutzlos ausgeliefert. Sie würden erfrieren, bevor Sie die Gefangenen finden. Abgesehen von den Gefahren, die dort lauern«, gab der Meister zu bedenken und beschleunigte seine Schritte.

Sein Herumgezappel machte mich nervös, genauso wie die Unwissenheit über die Stolpersteine des Fegefeuers. Ich wusste zwar, dass monströse Kreaturen dort lauern sollten, aber ich hatte mich nie damit beschäftigt, welche es waren. Vielleicht war es auch gut, dass ich nicht Bescheid wusste. Je weniger ich kannte, desto weniger konnte ich in Panik verfallen und das Himmelfahrtskommando doch noch aus Angst absagen.

»Ich begleite sie«, sagte Nikolai entschieden, sprang auf und nickte mir zu. »Wir werden sie finden und können uns gegenseitig retten, wenn es notwendig ist.«

Ja, klar! Als würde ein Teufelsanwärter einer Dämonin helfen, wenn sie in Lebensgefahr schwebte. Vermutlich würde er meine Mörder noch anfeuern oder ihnen zur Hand gehen. Oder irrte ich mich in ihm? War er derselben Ansicht wie ich? Ich würde ihn retten – für Sil. Offenbar erging es ihm genauso. Und gegen etwas Hilfe war nichts einzuwenden, richtig? Vielleicht konnte das schon etwas werden, wenn ich aufhörte, in ihm nur den Teufelsanwärter zu sehen, und ihn lieber als Silvanias Verlobten betrachtete.

»Bist du verrückt geworden? Du legst morgen deine letzte Prüfung ab und bekommst deine Stadt zugeteilt. Mumbai, Peking und Mexiko sind im Gespräch. Und das willst du wegwerfen, um im Fegefeuer zu sterben, nur weil die Möglichkeit besteht, dass ihr vielleicht, eventuell, unter Umständen, deine erfrorene Verlobte findet?«, brummte Elijah und versuchte, Nikolai zur Vernunft zu bringen. Dieser ließ sich aber nicht von seinem Vorhaben abbringen.

»Hätte dein Dad deine Mom gesucht? Wäre er ihr nicht bis an den hintersten Winkel des Universums gefolgt, nur damit sie in Sicherheit ist? Wie weit würde er gehen, um sie wiederzubekommen? Ich liebe sie, Elijah. So sehr wie niemanden jemals zuvor.«

Schmerz zeichnete sich auf Elijahs Gesicht ab und Nikolai sah ihn schuldbewusst an. Er wusste, dass er eine Grenze überschritten hatte, doch Sil schien ihm so wichtig zu sein, dass er nicht abwarten konnte. Auch ich konnte nicht verhindern, dass ich Mitleid mit Elijah hatte. Alle hatten seine Mom vergöttert. Sie war die Leiterin der Akademie gewesen und hatte alle – egal, ob Teufelsanwärter oder Dämon – mit Namen gekannt. Jeder hatte mit Problemen zu ihr kommen können und sie war stets bemüht gewesen zu helfen. Der Alltag war ohne sie nicht mehr derselbe. Sie war jederzeit präsent gewesen. Und nebenbei hatte sie Elijah allein großgezogen, da sein Dad kaum existent war. Niemand hatte ihn je gesehen und in der Schule ging sogar das Gerücht um, dass Elijah ihn auch nie zu Gesicht bekommen hatte. Wie musste es dann für ihn gewesen sein, seine Mom zu verlieren?

»Du musst diese Prüfung machen, Nik. Dein restliches Leben hängt davon ab«, sagte Elijah leise.

Seine Stimme klang fest, aber ich sah ihn mehrmals schlucken, als müsste er mit den Tränen kämpfen.

»Ich kann nicht. Nicht solange sie ungeschützt da draußen ist. Was nützt mir ein Leben, wenn ich es ohne sie verbringen muss?«

Nikolai ließ die Schultern sinken und blickte zu Asmodäus, vermutlich in der Hoffnung, der Meister würde wegen der Umstände die Prüfung verschieben. Doch mehr als eine nachdenkliche Miene bekam er nicht zur Antwort.

»Und was ist, wenn *ich* sie begleite?«, wollte Elijah plötzlich wissen und ich erstarrte.

Mein Kopf flog in seine Richtung. Ich suchte nach einem Lachen, dem Anzeichen eines Witzes und wartete auf die Pointe. Doch sie kam nicht.

»Was?«, fragte Nikolai, als glaubte er, sich verhört zu haben. Und ich war mir auch nicht sicher, ob meine Ohren mir keinen Streich spielten.

Das konnte Elijah nicht ernsthaft vorschlagen! Er und ich? Das konnte heiter werden. Wenigstens müsste ich mir so keine Sorgen mehr machen, dass Monster uns zerfleischten. Das würden wir einfach selbst erledigen.

»Ich begleite das Miststück und ich schwöre dir, sollte deine Dämonin irgendwo im Fegefeuer sein, werde ich sie finden und zurückbringen«, versicherte Elijah, legte Nikolai eine Hand auf die Schulter und zwinkerte ihm aufmunternd zu.

Er klang optimistisch. Fröhlich. Obwohl er gerade all meine Hoffnungen zunichtemachte. Mit ihm an meiner Seite konnte ich mir die Imageaufbesserung abschminken.

»Warte! Soll das ein Witz sein? Wenn ja, finde ich ihn nicht lustig«, zischte ich und näherte mich den beiden.

Die Hände in die Hüften gestemmt wartete ich darauf, dass er sein Angebot doch noch widerrief, oder klarstellte, dass wir einzeln losziehen würden. Doch das passierte nicht.

»Siehst du mich lachen?«, fragte er stattdessen und nahm die Hand von Nikolai. Er verschränkte die Arme vor der Brust und sein Shirt spannte um seine Muskeln, als wäre es ihm zu klein.

»Nein, aber weinen leider auch nicht«, stichelte ich und zwang mich, ihm ins Gesicht zu sehen, anstatt seinen Körper zu betrachten.

Wie konnte jemand, der so wenig auf seinen Lifestyle achtete, so aussehen? Er trank, rauchte wie ein Schlot und aß mittags mehr als ich in einer Woche. Trotzdem hatte er den Körperbau eines Adonis, während ich mit meinen Fettpölsterchen kämpfte.

»Das ist eine gute Idee«, bestätigte Meister Asmodäus und erntete ungläubige Blicke. Nicht nur von mir. Auch Nikolai und Elijah sahen ihn an, als hätte er gerade gesagt, er würde rosafarbene Unterwäsche tragen.

Es war noch kein Monat seit des Zwischenfalls in seinem Unterricht vergangen. Elijah und ich waren aufeinander losgegangen, weil er im Vorbeigehen meine Notizen vom Tisch gefegt hatte. Es hatte harmlos angefangen, doch geendet hatte es mit einer Explosion und einem Feuer, das gelöscht werden musste. Der Brandfleck war jetzt noch zu sehen. In ein Team steckten uns die Meister sowieso nicht mehr, seit wir, anstatt menschliche Hände zu sezieren, uns gegenseitig mit dem Skalpell an die Gurgel gegangen waren. Und nun hielt er es für *ausgezeichnet*, wenn wir bei so etwas Wichtigem wie einer Rettungsaktion zusammenarbeiteten?

»Bitte?«, fragten Elijah und ich wie aus einem Mund.

Nikolai lachte. Verlobter von Sil oder nicht, in diesem Moment wünschte ich mir, er würde an seiner eigenen Spucke ersticken und einen qualvollen Tod sterben. Ich wusste, was er dachte, aber er irrte sich. Elijah und ich hatten nichts gemeinsam.

»Sie sind wild, ungezügelt, denken zu wenig nach und haben mehr Glück als Verstand«, erklärte der Meister an Elijah gewandt und ich kaschierte mein aufkommendes Gelächter hinter einem Husten.

Es war lustig zu beobachten, wie Asmodäus Elijah in seine Schranken wies und ihm seine Fehler aufzeigte. Doch dann drehte er sich mir zu und ich befürchtete das Schlimmste.

»Und Sie denken zu viel. Für Sie muss immer alles einen Sinn ergeben. Sie gehen kein Risiko ein, wenn es vermeidbar ist, und Sie haben zu viel Angst davor, was andere Leute denken könnten, sodass sie sich in jedem Moment kontrollieren.«

Autsch! Das hatte gesessen. Empört schnappte ich nach Luft, auch wenn ich wusste, dass er Recht hatte. Aber das konnte ich nicht auf mir sitzen lassen. Ich wollte widersprechen, ihm sagen, dass er ein falsches Bild von mir hatte, doch der Meister sprach weiter.

»Mit Ihren Streitereien und den daraus resultierenden Unfällen werden Sie beide das Lehrpersonal noch umbringen. Aber wenn es irgendwer schafft, das Fegefeuer zu betreten und es lebend zu verlassen, dann Sie beide gemeinsam.«

»Meister, Ihr Vertrauen in uns ehrt mich, allerdings …«, begann ich, wurde aber wieder nicht erhört.

»Zusammen oder gar nicht. Ich bin für Sie verantwortlich und ich werde nicht zusehen, wie irgendeiner meiner Schüler in den Tod marschiert. Es sei denn, ich habe das Gefühl, die Chance besteht, dass die sechs

Vermissten wieder zurückgebracht werden können. Sie werden das schaffen. Da bin ich sicher.«

Verdammt! Nun saß ich in der Falle. Entweder ich blies die Aktion ab und machte mich lächerlich oder ich verbrachte die nächste Zeit mit Elijah an meiner Seite. Wenn ich Pech hatte, wäre er der Letzte, den ich sah, bevor ich starb. War es mir das wert?

»Sechs?«, fragte Elijah, aber ich hörte nicht wirklich zu, was sie besprachen.

Immer noch rang ich mit mir und der Frage, ob ich das durchziehen konnte. Ich dachte an Sil, die irgendwo in einen Eiszapfen verwandelt wurde, an Elijahs triumphierendes Gesicht, wenn er ohne mich losziehen durfte, weil ich kalte Füße bekam, und an meinen Dad. Was würde er mir raten, wenn er hier wäre? Würde er mich nachhause holen oder mich Richtung Fegefeuer stoßen?

»Ja, oder dachten Sie, dass Silvania Decourt die Einzige ist, die entführt wurde? Mit ihr verschwanden noch fünf weitere Schüler. Zwei Teufelsanwärter und drei Dämonen. Zusammen mit den vier Toten, die heute gefunden wurden, macht das zehn Opfer.«

Der Meister schluckte. Mir wurde schlecht. Das waren verdammt viele Schüler in so kurzer Zeit.

»Ich denke, ein halber Tag sollte reichen, um zum Fegefeuer zu gelangen. Sie können dafür gern meinen Wagen verwenden. Danach haben Sie 48 Stunden Zeit. Sollten Sie also in den nächsten dreieinhalb Tagen nicht zurück sein oder ein Lebenszeichen von sich geben, informiere ich Ihre Angehörigen über Ihr Ableben. In der Zwischenzeit werde ich verlauten lassen, dass Sie für mich auf eine Mission gegangen sind. Ich würde Ihnen raten, sofort aufzubrechen. Noch besteht die Chance, dass die Vermissten leben«, sagte der Meister abschließend, warf Elijah einen Schlüssel zu und wandte sich zum Gehen um.

Er fragte uns nicht, ob wir es durchziehen wollten, und sein Abgang verlief zu schnell, als dass ich etwas hätte sagen können. Ab jetzt gab es keinen Weg mehr zurück.

»Ich liebe sie. Vergesst das bitte nicht, wenn ihr dort seid. Ich wünsche euch viel Glück«, murmelte Nikolai. »Und danke, dass ihr das macht.«

Zum Abschied griff er nach Elijahs Arm und drückte seinen Freund an die Brust. Selbst für mich hatte er ein freundschaftliches Lächeln übrig, während ich ihn am liebsten aufgefordert hätte, mitzukommen.

»Für dich immer. Komm, Kratzbürste, es geht los!«, forderte Elijah mich auf und ich hatte jetzt schon das Bedürfnis, mein Messer in seine Halsschlagader zu rammen.

Glück? Das würden wir brauchen. Eine Menge davon. Doch ich war mir nicht sicher, ob es reichen würde.

Kapitel 3

Elijah

Du gibst hier nicht den Ton an! Damit das klar ist: Ich habe das Sagen. Es ist schließlich meine Mission«, beschwerte sich Valla und ihre Augen blitzten vor Wut.

Sie warf ihre roten Haare zurück und rauschte an mir vorbei, sodass ich ihr wie ein Dackel folgen musste. Obwohl es mir zuwider war, ihr den Vortritt zu lassen, ließ ich sie gewähren. Somit konnte ich wenigstens ihre Rückseite begutachten.

»Deine Mission? Ich kann mich nicht erinnern, Asmodäus das sagen gehört zu haben«, schoss ich zurück und musste mich beherrschen, nicht nach vorne zu greifen und meine Hände über ihren Hintern wandern zu lassen. Bei jedem Schritt wippten ihre Arme und eine Kerbe zeichnete sich in ihrer Hose ab, an der Stelle, wo ihr Arsch in die Beine überging. Ihre Stiefel erzeugten ein stampfendes Geräusch auf dem Marmorboden. Für jede andere Frau wären sie zu wuchtig und unweiblich gewesen, doch ich fand, dass sie erstaunlich gut zu ihrem Auftreten passten. Valla war wie ein Zug. Schnell, laut und unaufhaltsam. Niemand konnte sie stoppen.

»Hör zu! Ich wollte Sil retten, weil sie für mich dasselbe tun würde. Dass du dich eingemischt hast, um den Helden zu spielen, ist dein Problem. Aber warte doch einfach hier, bis ich die Vermissten finde, und behaupte dann, du warst es. Das kannst du am besten«, schnauzte sie mich an und beschleunigte ihre Schritte.

Dabei war ich derjenige, der weglaufen sollte. Wie oft hatten wir dieses Gespräch schon geführt? Zu oft. Und immer mit demselben Ergebnis. Sie würde nicht aufhören, mich zu verachten, und ich war es leid, dies von ihr zu hören.

»Wirst du jemals aufhören, das zu erwähnen?«, fragte ich und konnte nicht verhindern, dass in mir die Hoffnung auf eine positive Antwort aufwallte.

Ebenso hoffte ich, dass sie verstand, wie schwer es mir gefallen war, diese Entscheidung zu treffen, und ich bei allem nur ihr Bestes im Sinn hatte. Aber wieso sollte sie verstehen, dass ich auf sie aufpassen wollte und deshalb gegen den Engel gekämpft hatte? Als Dämonin war ihr nur eine Person wichtig: sie selbst.

»Keine Ahnung. Wirst du je aufhören, ein verräterischer Bastard zu sein?«, konterte sie und legte noch einen Zahn zu. Sie rannte beinahe durch die Gänge und wirkte gehetzt, als würde sie von mir weglaufen.

»Wenn wir uns die ganze Zeit angiften, wird die Dämonin tot sein, bevor wir aus der Akademie raus sind«, gab ich zu bedenken und hoffte damit, das Thema wechseln zu können.

Vielleicht würden wir es schaffen, normale Gespräche zu führen und einen Waffenstillstand auszuhandeln, während wir unterwegs waren. Es würde auch ohne unsere Zankereien kompliziert genug werden. Hingegen der allgemeinen Meinung war der Teufel nämlich nicht der Einzige, der schon einmal das Fegefeuer besucht hatte. Auch ich hatte es betreten. Dad hatte mich mitgenommen, nachdem Mom starb. Er wollte, dass ich sah, wie die Mörder ihre Bestrafung erhielten. Und die hatte es in sich. Niemandem wünschte ich so einen Tod.

Die Engel wurden in das Fegefeuer gepfercht und verloren sofort den glänzenden Schimmer, der ihre Haut umgab und unter den Menschen den Mythos eines heiligen Scheins ausgelöst hatte. Die Kälte durchdrang sie, machte es beinahe unmöglich zu laufen. Hinter ihnen war der Teufel her und vor ihnen erstreckte sich kilometerweit Wasser. Aus Angst vor der Folter durch den Fürsten der Hölle sprangen sie hinein, durchnässten ihre Kleidung und begannen, ein Ufer zu suchen. Eisschollen erschwerten ihnen das Vorankommen und ein seltsames Geräusch stoppte ihre Bemühungen. Ich sah das Monster, bevor sie die Ursache des Lärms fanden. Und als sie es entdeckten, war es schon zu spät. Einer nach dem anderen fiel dem Ungeheuer der Tiefe zum Opfer. Spitze Zähne bohrten sich in zartes Fleisch, ein Schwanz schlang sich um Hälse und drückte zu, bis sich der Kopf vom Rumpf trennte. Blut verfärbte das Wasser und zerfetzte Leichenteile schwammen an der Oberfläche. Niemand schaffte es aus dem kalten Nass heraus. Dabei war das erst der Anfang gewesen. Das Fegefeuer hatte noch mehr Gefahren zu bieten.

»Sie hat einen Namen. Benutz ihn!«, forderte Valla und blieb abrupt stehen. Ich hatte Mühe zu bremsen, um nicht in sie hineinzulaufen. »Ich nenne dich schließlich auch nicht *Teufelsanwärter*.«

»Nein, aber *Bastard* – und da finde ich *Dämon* weniger beleidigend. Außerdem tu nicht so, als würdest du sie aus reiner Herzensgüte suchen. Du willst dich bloß nicht für die schlechteste Freundin der Welt halten«, entgegnete ich und versuchte, mir vorzustellen, wie die zierliche Gestalt vor mir in ein Meer voller Monster sprang.

Wie lange würde sie sich behaupten können? Würde es lange dauern, bis sie aufgrund der Kälte blau anlief?

Ich schauderte bei der Vorstellung, wie Valla in ihrer Lederjacke zu zittern begann, ihre Zähne klapperten und sie versuchte, sich zu bewegen, um nicht einzufrieren.

Manchmal waren Menschen doch nicht so dumm, wie wir immer annahmen. Eigentlich war unsere Welt gar nicht so verschieden. Sie hatten dieselben Gerätschaften wie wir – Autos, Handys, Fernseher – und sie besuchten Schulen, hatten Jobs, zeugten Nachkommen. Sie lebten ihr Leben. Einen Tag nach dem anderen. Aber im Gegensatz zu uns entwickelten sie sich stetig weiter. Sie waren uns einen Schritt voraus, und obwohl niemand der Höllenbewohner es zugeben würde: Wir kupferten unsere Erfindungen von ihnen ab. Sie hatten Winterjacken, Anoraks und Thermohosen erfunden, um sich bei Minustemperaturen warm zu halten. Doch wir hatten uns nie damit beschäftigt, weil es in der Hölle heiß war. Sollten wir das lebend überstehen, würde ich mich mit Kleidung aus der Menschenwelt eindecken für den Fall, dass nochmal jemand ins Fegefeuer musste, der es nicht verdient hatte. Und Valla hatte das bestimmt nicht.

»Nicht so, wie du *Dämon* aussprichst, und mein Verhältnis zu Sil geht dich gar nichts an«, tobte sie und ihre Augenbraue zuckte unkontrolliert.

Wie immer, wenn sie wütend war. Ob sie davon wusste? Mir konnte es egal sein und ich würde sie nicht darauf hinweisen. Vermutlich würde sie es sich sonst vor dem Spiegel abtrainieren.

Ich überging ihren Einwurf, dass mich ihre Freundschaft nicht zu interessieren hatte. Was brachte es schon, sie daran zu erinnern, dass ich mich freiwillig gemeldet hatte, ihrer Freundin zu helfen? Sie würde wieder wütend werden. Noch mehr, als sie es schon war. In diesem Punkt konnte ich sie verstehen. Silvania hatte sie belogen, genau wie Nik mich. Wie konnte uns ihre Beziehung entgehen? Sicher, Nik hatte nach dem Krieg weniger Zeit, doch ich hatte angenommen, er wollte allein sein und es würde irgendwann besser werden. Wie hätte ich damit rechnen sollen, dass er sich verliebt hatte?

»Und wie wäre es dir lieber, wenn ich *Dämon* aussprechen würde? Soll ich es stöhnen, während ich es dir besorge?«, fragte ich anzüglich und wartete gespannt auf ihre Reaktion.

Ihre Wangen verfärbten sich zartrosa und sie presste die Lippen zusammen. Demonstrativ verschränkte sie ihre Arme vor der Brust, um mir ihre Überlegenheit zu signalisieren. Doch mehr, als dass ich so einen besseren Blick auf ihren Busen bekam, erreichte sie damit nicht.

»Lieber wäre mir, du würdest sterben oder zumindest schweigen«, fauchte sie, drehte sich um und ging weiter.

Diesmal folgte ich ihr nicht. Lässig lehnte ich mich gegen die Wand, ließ sie vorausgehen und wartete, bis ihr auffiel, dass ich nicht mehr hinter ihr war. Grinsend sah ich zu, wie sie auf dem Absatz kehrtmachte, die Arme in die Luft warf und frustriert schnaubte.

»Ich werde nichts mehr sagen, aber davor sollte ich dir vielleicht mitteilen, dass du in die falsche Richtung läufst, *Dämonin*!«, verkündete ich, lachte schallend und stieß mich von der Mauer ab. Das letzte Wort sprach ich dabei so verachtend wie möglich aus.

»Das wusste ich«, behauptete sie hochmütig, kam mir aber wieder entgegen, um an mir vorbei zu stolzieren.

»Natürlich«, stimmte ich belustigt zu und folgte Valla aus der Akademie.

Die Sonne blendete mich, als wir das Gebäude verließen, und brannte auf uns hinab. Schweiß sammelte sich auf meiner Stirn, doch ich ließ meine Jacke an und bemühte mich, das Gefühl der Hitze zu genießen, solange ich es noch konnte. Der Parkplatz war bis auf zwei Autos leer. Mein eigener schwarzer Impala, der gut am Rande des Schulgeländes versteckt war, und ein scheußlicher grüner Wagen ohne Stoßstange, standen am Schulhof. Unbemerkt ließ ich den Autoschlüssel von Meister Asmodäus in meiner Hosentasche verschwinden und zückte meinen eigenen. Ohne Erklärung schlug ich die Richtung meines Impalas ein. Valla schnaufte verärgert, kommentierte den Wagenwechsel aber nicht.

Ich ignorierte ihr wütendes Stampfen und genoss die Stille. Die Fahrt zum Rande der Hölle war auch genau das: still. Besser konnte ich es nicht beschreiben. Niemand von uns sagte etwas und trotz der Klänge des Radios herrschte eine drückende Stimmung, die über uns hing, als wäre sie eine graue Wolke. Und sie schien mit jeder Minute größer zu werden. Valla starrte aus dem Fenster, während ich die Straße entlangfuhr und wir unsere Heimat hinter uns ließen. Je länger wir unterwegs waren, desto näher kam ihre Stirn der Scheibe, bis sie den Kopf dagegen lehnte. Sie fuhr mit dem Sitz zurück, streckte die Beine aus und machte es sich bequem. Trotzdem wirkte sie nicht entspannt. Es war, als würde eine Unruhe von ihr ausgehen, die aus ihrem Inneren kam.

Alle paar Minuten bewegte sie sich, änderte die Position und fuhr mit den Fingern ihre Schenkel entlang. Ich legte den nächsten Gang ein und betrachtete sie aus dem Augenwinkel, als sie ihren Kopf von der Scheibe nahm und ich in ihr Gesicht sehen konnte. Sie hatte die Zähne zusammengebissen. Ob sie der Mut verließ?

»Du kannst aussteigen und auf mich warten, bis ich zurück bin, wenn du das willst. Ich würde es niemandem verraten«, bot ich an, als ich die Anspannung nicht mehr länger aushielt.

Meine Stimme schnitt dabei wie ein Messer durch die Stille und brachte Valla dazu, aus ihren Gedanken aufzuschrecken. Worüber sie wohl nachgedacht hatte? War ihr inzwischen aufgefallen, dass die Klimaanlage nicht mehr funktionierte? Vor einer Stunde hatte sie das Innere des Wagens noch einwandfrei gekühlt, doch je näher wir dem Fegefeuer kamen, desto weniger wollte das Auto gehorchen.

»Das könnte dir so passen. Ich gehe nirgendwohin«, erwiderte sie, wich jedoch meinem Blick aus und starrte auf ihre Hände, die sie im Schoß gefaltet hatte. Wenige Meter später fing die Musik an zu rauschen und ich bemerkte, wie Valla von Sekunde zu Sekunde blasser wurde. Schnell schaltete ich das Radio ab und trat das Gaspedal durch. Schon bald würden wir im Fegefeuer ankommen. Es wurde dunkler draußen und spätestens jetzt hätten wir die Klimaanlage ausschalten müssen, weil die Außentemperatur sank. Ein Rucken ging durch das Auto und es wurde langsamer, obwohl ich nicht bremste.

»Was ist los? Funktioniert der Motor nicht?«, erkundigte sich Valla, schlug die Beine übereinander und sah auf die Tankanzeige.

Glaubte sie wirklich, dass ich dumm genug wäre, ohne Benzin loszufahren?

Wieder ruckelte es und der Impala kam zum Stillstand. Ich versuchte, erneut zu starten, doch der Wagen wollte nicht mehr anspringen.

»Nein. Dem Auto geht es gut. Sieht wohl so aus, als müssten wir ab hier laufen.«

Das flaue Gefühl in meiner Magengegend nahm zu, als ich die Türe des Wagens öffnete, mir meinen Rucksack schnappte, ihn schulterte und ins Freie trat. Es war kühl. Das war das Erste, das mir auffiel. Der Wind wehte durch meine schwarzen Haare und bescherte mir trotz der Jacke eine Gänsehaut. Er pfiff mir um die Ohren und innerhalb weniger Sekunden hatte ich die Befürchtung, mich in einen Eisklotz zu verwandeln. Das Zweite, das meine Aufmerksamkeit auf sich zog, war die Eisschicht, auf der wir uns befanden. Von der Straße aus Teer, auf der wir entlanggefahren waren, konnte man nichts mehr erkennen. Stattdessen spiegelte sich mein Aussehen am Boden. Es erschreckte mich selbst. Mein Gesicht wirkte leer. Keine Gefühle waren zu erahnen, als wäre ich eine Figur aus Wachs, die schmelzen würde, wenn sie dem Feuer zu nahe käme.

Aber genauso fühlte ich mich manchmal auch. Jeder Tag verging wie der andere. Nichts schien besonders zu sein. Nicht mehr. Die einzige Ausnahme bildeten die Streitereien mit Valla. Wenn sie mich anschrie, war es, als würde etwas von ihrem inneren Lodern auf mich übergehen und die Glut in mir neu entfachen. Es fühlte sich leicht an, fast natürlich. Deshalb konnte ich nicht aufhören, obgleich ich wusste, dass sie zu ihren Problemen nicht auch noch die Diskussionen mit mir gebrauchen konnte.

Die Umgebung erinnerte nicht mehr an die Hölle. Nirgendwo entdeckte ich in der Ferne Hügel, die wie Vulkane aussahen, oder Dampfschwaden, die aus Sprüngen in den Straßen aufstiegen. Auch die Sonne schien sich vor diesem Ort zu verstecken. Noch konnte ich meinen Impala im dämmrigen Licht der Abendsonne betrachten, doch je weiter ich in die Richtung sah, in die wir wollten, desto dunkler wurde es. Und ich wusste, dass irgendwo die Finsternis auf uns wartete. Das Fortbewegen war schwieriger, als ich es in Erinnerung hatte. Vermutlich war alles ein wenig anders, wenn ich Dad nicht bei mir hatte, der eine schützende Hand über mich hielt. Vielleicht hätte ich ihm Bescheid geben sollen, was ich vorhatte. Doch wie hätte das ausgesehen? Er hätte mich nicht gehen lassen und dann wäre Valla nun allein hier. Er hatte erst Mom verloren. Mich auch noch zu verlieren und nichts mehr von seiner großen Liebe zu haben, würde ihn umbringen. Genau wie mich der bloße Gedanke an sie beinahe fertigmachte. Ich vermisste sie. So sehr, dass ich es nicht in Worte fassen konnte.

Ihr Tod hatte sich angefühlt, als würde ich mich verbrennen. Ein kurzer Stich, ein Zurückziehen aus Reflex, gefolgt von einem endlosen Schmerz, der sich in das Fleisch fraß, wenn der Brand nicht gelöscht wurde. Ich konnte jedoch kein kaltes Wasser über die Wunde schütten, um ihn zu lindern, oder sie mit Salbe behandeln. Ich musste einfach ausharren, warten, bis die Qual nachließ. Doch das tat sie nicht. Noch sehr lange nicht. Zuerst warf die Verbrennung Blasen auf meiner Haut, die bei jeder Berührung schmerzten. Egal, wem ich zu nahe kam, es war jedes Mal schmerzhaft. Ich wollte anfangs nicht einmal mein Zimmer verlassen. Ich sträubte mich dagegen, in die Welt hinaus zu gehen und in die Gesichter der Höllenbewohner zu sehen, die ich dachte, gekannt zu haben. Denn die Wahrheit war: Niemand hatte gewusst, wer sie war. Und noch weniger als auf die mitleidigen Gesichter hatte ich Bock darauf, ihre geheuchelten Beileidsbekundungen zu hören. Als würde ein *Alles wird wieder gut* oder *Es tut mir leid, dass du sie verloren hast* die Qualen lindern. Doch irgendwann musste ich aus meinem Bett aufstehen, die Tränen hinunterschlucken und die Wunde desinfizieren, damit sie sich nicht entzündete. Ich hatte mich wieder mit Nik getroffen, hatte am Unterricht teilgenommen und versucht, weiterzumachen. Mit wenig Erfolg. Aus den Blasen waren Narben geworden. Sie stachen nicht mehr und lösten in mir auch nicht das Gefühl aus, mir die Haut vom Körper reißen zu wollen, doch sie erinnerten mich an das, was ich verloren hatte. Und das alles wegen eines kleinen Dämons.

»Steig ein!«, zischte Valla und unterbrach meinen Gedankengang, bevor ich mir vorstellen konnte, wie ich dem unwürdigen Feigling eines Dämons den Hals umdrehte, ihn mit bloßen Händen zerriss und ihn an die Hunde meines Dads verfütterte. Trotzdem konnte ich nicht verhindern, dass sich Erinnerungen in mein Gedächtnis schlichen, auf die ich gerne verzichtet hätte:

Moms lebloser Körper auf einer Bahre, die einem Obduktionstisch glich. Ihre Haut seltsam bläulich verfärbt, ihre Kleidung zerschnitten. Getrocknetes Blut überall. In den Stofffasern, auf ihrem Körper verteilt, auf dem sonst sterilen Boden. Doch ihr Gesicht war friedlich, ihre Augen geschlossen. Sie hatte ausgesehen wie die schlafende Prinzessin aus dem Märchen, das sie mir in meiner Kindheit vorgelesen hatte. Und wenn ich selbst nicht genau hingesehen hätte, hätte ich mir einreden können, dass sie wirklich aufwachte, wenn ein Ritter in strahlender Rüstung käme und sie küssen würde. Aber ich sah jedes Detail und mir war klar, dass gar nichts gut werden würde. Blaue Blutergüsse waren auf ihren Unterarmen verteilt, als hätte sie jemand festgehalten. Ihr Ringfinger war gebrochen und stand in einem unnatürlichen Winkel ab. Ihr Hochzeitsring fehlte, obwohl sie ihn nie abgenommen hatte.

Valla schlug mit der flachen Hand auf das Armaturenbrett, was mich zusammenzucken ließ. Sie schaute mich auffordernd an und winkte mit der Hand, um mich zurück ins Auto zu lotsen. Gerne hätte ich ihrem Befehl Folge geleistet. Nicht, um ihr zu gehorchen, sondern um nicht mehr auf dem Boden herumzurutschen. Doch was hätte das gebracht? Wir mussten weiter und verloren nur Zeit. Noch hatten wir eine realistische Chance, die Entführer einzuholen und Niks Verlobte zu retten.

»Steig du lieber aus«, entgegnete ich und starrte weiter auf mein Spiegelbild.

Auf den zweiten und oberflächlicheren Blick, sah ich gut aus. Stark. Obwohl ich mich nicht so fühlte. Ich war müde und abgekämpft, dabei hatte die Mission gerade erst begonnen. Vielleicht hätte ich Nikolai doch mit Valla ziehen lassen sollen. Schnell schüttelte ich den Gedanken ab und konzentrierte mich, um mich vom Fleck zu bewegen. Nikolai in sein Verderben rennen zu lassen, wäre nicht infrage gekommen.

Ich versuchte, das Profil meiner Schuhe in das gefrorene Wasser zu graben, doch ich bekam keinen Halt, sodass ich das Gleichgewicht verlor und gegen den Impala flog. Gerade noch rechtzeitig konnte ich mich an der Tür festhalten, um nicht auszurutschen. Valla hatte weniger Glück.

»Ist das dein Ernst?«, hörte ich sie fauchen.

Dann hörte ich ein Rumpeln und auch ihre Autotür öffnete sich. Mit einem lauten Poltern stieg sie aus und schlug die Tür zu. Es geschah im Bruchteil einer Sekunde. So schnell, dass ich mich nicht mal darüber ärgern konnte, dass Valla meinem Wagen mit Absicht

Schaden hatte zufügen wollen. Durch die Wucht und den rutschigen Untergrund verlor Valla das Gleichgewicht. Ihr rechter Fuß glitt über das Eis und sie fiel auf den Hintern. In Windeseile drehte sie den Kopf zu mir und errötete, nachdem ihr klar wurde, dass ich den Fall mitbekommen hatte. Schnell stand sie wieder auf, nur um erneut umzukippen. Ein Grinsen stahl sich auf meine Züge. Es war gemein, doch ich konnte nicht anders. Das Bild, wie sie mit Zornesfalte zwischen den Augen und geröteten Wangen auf dem Eis saß, war zu köstlich. Leider besänftigte mein Verhalten die Dämonin nicht.

»Laufen?«, schrie sie, hielt sich am Auto fest und erhob sich so elegant wie möglich. »Jetzt hast du endgültig den Verstand verloren. Wenn wir den Weg zu Fuß durch das Fegefeuer gehen, finden wir Silvania niemals.«

»Ja, vor allem, weil du alle paar Meter hinfallen würdest«, lachte ich, als ich endlich Halt fand und mich nicht mehr am Impala festhalten musste.

Vorsichtig, ein Schritt vor den anderen setzend, ging ich auf Valla zu, um ihr zu helfen.

»Das ist nicht lustig«, murrte sie, während ich ihr meine Hand reichte, an der sie sich festhalten konnte. Dennoch schlitterte sie mit dem rechten Fuß nach vorne und fiel prompt gegen mich.

Der Druck ihres Falls zog mich gen Boden. Gerade so schaffte ich es, stehenzubleiben und nicht auf den Hintern zu fallen, mit dem Resultat, dass sich Vallas Körper gegen meinen presste. Ihre Hände hatte sie instinktiv in mein Hemd gekrallt, um sich festzuhalten, und ihre Brüste drückten gegen meinen Oberkörper.

»Komm schon, bleib locker. Es war nur ein Scherz«, flüsterte ich.

Mir wurde bewusst, wie nah wir uns waren. Ich wollte die Stimmung entspannen, die sich so plötzlich verändert hatte. Vor wenigen Sekunden dachte sie wahrscheinlich noch daran, mich umzubringen. Sie hatte genervt die Augen verdreht und mich vernichtend gemustert, doch nun war ihr Blick nicht zu deuten.

Sie atmete hörbar und hatte ihr Kinn gehoben. Am liebsten hätte ich sie losgelassen und von mir gestoßen, nur damit ich nicht mehr ihren Duft wahrnahm und mir ihr feuchter Mund entgegensah. Wie hypnotisiert leckte ich mir über die Lippen und versuchte, das Kribbeln in meiner Magengegend auszublenden. Das Gefühl von Wärme überschattete die Kälte in mir, die bei dem Gedanken an meine Mom hochgekommen war. Aber ich durfte dem Drang, der wollte, dass ich sie näher an mich drückte, nicht nachgeben, nur weil ich mich in ihrer Nähe wie ein anderer Mensch fühlte.

»Kein besonders guter«, schnaubte sie.

Valla realisierte, was sie tat und nahm die Hände von mir. Hastig brachte sie Abstand zwischen uns, als hätte ich eine ansteckende Krankheit. Der angeekelte Ausdruck in ihrem Gesicht schmerzte und ließ mich gleichzeitig erleichtert ausatmen. Ich wusste nicht, ob ich ihr dafür dankbar sein oder sie auffordern sollte, zurück in meine Arme zu kommen.

»Und was erwartest du von mir? Dass ich meinen unsichtbaren Zauberstab schwinge und die Kiste zum Laufen bringe? Der Wagen hat einwandfrei funktioniert, bevor wir losgefahren sind, also muss es an der Gegend liegen«, erklärte ich, während ich mir eine Beschäftigung suchte, um sie nicht länger ansehen zu müssen.

Wie konnte sie nach all der Zeit weiterhin eine solch starke Wirkung auf mich haben? Wieso konnten die

Gefühle nicht einfach verschwinden? Warum war sie nicht in die Menschenwelt verfrachtet worden? Dann müsste ich mich nun nicht mit ihr beschäftigen und könnte mich in eine Teufelsanwärterin verknallen, bei der ich nicht Gefahr lief, bei Schwierigkeiten hintergangen zu werden.

»Soll mich das aufheitern? Toll, der Teufelsanwärter hat keine Schuld, sondern es liegt an der Umgebung, die unter einem Zauber liegt, der alle Motoren abkratzen lässt.«

Valla zog meine Worte ins Lächerliche, so, wie sie es immer tat, doch irgendwas an der Art, wie sie diesmal gekünstelt auflachte und enttäuscht den Kopf schüttelte, machte mich rasend vor Wut. Vielleicht weil sie so tat, als wäre es meine Schuld, dass wir noch nicht weitergekommen waren, obwohl es ihre Idee gewesen war, ihrer kleinen Freundin hinterherzulaufen. Oder meine eigene Frustration darüber, dass ich in dieser Kälte festsaß und einer Dämonin hinterherjagte, anstatt in meinem kuscheligen Wohnzimmer zu sitzen und mich in mein Bett zu verkriechen. Aber möglicherweise war es die Tatsache, dass mir eine Frage nicht aus dem Kopf gehen wollte. Warum konnte *sie* keine Teufelsanwärterin sein? Wieso musste sie der Rasse angehören, die für den Tod meiner Mom verantwortlich war?

»Du gehst mir tierisch auf die Nerven! Hab ich das schon erwähnt? Wie wäre es, wenn du zur Abwechslung mal den Mund halten würdest? Aber das ist vermutlich zu schwer für dich. Genauso wie denken. Hättest du nämlich über meine Worte nachgedacht, anstatt wie eine trotzige Dreijährige auf den Boden zu stampfen, wäre dir eingefallen, dass niemand hier mit einem Fahrzeug fahren kann. Das heißt, auch die Entführer sind zu Fuß unterwegs und haben nicht viel Vorsprung.«

Zornig verzog ich das Gesicht zu einer Fratze und ballte die Hände zu Fäusten. Ich ging einen Schritt auf sie zu, um meinen Worten Nachdruck zu verleihen, und zu beobachten, wie Valla nervös schluckte, als sie meine aggressive Haltung bemerkte. Mit geschwollener Brust, zusammengebissenen Zähnen und mahlendem Kiefer baute ich mich vor ihr auf. Ein Knirschen erklang, doch ich beachtete es nicht weiter. Wie ein Raubtier pirschte ich mich an sie heran und wollte ihr für die gespielte Aufmüpfigkeit den Hals umdrehen. Merkte sie nicht, dass sie damit kaum ihre Angst überspielen konnte?

»Ich bin keine Dreijährige«, beschwerte sie sich und stampfte mit dem Fuß gegen das Eis, was ihre Aussage lachhaft erscheinen ließ. Doch statt in Gelächter auszubrechen, verfiel ich in eine Starre und schluckte die Gemeinheiten, die mir in den Sinn kamen, hinunter.

Wieder hörte ich ein Knirschen, aber diesmal klang das Geräusch wie ein bedrohliches Donnern. Unter der Stelle, an der Valla aufgetreten war, fing das Eis an zu brechen. Zuerst war es nur ein kleiner Spalt, doch mit jedem Mal, wenn die Dämonin ihren Fuß senkte, wurde er größer.

»Du brauchst dich nicht aufzuspielen, weil du ein paar Monate älter bist«, wütete sie weiter, ohne auf ihre Umgebung zu achten. Erneut knallten ihre Schuhe auf das Eis und ein Knacken ertönte, als die oberste gefrorene Schicht splitterte. Ich wollte Valla unterbrechen, ihr Bein in der Luft abfangen und sie davor bewahren, einzustürzen, doch sie ließ mich nicht zu Wort kommen und es war zu gefährlich, mich zu bewegen. Die Sorge, dass mein Gewicht das Eis zum Einstürzen bringen könnte, ließ mich den Atem anhalten. Und dann war es auch schon zu spät.

»Alter ist nur eine Zahl. Ich bin wenigstens reif genug ...«

Mitten im Satz schnalzte es und sie fiel, ohne dass ich es verhindern konnte. Im Bruchteil einer Sekunde brach das Eis unter ihr weg und sie stürzte. Ein Platschen erklang und Vallas Schrei schmerzte in meinen Ohren. Und dann verschwand ihre rote Haarmähne auch schon im Wasser.

»Valla!«, schrie ich, bekam aber keine Antwort. Außer dem Rauschen des Wassers war nichts zu hören. Langsam ging ich auf das Loch zu, in dem Valla verschwunden war, und achtete darauf, auf kein Eis am Rand zu steigen, um nicht ebenfalls baden zu gehen.

»Verdammt, Valla! Wo steckst du?«, rief ich. Ohne Erfolg. »Valla!«

Meine Stimme wurde leiser und ich sah mich um, ohne wirklich etwas zu sehen. Meterweit war nichts außer strahlendem Weiß. Ich schluckte und spürte, wie meine Hände trotz der Kälte zu schwitzen anfingen. Wo war sie? Valla ließ sonst doch auch keine Sekunde aus, um ihre Klappe aufzureißen. Warum konnte sie mir kein Zeichen geben?

Ein Klopfen unter meinen Beinen ließ mich zusammenfahren. Geschockt hob ich meinen Fuß an und starrte nach unten. Eine flache Hand zeichnete sich unter der gefrorenen Schicht ab. Sie war deutlich kleiner als meine Pranken, doch der Ring auf dem Mittelfinger signalisierte mir, dass es sich nur um Valla handeln konnte. Als könnte sie Gedanken lesen, hämmerte die Dämonin gegen das Eis. Hoffnung mischte sich zu der Angst, die sich in mein Herz geschlichen hatte. Doch ich hatte keine Zeit, in Starre zu verfallen. Ich musste Valla helfen. Wie viel Zeit war sie schon unter Wasser ohne Sauerstoff? Noch konnte sie sich bewegen, aber wie lange würde es dauern, bis ihr die Luft ausging und ihr schwindelig wurde? Und was würde passieren, wenn sie unter dem Eis ohnmächtig wurde?

Es schüttelte mich bei der Vorstellung, wie ihr Körper an den Grund des Gewässers sank und für immer dort liegen blieb. Ich handelte schnell, ohne über die Konsequenzen nachzudenken. Es war mir auch egal, ob Valla sah, was ich tat. Hauptsache sie war bald darauf in Sicherheit. Ich legte eine Hand auf das Eis, genau an der Stelle, an der Vallas Finger die gefrorene Schicht berührten. Ich kniff die Augen zusammen, obwohl alles in mir meinem Handeln widerstrebte. Ich wollte sie nicht aus den Augen lassen. Keinen Moment. Zu groß war die Sorge, sie zum letzten Mal zu sehen. Doch ich hatte keine Wahl, wenn ich sie nicht sterben lassen wollte.

Tief atmete ich durch und konzentrierte mich auf die Hitze, die in mir wohnte. Früher hatte ich Dad dafür verflucht, mir seine Kräfte vererbt zu haben, aber jetzt gerade wünschte ich, dass ich genauso stark wie er wäre. Ich fühlte, wie sich die Wärme in meiner Brust ausbreitete und in meine Schulter floss. Ein Kribbeln ging durch meinen Arm und das Eis begann unter der Hand zu verdampfen, sodass meine Finger denen Vallas immer näherkamen, bis wir uns berührten. Ich ergriff ihre Hand und zog sie zu mir heran. Das durch die Hitze entstandene Loch wurde größer und größer, bis die Glut abgekühlt war. Trotzdem verdrängte ich den Gedanken, dass ich hinabfallen könnte und Dad mich vermutlich im Totenreich besuchen würde, um mich erneut für diese Aktion umzubringen.

Valla tauchte mit dem Kopf aus dem Wasser auf und schnappte nach Luft. Ihre Lippen waren bläulich angelaufen und das Kinn zitterte, als müsste sie die Tränen zurückhalten. Gern hätte ich einen Witz gemacht, um sie aufzuheitern, doch sie hätte sterben können und daran war überhaupt nichts lustig.

»Elijah! Elijah!«, kreischte sie und nahm zusätzlich ihre zweite Hand zur Hilfe, um sich am Eis abzustützen und nach oben zu stemmen, während ich sie hochzog. Doch die Eisklumpen brachen unter ihren Fingern weg und ließen sie zurück ins Wasser hineinrutschen. Teufel sei Dank war sie jedoch nur einen Augenblick unter Wasser. Ihre Haarsträhnen klebten ihr im Gesicht und ihre Augen waren rot umrandet. Ihr Teint wirkte blass, als hätte ihr jemand alle Farben gestohlen. Ihre klitschnasse Hand rutschte mir aus den Fingern und sie glitt wieder unter die Eisschicht, bevor sie sich an der Oberfläche halten konnte.

»Was ist los?«, fragte ich verwirrt, als mir auffiel, wie hektisch sie mit den Armen ruderte. »Du musst dich beruhigen, sonst schaffst du es nicht heraus. Atme tief durch, dann zieh ich dich hoch, aber so wird das nichts. Du zitterst wie ein epileptisches Äffchen auf Drogen.«

»Da ist irgendwas, Elijah«, ächzte sie und stoppte die Bewegungen. Sie nahm wieder meine Hand und drückte so fest zu, dass sie beinahe meine Finger zerquetschte. Ich ignorierte den Schmerz und suchte in ihrem Gesicht nach einer Erklärung. Was meinte sie? Hier war nichts.

»Was?«

Vallas Miene wurde ausdruckslos. Jegliche Emotion verschwand aus ihren Zügen und auch ihre Stimme hörte sich monoton an, als sie weitersprach:

»Irgendwas schwimmt unter mir. Ich kann es spüren. Das Wasser bewegt sich. Es muss groß sein. Sehr groß.«

»Bleib ruhig! Ich hol dich da raus«, versprach ich, konnte aber nicht verhindern, dass mein Kehlkopf nervös auf und ab hüpfte.

Ruhe bewahren, Gedanken sortieren und gezielt handeln. In der Theorie klang das einfach, aber jetzt? Mein Puls beschleunigte sich und ich fixierte Vallas Beine – oder eher das, was darunter lag. Zuerst sah ich nur Wellen. Das Wasser schwappte durch die Bewegungen ihrer Füße hin und her. Doch bei gewissenhafterem Hinsehen bemerkte ich es.

»Elijah?«, keuchte Valla und zerrte an meiner Hand, um mich daran zu erinnern, ihr zu helfen. Sie hatte keine Ahnung, was unter ihr passierte, während ich das Ding betrachten konnte, dass nach ihrem Fleisch und Blut dürstete.

Es war groß. Damit hatte sie Recht gehabt. Und hässlich. Aber das schlimmste war, dass es Valla für meinen Geschmack viel zu nahe kam. Glühende Augen schauten mir entgegen, die nicht von dieser Welt waren. Der Augapfel war rund und gelb, die Pupille hatte jedoch die Form von Katzenaugen und erstrahlte in einem tiefen Rot. Die gleiche Farbe, die sich auch auf der Haut des Monsters wiederfand. Eine Schuppe lag über der nächsten und Stacheln waren willkürlich auf dem Körper verteilt, die eine große Ähnlichkeit zu Dornen aufwiesen. Es hatte einen langen Schwanz, dem selbst das Wasser auszuweichen schien. Alles an dem Monster schrie danach, dass man nicht in seine Nähe kommen sollte. Und Valla war genau vor seiner Nase. Oder eher vor dem Maul, das sperrangelweit offen stand. Scharfe Reißzähne waren in drei parallelen Linien aufgereiht und aus dem Rachen schlängelte sich eine lange Zunge, die vorne zusammenlief. Die Spitze bahnte sich einen Weg zu Valla. Sie erstarrte, als das feuchte Fleisch ihre Wade umwickelte, und ich riss die Augen auf.

»Valla!«, brüllte ich, zog an ihrem Arm, bis sie mit einem erschrockenen Ausruf und einem lauten Platschen auf meiner Brust landete. Ich rollte uns weg von dem Wasserloch, um dem Monster zu entgehen. Heftig atmend blieb ich auf dem Eis liegen. Mein Herz schlug mir bis zum Hals und mein Kopf fühlte sich unendlich schwer an.

»Was sollte das?«, fragte Valla, doch sie klang nicht wütend, auch wenn sie ihre Stirn in Falten gelegt und die Augen zu Schlitzen verzogen hatte. Gern hätte ich ihr geantwortet und ihren Körper näher an mich gedrückt, bevor wir aufstehen und weitergehen mussten. Doch dazu kam es nicht. Ein seltsames Vibrieren alarmierte mich. *Bumm, bumm.* Es war wie die Vorwarnung vor einem Erdbeben. *Bumm, bumm.*

»Ich glaube, es ist noch nicht vorbei«, gab ich zu und drückte Valla ein Stück von mir, sodass sie aufstand.

Keine Sekunde zu früh, denn im nächsten Moment hörte ich das Monster brüllen. Schnell sprang ich auf, griff nach Vallas Hand und lief los. Meine Sohlen rutschten auf der kalten Schicht hin und her, sodass ich keinen Halt bekam. Jeder Schritt fühlte sich wie der Tanz auf einem Drahtseil an. Auch Valla, die sich bei mir festhielt, drohte mich zu Fall zu bringen. Außerdem wusste ich nicht, wohin, aber das war nebensächlich. Weg von dem Monster konnte meiner Meinung nach schon mal nicht falsch sein. So weit mich meine Beine trugen, rannte ich und zog Valla unerbittlich hinter mir her. Es war schwierig, das Gleichgewicht zu behalten, doch wir mussten weiter. Weg von hier.

Das Eis unter uns ächzte und ich riskierte einen Blick hinter uns, obwohl ich wusste, dass uns das nur Zeit kostete. Das Monster, das aus dem Wasser gestiegen war, hatte einen riesigen Körper. Es war größer als alles, was ich kannte. Am ehesten erinnerte es mich an einen Dinosaurier auf Anabolika. Der Schwanz war länger als sein Leib und der Schädel war eigenartig deformiert. Das Ding hätte sich in einem Horrorfilm bestimmt gut gemacht. Und es war verdammt schnell. Ein wenig hatte ich die Hoffnung, dass es aufgrund seines Gewichts ins Wasser stürzen und die Eisschicht unter sich zerstören würde. Doch das Monster musste leicht sein. Noch leichter als wir. Das Eis bekam nicht einmal einen kleinen Riss. Es knarrte nicht einmal. Die dicken Beine des Wesens schienen über den See zu schweben. Es kam immer näher.

»Lauf vor!«, befahl ich Valla, als das Monster nur noch wenige Meter von uns entfernt war.

Ich war mir sicher, dass wir nicht entkommen würden, wenn wir die Geschwindigkeit einhielten. Valla stockte, sah mich irritiert an und verzog zweifelnd die Lippen. Auch sie merkte, dass die Lage ernst war, und tat, was ich ihr sagte, statt mit mir zu streiten. Einmal atmete ich durch und blickte wieder hinter mich. Ich biss mir auf die Lippen, beugte mich hinab und brachte die Eisschicht zum Schmelzen. Nicht so, dass sie unter mir zusammenbrach, aber genug, damit ich sicher sein konnte, dass sie weiterschmelzen und dem Gewicht unseres Verfolgers nicht standhalten würde. Dann rannte ich los, um Valla einzuholen. Einen Augenblick verlor ich das Gleichgewicht und rutschte über die gefrorene Schicht, bevor ich mich wieder fing und das Tempo nochmal steigerte. Gerade als ich bei ihr ankam und nach ihrer Hand griff, hörte ich ein Knacken, gefolgt von dem Brüllen des Monsters, das kurz darauf verstummte.

Gern hätte ich mich umgedreht und beobachtet, wie das Ding im Wasser versank, doch es war einmal herausgekommen und es gab keine Garantie, dass es das nicht nochmal schaffen würde. Wir liefen und liefen, bis Valla ihre rechte Hand in die Seite stemmte und ihr die Luft ausging. Sie hielt sich jedoch tapfer und beschwerte sich nicht. Dennoch konnte ich die ersten Anzeichen der Erschöpfung sehen und wurde langsamer, bis wir schließlich nur noch gingen. Das Eis unter unseren Füßen verschwand und wich hartem Gestein, das beinahe mit der Dunkelheit verschmolz. Auch wenn ich wusste, dass es immer komplizierter werden würde, die Verlobte von Nik zu finden, war ich froh, festen Boden unter den Füßen zu haben. Wenigstens musste ich so nicht mehr pausenlos aufpassen, dass ich nicht ausrutschte.

»Was war das?«, flüsterte Valla, als die Stille zwischen uns erdrückend wurde. Sie blieb stehen und schniefte.

»Ich würde sagen, das erste Hindernis des Fegefeuers«, erklärte ich und hielt ebenfalls an, wobei es mir bei dem Anblick von Valla den Atem verschlug.

Die Kleidung klebte auf ihrer Haut und einzelne Wassertropfen fielen zu Boden. Sie sah aus wie ein feuchter Traum. Jede Kurve an ihr war perfekt definiert und ihre Augen leuchteten wie zwei Edelsteine.

»Das meinte ich nicht«, widersprach sie und pausierte, als müsste sie selbst darüber nachdenken, was sie als Nächstes sagen wollte. »Wie hast du das gemacht?

Zuerst hast du mich aus dem Eis geholt und jetzt hast du das Monster einstürzen lassen.«

Sie klang verwirrt, trotzdem hörte ich den anklagenden Ton in ihrer Stimme, der mir das Herz in die Hose rutschen ließ. Was war, wenn sie es herausfand? Wie würde sie reagieren? Oder sollte ich es ihr sagen? Nicht vorzustellen, wie wütend sie werden würde. Doch ich beschloss, nichts zu riskieren.

»Ich habe gegen das Eis geschlagen, bis es nachgegeben hat. Was hätte ich sonst tun sollen? Dich sterben lassen? Es wäre nett, wenn du dich wenigstens bedanken würdest.« Ich wollte so arrogant wie möglich klingen und reckte das Kinn, um ihr nicht zu zeigen, dass ich genauso viel Panik gehabt hatte wie sie. Noch jetzt schlotterten meine Knie und das Blut rauschte mir in den Ohren.

»Ich soll mich bei dir bedanken? Davon kannst du höchstens träumen«, konterte sie, riss sich von meiner Hand los und ging weiter, ohne darauf zu achten, ob ich ihr folgen würde.

»Nicht nur davon«, grinste ich und kassierte einen wütenden Blick von Valla, der mich lauthals loslachen ließ.

Erleichterung überkam mich. Damit schien das Thema erledigt zu sein. Vorerst. Doch ich wusste, dass es nicht dabei bleiben würde. Spätestens dann, wenn ihr auffiel, dass ich nicht so kälteempfindlich, wie sie war, würde sie misstrauisch werden.

»Bist du sicher, dass das der richtige Weg ist?«, fragte Valla.

Ihre Stimme war zittrig. Wind kam auf und sie rieb sich die Oberarme, um sich aufzuwärmen.

»Wir sind schon da, Valla«, antwortete ich mit zusammengebissenen Zähnen und unterdrückte den Drang, Valla zu schnappen und umzukehren. Wir waren noch keine Stunde hier und schon waren wir gerade so dem Tod entflohen.

»Wo?«, wollte sie wissen und schaute sich um, bevor sie sich enttäuscht wieder mir zuwandte.

Was sie wohl erwartet hatte? Ein Ortsschild mit der Aufschrift *Willkommen im Fegefeuer – genießen Sie ihren Aufenthalt*?

»Im Fegefeuer, genauer gesagt, waren wir gerade im Tal der Tränen«, gab ich Auskunft und unterdrückte ein Gähnen.

Wir waren noch nicht lange unterwegs, aber schon jetzt hätte ich im Stehen einschlafen können. Meine Augenlider waren schwer und ich schloss sie für einen Moment, um das Brennen zu lindern. So sah ich nicht, worüber ich stolperte, bis mein Fuß gegen etwas Hartes stieß.

»Großartig. Richtig gemütlich hier. Vermutlich nennt man es so, weil einem das Heulen kommt, wenn man hier ist«, zischte sie und starrte auf den Körper, der vor uns lag.

Noch ein Toter.

Perfekt!

Kapitel 4

Valla

Mit aufgerissenen Augen starrte ich auf den Leichnam, der kaum noch als Mensch zu identifizieren war. Die Haut hatte eine bläuliche Färbung und geweitete Pupillen blickten mir entgegen, die weder schwarz noch weiß waren. Trüb traf es am ehesten. Blutspritzer waren über den Wangen des Toten verteilt und auf der linken Seite prangte eine riesige Wunde, wo das Ohr hätte sein sollen. Ein Stück des Kieferknochens konnte man erkennen und ein Teil der Lippen hing nur noch in Fetzen vom Gesicht. Die Kleidung, die er trug, war beinahe unversehrt, wenn man vom zerrissenen Hosenbein absah, das einen guten Blick auf den Stumpf freigab, an dem früher einmal ein Fuß gewesen sein musste. Knochensplitter ragten aus dem Fleisch und die Blutlachen unter dem Körper waren von einer dünnen Eisschicht überzogen. Ich konnte nicht sagen, wie lange er bereits hier gelegen hatte, doch ich sah weder Würmer noch stank der Tote, weshalb ich schätzte, dass sein Ableben noch nicht lange her sein konnte. Aber zugegeben, Fleisch verweste nicht so schnell, wenn man es in einem riesigen Gefrierschrank aufbewahrte.

»Wir sollten eine Pause machen und uns überlegen, wie wir dich wieder trocken bekommen«, sagte Elijah mit einem Seitenblick in die Richtung, aus der wir gekommen waren, und erinnerte mich somit an das Ding, vor dem wir fliehen mussten. Es war groß und hässlich gewesen, doch selbst ein Supermodel mit solchen Zähnen hätte mir Angst gemacht.

Noch nie hatte ich mich so sehr wie in diesem Moment gefürchtet, als das Eis unter mir weggebrochen war und ich nicht mehr hatte atmen können. Aber das Ganze wurde noch getoppt, als ich das unter mir geöffnete Maul gespürt hatte. Gern wäre ich Elijah um den Hals gefallen und hätte ihm die Füße für sein Handeln geküsst, doch das stand nicht zur Option. Noch immer war ich wackelig auf den Beinen, sodass ich mir nicht zutraute, die Distanz zu ihm, ohne auf meinen Hintern zu fallen, zu überbrücken. Außerdem hätte mich Elijah vermutlich für meine Schwäche ausgelacht oder mich weggestoßen und ich wollte mir den letzten Rest meines Stolzes bewahren.

»Das ist unser kleinstes Problem. Wir sollten schnell hier abhauen«, erwiderte ich und legte die Arme um mich.

Elijah hatte Recht. Durch die Nässe klebte mir meine Kleidung auf der Haut und allein der leichte Wind reichte aus, mir eine Gänsehaut zu bescheren. Kälte kroch mir bis in die Knochen und meine Finger waren gerötet. Doch noch konnte ich sie spüren. Schlimmer wäre es, wenn es aufhören würde, wehzutun. Ich wusste noch nicht, was ich dann unternehmen würde, aber ich hoffte einfach, dass wir Silvania vorher finden konnten.

»Wieso? Das Monster scheint uns nicht so weit zu folgen«, hinterfragte Elijah und zog seine Jacke aus.

Darunter trug er nur noch ein kurzes Shirt. Gleich wollte ich ihn anfauchen, ob er verrückt geworden war, als er zu mir kam und mir unaufgefordert die Jacke entgegenhielt, sodass ich hineinschlüpfen konnte. Aber ich tat es nicht. Ich schüttelte ablehnend den Kopf und verschränkte meine Arme, als wäre mir nicht kalt.

»Das aus dem Wasser vielleicht nicht, aber er sieht nicht so aus, als wäre er eines natürlichen Todes gestorben und erfroren ist er auch nicht«, belehrte ich ihn und erntete ein genervtes Schnauben.

Gegen meinen Willen legte Elijah mir seine Jacke um die Schultern und blieb nah hinter mir stehen, als wollte er mir die Chance geben, das Kleidungsstück abzuwerfen. Daran dachte ich jedoch nicht. Das Innenleben der Jacke war kuschelig warm und ich zog sie instinktiv näher an mich. Anscheinend war das das Zeichen, auf das Elijah gewartet hatte. Er entfernte sich ein wenig von mir und stellte sich so hin, dass ich das Grinsen auf seinem Gesicht bemerkte. Dankbar nickte ich ihm zu und erwiderte zögerlich das Lächeln.

»Na und? Hier ist nichts und wenn, hat es vermutlich schon gefressen«, antwortete Elijah und das Lächeln verschwand von meinen Zügen, als wäre es nie da gewesen.

Er wusste wirklich, wie man schöne Momente zerstörte. Wie konnte er so etwas sagen? Der Tote konnte nicht älter sein als wir. Bei genauerer Betrachtung wirkte er sogar noch jünger und das kantige Kinn kam mir bekannt vor.

»Findest du das lustig? Er ist tot. Wer auch immer er war, irgendwo vermisst ihn bestimmt schon jemand. Und du lachst? Geht es noch geschmackloser?«, fauchte ich Elijah an und ignorierte die Tatsache, dass das Gewicht seiner Jacke meine Schultern nach unten drückte und sein unverwechselbarer Geruch meine Sinne überschwemmte.

»Was soll ich tun? Weinen? Die Situation ist schon zum Heulen. Du frierst dir den Arsch ab, nachdem du beinahe ertrunken wärst, und ich hätte fast als Nachspeise von einem Monster geendet. Ich werde mich also nicht dafür entschuldigen, dass ich versuche, die Stimmung aufzulockern«, hielt er dagegen und von seinem Grinsen war nichts mehr übrig. Er hatte die Lippen zu einem schmalen Strich gepresst und seine Augenbrauen zusammenzogen.

Unverständnis stand ihm ins Gesicht geschrieben, wofür ich ihn am liebsten geschlagen hätte. Zorn wallte in mir auf und drohte mich zu verschlingen. Ein roter Schleier legte sich über meine Sicht.

»Sicher doch«, murmelte ich sarkastisch und legte noch einen drauf: »Und solange es ein Dämon ist, macht es auch niemandem etwas aus, wenn er tot ist, richtig?«

Mein Tonfall rutschte in die Höhe. Mein Blut erhitzte sich. Wut sammelte sich in meinem Bauch. Es war nicht die richtige Situation für einen Streit, doch ich dachte gar nicht daran, die Diskussion zu beenden. Jedes Leben war wertvoll. Wann lernte Elijah das endlich? Ja, verdammt, ein Dämon hatte Mist gebaut, aber er konnte doch nicht alle Dämonen dafür verantwortlich machen.

»Daran habe ich überhaupt nicht gedacht«, verriet Elijah und nahm mir damit den Wind aus den Segeln.

Die Wut verpuffte und ich blickte verdutzt in Elijahs verblüfftes Gesicht. Fast, als könnte er nicht glauben, dass ich so von ihm dachte. Stimmte es wirklich, was Silvania mir vorgeworfen hatte? War ich von Vorurteilen derart geblendet, dass ich nichts mehr sah, außer dem, was ich sehen wollte? Ja, ich hatte geglaubt, dass Elijah dem Toten alles Schlechte wünschte, weil er ein Dämon war, aber das schien meinem Begleiter egal zu sein. Elijah hatte ihn nur schneller wiedererkannt als ich.

»Das ist – oder besser gesagt war – Solid, oder? Der Junge, dem du vor ein paar Wochen die Nase gebrochen hast, weil er etwas über deine Mom gesagt hat«, flüsterte ich mehr zu mir als zu ihm.

Wie konnte mir das entgehen? Und was hatte ich noch alles nicht mitbekommen?

»Der beschissene Dämon hat sie beleidigt. Sowas bringt nur ihr fertig. Sie ist tot, verflucht!«, warf Elijah ein und schnaubte, woraufhin ich zusammenzuckte.

Aber ich wusste, was er meinte. Selbst mir war klar, dass ich es schön formuliert hatte. Trotzdem wurde ich wütend, weil Elijah nicht verstand, was ich damit sagen wollte. Solid hätte seine Mom auch beleidigt, wenn er ein Teufelsanwärter gewesen wäre. Warum wollte er das nicht akzeptieren? Am liebsten hätte ich Elijah angeschrien, ihn verflucht oder geschlagen. In mir tobte ein unbändiger Sturm, der nach draußen gelangen und ihn niedermähen wollte. Doch meine Lippen blieben stumm. Stattdessen rief ich mir seinen verletzten Gesichtsausdruck von damals ins Gedächtnis, als man ihm sagte, dass seine Mom verletzt worden war.

***

Zuerst wurde seine Miene ausdruckslos, seine Haut blass, doch dann weiteten sich seine Pupillen und sein Mund klappte auf. Nicht weit, nur einen Spalt, als wollte er bewusster atmen, weil er keine Luft mehr bekam. Sein Kehlkopf bewegte sich mehrere Male auf und ab und durch den Spalt seiner Lippen war zu sehen, wie er die Zähne zusammenbiss. Er wollte nicht weinen. Er tat alles, um das zu verhindern. Seine Fingernägel gruben sich in die Handflächen, bis Blut floss, und er starrte Meister Asmodäus nieder, als wäre dieser höchstpersönlich Schuld und hätte nicht nur die Nachricht überbracht.

Elijah sagte nichts. Die ganze Zeit über blieb er stumm und reagierte kaum, obwohl in der Traube aus Schaulustigen vereinzelt Schüler vor Trauer und Angst zusammenbrachen. Er verlor an diesem Tag alles und es gab niemanden, den er dafür verantwortlich machen konnte. Niemanden außer dem ängstlichen Dämon, der seine Mom geopfert hatte, um sein eigenes Leben zu retten.

***

Wie konnte ich es all die Monate wagen, darüber zu urteilen? Sicher, für meine Familie war ich eine Enttäuschung, aber wenigstens hatte ich noch eine. Das nächste Mal, als Elijah diesen Gesichtsausdruck aufgesetzt hatte, war in der großen Halle gewesen. Es dürfte Mittagspause oder Freistunde gewesen sein. So genau wusste ich es nicht mehr, doch es waren viele Schüler anwesend gewesen und hatten dem Spektakel gelauscht.

Eigentlich war es eine Auseinandersetzung zwischen Solid und Silvania gewesen, weshalb ich mich überhaupt noch daran erinnern konnte. Die zwei hatten Teufelskunde zusammen gehabt und waren in einem Gespräch über Meisterin Torres vertieft gewesen.

»Wir lernen nicht mehr durch ihre extravaganten Methoden. Das Gegenteil ist viel mehr der Fall. Es fällt mir nicht leicht, mich auf die Fakten des Teufels zu konzentrieren, wenn Torres zwischendurch Gerüchte zum Besten gibt, von denen niemand weiß, ob sie wahr sind«, sagte Silvania auf Solids Argument.

»Das sind nützliche Informationen«, entgegnete er und erntete Zuspruch von den Umstehenden, während ich meine Nase tiefer im Buch vergrub, um nicht in die Diskussion einzusteigen und beiden zu sagen, dass sie falschlagen.

Torres war eine von vielen Frauen, die in regelmäßigen Abständen behauptete, dass der Teufel sie besucht hätte. Damit wollte sie ihre Bekanntheit steigern oder besser behandelt werden.

»Ach ja? Wo ist mein Vorteil, wenn ich weiß, mit wem der Teufel bereits eine angebliche Liebschaft hatte?«, fragte Silvania und ich verdrehte die Augen.

Einerseits, weil die Wenigsten der Gerüchte der Wirklichkeit entsprechen konnten – es sei denn, der Teufel könnte sich in acht Teile splitten –, und andererseits, weil weder Solid noch Silvania genug Ahnung hatten, um sich in die Belange der Meister einzumischen. Und wenn Meisterin Torres den Unterricht nackt führen würde, hätte niemand das Recht, etwas dagegen zu sagen.

»Ganz einfach. Du weißt, was du tun musst, um ebenfalls eine seiner Gespielinnen zu werden. Er soll blond bevorzugen und Mädchen mit üppigem Vorbau. Letzteres ist für dich ja kein Problem.«

Solid wackelte mit den Augenbrauen und starrte unverhohlen auf Silvanias Brüste, die in einer Bluse verpackt waren. Sie zeigte kaum Ausschnitt, aber ihr D-Körbchen konnte sie trotzdem nicht verstecken.

»Vergiss es! Ich brauche mich nicht von dir beleidigen zu lassen. Ich habe gesagt, was ich zu sagen hatte. Und zwar, dass ich den Unterricht bei Meisterin Torres nicht so gelungen finde wie bei ihrer Vorgängerin«, fuhr

Silvania ihn an, drehte sich von der Gruppe weg und mir zu. Wahrscheinlich tat sie es in der Hoffnung, ich würde ein Gespräch mit ihr beginnen, damit sie zu beschäftigt wirkte, um sich weiterhin mit Solid abzugeben.

»Ihre Vorgängerin hätte auch nichts zu erzählen gehabt. Das Mauerblümchen wäre wohl die Letzte gewesen, die der Teufel freiwillig gefickt hät-« Noch bevor Solid den Satz beenden konnte, ertönte ein Knacken, gefolgt von einem markerschütternden Schrei.

Sein Kopf wurde auf die Seite geschleudert. Blut spritzte zusammen mit Speichel aus seinem Mund und ein ausgeschlagener Zahn fiel klappernd zu Boden. Kurz darauf gaben Solids Beine unter der Wucht des Schlages nach und er landete neben seinem Backenzahn auf dem Marmor. Schützend hielt er die Hände vors Gesicht und sah zu seinen Angreifer empor. Auch ich blickte von meinem Buch auf und hatte nun ein gutes Bild von Elijah, der mit ausdruckslosem Gesicht auf sein Opfer hinabstarrte, sich umdrehte und ging.

Er sagte nichts, doch die Message war mehr als deutlich hervorgegangen. Torres' Vorgängerin war seine Mom gewesen und er duldete es nicht, wenn sie beleidigt wurde. Danach hatte sich nie wieder jemand getraut, schlecht über sie zu reden.

***

»Muss ich mich jetzt entschuldigen, weil ich denke, dass er es verdient hat? Zumindest ein bisschen?«, schrie Elijah aufgewühlt und warf mich aus meinen Erinnerungen.

Er schaute auf den Toten, gegen den ich gerne getreten hätte. Solid war kein netter Dämon gewesen, aber die

Art, wie er da lag, mit abgerissenen Gliedmaßen, drehte mir den Magen um.

»Nein, natürlich nicht. Er war ein Arsch, aber auf diese Weise zu sterben wünsche ich niemandem«, erklärte ich und suchte kurz Elijahs Blick.

Ich hatte das Gefühl, etwas sagen zu müssen. Irgendetwas, damit er verstand, dass ich mir wünschte, wir wären alle gleich. Natürlich würde ich Elijah dann nicht mehr mögen als jetzt und er mich vermutlich auch nicht, aber ich hätte nicht ständig das Gefühl, dass ich nichts mehr daran ändern könnte.

»Manchmal wünschte ich, wir hätten uns in einem anderen Leben kennengelernt. Das würde vieles einfacher machen. Vielleicht würdest du es dann besser verstehen«, wisperte ich und kuschelte mich in die Jacke, die mir Wärme spendete.

Noch immer glaubte ich, meine Füße würden jeden Augenblick blau anlaufen und vor Kälte absterben, doch meine Finger, die ich in den Taschen vergraben hatte, kribbelten, während sie sich langsam erwärmten.

»In einem Leben, in dem keine Schüler spurlos verschwinden und Monster uns den Garaus machen wollen? Wo bliebe da der Spaß?«, antwortete er und das Grinsen kehrte auf seine Lippen zurück.

Einen Moment war ich versucht, das Gespräch fallenzulassen und ihn aufzufordern, weiterzugehen. Seit Monaten war das die erste vernünftige Konversation, bei der keine Schimpfwörter fielen und niemand dem anderen die Krätze an den Hals wünschte. Außerdem wollte Elijah eine Pause machen, oder nicht?

»Ich meinte, in einem Leben, in dem wir einfach wir sein können«, begann ich und stockte kurz, weil ich mir nicht sicher war, wie ich es formulieren sollte. »Keine

Dämonen oder Teufelsanwärter. Wir machen uns über die Menschen lustig, weil sie Kriege führen, sich gegenseitig töten und von ihren Emotionen beherrscht werden. Aber eigentlich sind wir ihnen sehr ähnlich. Wir streiten, wir entführen und töten einander und wir halten uns für den Mittelpunkt der Welt«, fuhr ich fort und ignorierte, dass Elijahs Augen immer größer wurden. Er blieb still und unterbrach mich nicht, obwohl ich angenommen hatte, er würde mich anschreien und verkünden, dass wir niemals alle gleich sein könnten. Was er wohl dachte?

»Aber sie sind uns einen riesigen Schritt voraus. In den größten Teilen der menschlichen Welt ist es egal, wer du bist. Jeder hat dieselben Chancen. Ganz gleich, ob du männlich oder weiblich, schwarz oder weiß bist. Du darfst lieben, wen du willst und wie viele du willst. Sie machen keine Unterschiede. Und wir?«

Ich redete mich in Rage. Meine Stimme wurde höher und die Wörter kamen immer schneller über meine Lippen, doch Elijah schien dennoch keine Probleme zu haben, mir zu folgen. Er hatte den Kopf schief gelegt und blickte mich abwartend an, als ob er wüsste, dass das noch nicht alles war.

»Bei uns gibt es nur zwei Seiten und selbst damit können wir nicht umgehen«, schloss ich den Monolog und fröstelte, nachdem erneut Wind aufkam und mir die Haare ins Gesicht wehte.

»Ich dachte, du könntest mit Menschen nichts anfangen«, murmelte Elijah und wich meinem Blick aus, als würde es ihm schwerfallen, mich anzusehen.

Grundsätzlich hätte ich ihm zugestimmt, um meine Fassade aufrechtzuerhalten und nicht Gefahr zu laufen, ausgelacht zu werden. Doch wahrscheinlich sah man einige Dinge anders, wenn man fast gestorben wäre. Ich hatte unter der Eisschicht nicht an die Kälte gedacht oder an meine Familie, die ich nicht wiedersehen würde, sondern an das, was alle anderen sagen würden, wenn Elijah ohne mich zurückkehrte. An ihre gespielte Bestürzung und das Geläster, weil sie annahmen, ich hätte wieder den einfachen Weg gewählt, statt zu kämpfen. War das nicht ein Armutszeugnis für mein Leben? Selbst in der Sekunde, in der alles enden könnte, war mir die Meinung der anderen am wichtigsten. Ich wollte das nicht mehr. Egal, was ich tat, ich machte es von den anderen abhängig. Mochte ich die Schule? Vor wenigen Stunden hätte ich *nein* gesagt, weil ich wusste, dass meine Mitschüler das hören wollten. Aber es entsprach nicht meiner wirklichen Meinung. Hasste ich die Menschen? Eigentlich auch nicht, aber es war in der Hölle Konsens, sie nicht zu mögen. Und plötzlich verstand ich, was Silvania immer versucht hatte, mir zu sagen. Ich führte kein Leben. Alle anderen taten es für mich. Und ich verstand, dass ich das nicht mehr wollte. Ich musste lernen, mit der Verachtung umzugehen und gleichzeitig weiterzumachen, als gäbe es sie nicht.

»Früher vielleicht«, antwortete ich ehrlich und kämpfte gegen den Kummer, der in mir hochkroch.

Noch während ich die Worte aussprach, bildeten sich hunderte mögliche Szenarien in meinem Kopf. Von Elijah, der mich bespuckte, der mich auslachte oder der mich zurück in die Hölle schleifte, um mich vor allen fertigzumachen.

Ein Moment verging, doch nichts davon geschah.

»Aber für eine lange Zeit hatte ich Angst, dass ich eine von ihnen werden würde.«

Elijah sah mich an. Er stand einfach da und blickte mir entgegen. Je mehr Zeit verging, desto unbehaglicher wurde mir. Kurz keimte in mir die Angst, dass er gehen würde und mich meinem Schicksal überließ, weil er mich lächerlich fand. Meine Sorgen waren jedoch unbegründet. Auf einmal leckte sich Elijah über die Lippen und deutete ein Lächeln an.

»Bist du froh, dass es nicht so gekommen ist?«, fragte er und ging näher zu mir, um den Kragen seiner Jacke aufzustellen, sodass mein Nacken vor dem Wind geschützt wurde.

Elijah schien die Kälte weniger auszumachen. Er hatte keine Gänsehaut und seine Arme schienen nicht auszukühlen, während meine klappernden Zähne ein Konzert hätten spielen können.

»Ich weiß es nicht. Manchmal stelle ich mir vor, dass ich eine menschliche Frau auf der Erde wäre. Vielleicht würde ich eine Firma leiten, mich selbstständig machen oder Kinder bekommen und die perfekte Hausfrau sein. Ich könnte auch malen, sodass meine Bilder in Galerien ausgestellt werden, oder Bücher schreiben, die viele Menschen lesen und davon schwärmen. Aber egal, was ich tun würde, es wäre anders als jetzt. Die Menschen würden mich für das, was ich tue, wertschätzen und vermutlich wäre ich dann glücklich«, versuchte ich zu erklären, während eine Bewegung hinter Elijah meine Aufmerksamkeit auf sich zog. Doch es war so dunkel, dass ich kaum etwas erkennen konnte, und es dauerte nur einen Augenblick.

Wahrscheinlich war es der Wind und ich war noch von der Begegnung mit dem Monster so verängstigt, dass ich paranoid wurde. Es blieb nur abzuwarten, bis ich mir Dinge einbilde, die gar nicht da waren.

»Und hier bist du es nicht?«, wollte Elijah wissen, schüttelte den Kopf und verbesserte sich sofort. »Ich meine, in der Hölle. Wenn man im Fegefeuer glücklich ist, läuft bei einem wahrscheinlich etwas falsch.«

Ich dachte lange über seine Frage nach. Nicht, weil ich die Antwort nicht kannte, sondern weil ich mir nicht sicher war, wie viel ich Elijah erzählen sollte. Wenn wir im Fegefeuer sterben würden, wäre er der letzte Höllenbewohner, mit dem ich über meine Sorgen hätte reden können. Und hier war er nicht in der Lage, jemandem davon zu berichten. Wenn wir unseren Trip jedoch überleben sollten, hätte er genug gegen mich in der Hand, mich für immer zu zerstören. Trotzdem beschloss ich, das Risiko einzugehen. Vermutlich, weil ich nicht daran glaubte, dass wir gemeinsam hier wegkommen würden. Elijah ohne mich vielleicht, aber dann wäre ich schon lange tot, bis er Nik sagen konnte, was für eine Versagerin ich war.

»Hier muss ich ständig darum kämpfen, dass etwas gewürdigt wird. Ich habe in der Klasse die besten Noten, trotzdem machen mir einige Meister das Leben schwer. Zuhause führe ich den Haushalt, um Mom zu entlasten, aber ich bekomme immer nur zu hören, was ich nicht gemacht habe. Ich dachte, dass ich wenigstens als beste Freundin akzeptabel wäre, und nun? Vielleicht wäre es gar nicht so schlecht, neu anzufangen. Irgendwo weit weg von hier.«

Wieder flackerte eine Bewegung hinter Elijah auf, aber diesmal hatte ich das Gefühl, dass es näher war. Dennoch konnte ich zu wenig erkennen. Ich kniff die Augen in der Hoffnung zusammen, besser sehen zu können. Fehlanzeige.

»Viele würden dich vermissen«, gab Elijah zu bedenken und schloss einen Moment die Augen.

Woran er wohl dachte?

»Ach und wer?«, wollte ich wissen und war überrascht, wie verletzlich meine Stimme klang. Sie war kaum noch ein Flüstern, hörte sich dünn und zerbrechlich an.

»Silvania«, murmelte er gelassen, woraufhin ich den Kopf schüttelte.

Sie zählte nicht. Zumindest nicht mehr. Wer wusste schon, ob wir wirklich noch Freundinnen waren. Sie hatte mir monatelang den wichtigsten Aspekt ihres Lebens verschwiegen und ich hatte mich zu wenig um unsere Beziehung gekümmert, sodass es mir nicht einmal aufgefallen war. Ich könnte es ihr nicht verdenken, wenn sie eine gewisse Erleichterung bei dem Gedanken, dass ich weg sein könnte, verspüren würde. Bestimmt hätte sie mir nicht gewünscht, ein Mensch zu werden, doch ich bezweifelte, dass sie es nicht verkraftet hätte, auf mich zu verzichten.

»Schlechtes Beispiel. Wer noch?«, verlangte ich zu wissen und hatte gleichzeitig Angst vor seiner Antwort.

Das Gespräch hatte sich in eine Richtung entwickelt, die mich ängstigte und mir gleichzeitig ein Gefühl von Euphorie verlieh. Ich konnte mich nicht erinnern, wann ich das letzte Mal mit jemandem offen darüber geredet hatte, was ich wollte und was nicht. Selbst bei Silvania hatte ich den Drang, fehlerlos zu sein, doch hier im Fegefeuer mit Elijah war es nicht wichtig, dass ich perfekt war.

Elijah öffnete wieder die Augen, sodass seine Seelenspiegel in meine starrten. Sein Blick verschaffte mir eine Gänsehaut. Noch nie hatte mich jemand so angesehen.

Seine Iriden strahlten wie Hunderttausend-Watt-Birnen, während er mir antwortete:

»Ich.«

Ein Wort. Drei Buchstaben. Und dennoch verstand ich es nicht. Elijah hasste mich! Er hasste mich, weil ich eine Dämonin war und ihm immer Kontra gab. Zwischen uns war nichts mehr. Zumindest dachte ich das. Aber so, wie er mich ansah, schien ich nicht die Einzige zu sein, die mit ihren Gefühlen im Augenblick nicht zurechtkam.

»Wieso solltest du mich vermissen?«, hauchte ich, obwohl ich schon wusste, weshalb. Aus demselben Grund, wieso er mir fehlen würde, wenn er nicht mehr da wäre.

»Dann müsste ich mir jemand anderen suchen, den ich ärgern könnte«, witzelte Elijah, um die Spannung zwischen uns aufzuheitern.

Er grinste breit, bevor er einen Lachanfall bekam. Doch ich hörte ihn kaum noch. Seine Stimme klang weit weg. So wie alles andere auch. Die Kälte, die Nässe, das Gefühl, das ich nicht zuordnen konnte. Nichts davon zählte für mich, als ich das Huschen erneut bemerkte, das auf uns zukam und in das dämmrige Licht trat. Jetzt, wo es nicht mehr mit der Finsternis verschmolzen war, konnte ich es erkennen.

Jedes Detail.

Und es war definitiv nicht der Wind, wie ich angenommen hatte. Gräuliche Augen sahen mich wachsam an. Die Farbe erinnerte mich an die Pupillen von Fischen, die zu lange auf dem Markt der Hitze der Sonne ausgesetzt waren. Es roch auch genauso. Ein bestialischer Gestank kroch in meine Sinne, sodass ich nicht wusste, ob ich mir die Augen oder meine Nase zuhalten sollte. Das Wesen kam näher. Spitze Krallen gruben sich in den Untergrund, als sich das Tier fortbewegte. Es ähnelte einem Hund und gleichzeitig auch nicht. Der Schwanz war kahl, wie der einer Ratte, und doppelt so lang wie der Körper. Es lief auf vier Beinen, wobei die zwei Rechten nur aus Knochen bestanden, während bei den Linken die Haare fehlten. Der Körper war hingegen beharrt. Dickes, schwarzes Fell überzog den Rücken, aus dem ebenfalls Krallen zu ragen schienen.

»Valla? Alles klar? Das sollte nur ein Scherz sein.«

Elijah versuchte wieder meine Aufmerksamkeit zu erlangen, doch ich war von den drei Köpfen wie gebannt, die mir entgegenstarrten. Ja, drei, obwohl es nur ein Körper war. Der linke Kopf glich einem Totenschädel, der in einer Augenhöhle einen Augapfel hatte und durch die Sehnen im Inneren gehalten wurde. Die Schädeldecke war ebenfalls mit Bändern übersät, als hätte man dem Hund das Fell und die Haut über die spitzen Ohren gezogen. Ihm fehlte der Kiefer, weshalb der rötlich verfärbte Speichel ungehindert auf den Boden tropfte. Der rechte Kopf hatte noch sein vollständiges Gebiss, in dem sich mehrere scharfe Zähne befanden, zwischen denen Fleischstücke steckten. Auch ihm fehlte das Fell, doch zumindest war genug Haut über dem Knochen, um die Arterien und Adern zu verstecken. Obwohl der Schädel in der Mitte am normalsten aussah, löste er in mir die meiste Furcht aus. Wobei nicht wirklich der Kopf mir Angst machte, sondern der Arm, der in seinem Maul steckte. Die Hand war voller Spuren der spitzen Zähne, als hätte es darauf herumgekaut. Aus dem abgerissenen Stumpf lief immer noch Blut, doch der Arm konnte nicht Solid gehören. Er hatte noch beide gehabt.

Hieß das, dass es ein weiteres Opfer gab?

»Das hinter dir ist aber kein Scherz«, flüsterte ich und legte Elijah eine Hand auf den Oberarm, damit er keine hastigen Bewegungen vollzog. Das Tier knurrte und machte einen Buckel.

»Hinter mir?«, fragte Elijah irritiert. Er wollte sich in Richtung des Hundes drehen, doch ich verfestigte den Druck auf seinen Oberarm.

»Nicht bewegen!«, ordnete ich an, doch es war zu spät.

Das kurze Zucken von Elijahs Genick reichte aus. Das Wesen fletschte die Zähne und griff an. Blitzschnell schoss es auf Elijahs Rücken zu. Die abgetrennte Hand fiel aus dem Maul des Tieres und eine überdimensional lange Zunge leckte über seine rechte Gesichtshälfte, während ich Elijah näher zu mir zog. Ich drückte seinen Körper fest an meinen und drehte uns, sodass ich zwischen ihm und dem Monster stand. Doch es dauerte nur einen Bruchteil einer Sekunde, bis Elijah mein Vorhaben realisierte und unsere Position änderte. Fest presste er mich an sich, bevor er den Griff löste und mich hinter sich schob, um mich abzuschirmen.

Er fummelte am Bund seiner Hose, zog ein Messer hervor und hielt es angriffsbereit, als das Tier bei ihm ankam. Es gab ein gefährliches Knurren von sich und im nächsten Moment schnappte es nach Elijahs Hand. Er parierte den Angriff gekonnt und verfestigte den Griff um seine Waffe. Die Klinge streifte die Schnauze des mittleren Kopfes. Anfangs passierte nichts, doch dann trat Blut aus der Wunde. Das stimmte nicht ganz. Statt rotes, flüssiges Lebenselixier quoll schwarze Schmiere aus der Verletzung. Die Masse dampfte in der Kälte und sandte Rauchschwaden gen Himmel.

Anfangs dachte ich, dass alles bei den Temperaturen Hitze erzeugte. Schließlich war auch mein Atem zu sehen. Plötzlich fing die pechähnliche Substanz an zu blubbern und tropfte zusammen mit der schmelzenden Haut des Monsters zu Boden. Ich unterdrückte den aufkommenden Brechreiz und starrte gespannt auf die Schnauze, die sich vor mir auflöste. Zurück blieb nur das Knochengerüst, das unter dem Fleisch lag.

Was für eine abgefahrene Scheiße war das? In welchem Science-Fiction-Film waren wir gelandet, dass so etwas möglich war? Kurz glaubte ich, dass ich mir das alles nur einbilden würde. Meine Augen mussten mir einen Streich spielen.

Doch das bedrohliche Brummen des Tieres zeigte mir, dass es real war. Gebannt sah das Vieh auf die Überreste seiner Schnauze, die als klebrige Masse in den Grund sickerte, bevor es seine Aufmerksamkeit auf uns richtete und ein wütendes Knurren ausstieß. Es setzte zum Sprung an und warf sich auf Elijah, der geistesgegenwärtig nach hinten trat und gegen mich stolperte. Ein dumpfer Schmerz breitete sich in meinem Fuß aus, als er auf meine Zehen trat. Ich hatte keine Zeit, mich zu beschweren, denn der linke Kopf schnappte ebenfalls nach uns und erwischte Elijahs Ellbogen. Das Ding verbiss sich in seinem Fleisch und ließ nicht von ihm ab, bis Elijah mit dem Fuß nach dem Tier trat. Die Ablenkung nutzte ihm nur vorübergehend.

»Valla! Verschwinde!«, schrie er.

Erneut fraßen sich die Zähne des Monsters in seine Haut und ihm rutschte das Messer aus der Hand. Er zog den Arm an sich, um ihn vor dem Maul des Tieres zu schützen. Mit dem Fuß bemühte er sich, an seine Klinge zu kommen, die hinter ihn gerutscht war. Fluchend wehrte er die Angriffe des Tieres mit seinen bloßen Händen ab und riet mir erneut, zu verschwinden.

»Elijah?«, rief ich unsicher, als die Beine unter ihm nachgaben und das Monster über ihn stieg.

Ich wusste nicht, was ich tun sollte. Laut hämmerte eine Stimme in meinem Schädel, dass ich auf ihn hören und weglaufen sollte, um mein eigenes Leben zu retten. Da war jedoch auch noch ein anderes Geräusch. Leiser, wie ein Flüstern, das mich anbettelte, mich nicht zu bewegen. Sollte ich gehen oder bleiben? Unentschlossen verharrte ich. Ich hatte keine Waffe. Keine meiner dämonischen Fähigkeiten konnte mir in dieser Situation helfen und Elijah blieb nicht mehr viel Zeit. Die Zähne kamen seinem Gesicht immer näher und seine Arme erschlafften allmählich, sodass er das Monster kaum noch wegdrücken konnte. Speichel tropfte auf seine Wangen und ließ mich würgen. Kurz befürchtete ich, dass die schwarze Masse auch ihn verletzen könnte. Sie berührte seine Haut, doch der Kontakt schien Elijah nichts auszumachen und der glühend heiße Dampf war verschwunden.

»Geh endlich!«, befahl Elijah, der zu beschäftigt mit der Kreatur vor sich war, um meinen Konflikt mitzubekommen.

Kurz stahl sich der Gedanke in mein Gehirn, dass ich meine eigene Haut retten, Silvania finden und den Ruhm allein einheimsen könnte. Im gleichen Augenblick hasste ich mich dafür. Selbst jetzt fragte ich mich noch, wie ich mein Image aufpolieren konnte. Doch ich entschied mich dazu, mich nicht davon beeinflussen zu lassen. Ich musste eine Lösung für diese Situation finden und ich musste am Ende mit meiner Entscheidung leben. Oder damit sterben. Und nicht der Rest der Welt.

»Valla, bitte!«, bettelte Elijah und besiegelte mein Schicksal.

Die Verzweiflung, das Flehen in seiner Stimme brannte sich direkt in mein Herz, hielt es fest und ließ es nicht mehr los. Genauso hätte ich geklungen, als ich unter dem Eis eingesperrt gewesen war, hätte ich in dieser Situation einen Laut von mir geben können. Da gab es eine Hoffnungslosigkeit, die von ihm ausging, die ich nur zu gut verstehen konnte. Und dennoch machte er sich Sorgen um mich, obwohl er derjenige war, der in Lebensgefahr schwebte. Natürlich wusste ich, dass auch meine Situation nicht ungefährlich war.

Das Monster würde mich umbringen, wenn es mit ihm fertig war. Gegenwärtig hatte er es viel schwerer und dennoch dachte er daran, dass ich mein Leben retten sollte, wenn er schon starb. Ich musste etwas tun. Jetzt. Tief atmete ich durch und dachte fieberhaft nach. Doch das war gar nicht nötig. Mein Körper agierte wie von selbst. Spitze Zähne bohrten sich in Elijahs Schulter, während ich auf das am Boden liegende Messer zustürzte.

Ich hob es auf, stellte mich hinter Elijah und stach zu. Immer und immer wieder. Ich nahm den Geruch von verwesendem Fleisch wahr, der mir den Magen umdrehte, und blendete den Dampf aus, der uns umgab. Mit aller Kraft rammte ich die Klinge in den mittleren Schädel. Zuerst spürte ich noch den Widerstand der Sehnen, Bänder und der Schädeldecke, die der Stahl der Klinge zertrümmerte, aber mit jedem Stich wurde es leichter. Wie durch Butter glitt das Messer bald darauf in den Kopf des Monsters und wieder hinaus, zeitgleich spritzte die schwarze Schmiere in mein Gesicht.

Die verbliebenen Köpfe wehrten sich. Sie bissen um sich. Einer erwischte mich beinahe am Oberarm, aber ich wich aus, duckte mich unter dem Maul weg und stach noch einmal zu, verfehlte allerdings mein Ziel. Eine heiße Schnauze stieß gegen meinen Ellbogen, sorgte dafür, dass ich abrutschte und die Orientierung verlor. Wieder schnappten spitze Zähne nach mir. Mein Atem wurde hektisch, ich umfasste die Klinge fester und startete einen weiteren Angriff. Meine Haut brannte aufgrund des schwarzen Blutes, doch auch den Schmerz blendete ich aus, während ich mich auf den nächsten Kopf – den rechten – stürzte und wie eine durchgeknallte Serienmörderin darauf einstach. Mit etwas Glück hätte mein Vorhaben, das Tier auszuschalten, funktioniert. Einen Moment hatte ich sogar das Gefühl, dass es vorbei war. Auch den zweiten Kopf hatte ich bis zur Unkenntlichkeit verstümmelt. Ich hatte mich geirrt. Es war nur eine Sekunde, in der ich innehielt und mein Werk betrachtete. Länger brauchte der letzte Schädel nicht, um seine Zähne in meiner Hand zu versenken.

Ein Schrei ertönte. Hoch und viel zu schrill für meine Ohren, aber das Ding ließ verwirrt von dem Geräusch von mir ab, sodass ich Zeit hatte, Abstand zwischen uns zu bringen. Auch Elijah hatte sich in der Zwischenzeit erhoben, ohne dass ich es mitbekommen hatte. Der Schrei hielt an und es dauerte eine Weile, bis mir klar wurde, dass ich es war, die sich die Seele aus dem Leib brüllte. Ich schrie und schrie, während ich mich umdrehte und wegrennen wollte. Doch es gab kein Entrinnen. Obwohl ich es gewollt hätte, ich hätte Elijah nicht zurücklassen können. Aber das wusste ich erst, als ich nach einem Ausweg suchte. Für uns beide. Ich hatte nicht vor, ihn zu verlassen. Er war nicht ohne mich gegangen. Und ich würde ihn nun ebenfalls nicht im Stich lassen. Auch wenn mir die Viecher Angst machten, die uns eingekreist hatten.

Ohne dass wir es bemerkt hatten, hatte die Killermaschine Gesellschaft bekommen. Verdammt! Nicht alle von ihnen waren so bedrohlich wie das erste Tier. Einige besaßen nur einen Kopf, andere dafür zwei. Keines der Viecher hatte einen Dritten, aber alle sahen mehr tot als lebendig aus. Vielen fehlten Gesichtshälften, sie hatten Zahnlücken oder waren nur noch ein Knochengerüst. Trotzdem schafften sie es, uns mit Blicken zu erdolchen. Sie knurrten, jaulten und fletschten mit den Zähnen. Doch sie griffen nicht an. Noch nicht. Sie duckten sich, als würden sie auf etwas warten, und beobachteten uns genau. Ich hatte noch nie von diesen Monstern gehört, geschweige denn etwas gelesen, aber sie erinnerten mich an Hunde. Vielleicht benahmen sie sich auch wie welche? Ich entschied mich, dass es einen Versuch wert war, und ging gedanklich alles durch, was ich über die Tierrasse wusste. Sie waren Rudeltiere. Das würde zu der Menge an Wesen passen, die nun langsam auf uns zukam und den Kreis um uns immer kleiner werden ließ. Neun, zehn, elf, zwölf Körper kamen auf uns zu, streckten die Schnauzen nach oben und schnupperten in der Luft. Ob sie nach dem Geruch unseres Bluts suchten?

Und dann fiel es mir wie Schuppen von den Augen. Sie rochen nicht unser Blut. Zumindest nicht nur. Im Rudel gab es immer ein Oberhaupt. Den Stärksten und Schnellsten. Jemand, der den anderen überlegen war. Beispielsweise der einzige mit drei Köpfen. Der Anführer hatte uns angegriffen und wir waren gerade im Begriff, ihren Alpha zu töten.

»Elijah!«, rief ich, um ihn auf unser Dilemma aufmerksam zu machen, doch da war es schon zu spät.

Er riss mir das Messer aus der Hand und schlitzte mit einer souveränen Handbewegung die Kehle des letzten

Kopfes auf. Pech verteilte sich auf dem Boden und das Ding gab unmenschliche Geräusche von sich, bevor es an seinem eigenen Lebenssaft erstickte. Der Körper des Wesens fiel zur Seite, eine Pfote zuckte unkontrolliert. Und dann war es vorbei. Es rührte sich nicht mehr.

Elijah wischte sich den Schweiß von der Stirn und suchte meinen Blick. Fassungslos starrte ich ihn an, bevor zwölf ausgehungerte Tiere auf uns zustürzten und unsere Leiber unter sich begruben. Diesmal war es Elijah, der schrie, während das Gewicht uns an den Untergrund fesselte. Der Gestank der Viecher wurde übermächtig und ich hatte Schwierigkeiten zu atmen. Ein unbändiger Schmerz breitete sich in meiner Brust aus, meine Sicht verschwamm, aber mehr als Fell, Fleisch und glühende Augen hätte ich sowieso nicht gesehen. Ein Knurren ertönte. Ich spürte eine Hand, die nach mir griff und mein Handgelenk festhielt. Dann wurde es dunkel.

***

»Master? Könnten Sie etwas Zeit für mich erübrigen? Es geht um das Mädchen«, sprach Septer an den geflügelten Mann gerichtet, noch ehe er die Distanz von der Tür bis zum Thron hinter sich gebracht hatte.

Sein weißer Umhang wehte hinter ihm her, während er auf seinen Gesprächspartner zueilte. Die verängstigten Blicke, die ihm folgten, ignorierte er gekonnt. Zu lange hatte er seine Position schon inne, als dass er sich aus der Ruhe hätte bringen lassen.

»Was hat sie diesmal angestellt?«, fragte der Gehörnte belustigt und sah auf den Jungen hinab, der ängstlich wimmernd vor ihm saß und stille Tränen in der Hoffnung auf Erbarmen vergoss.

An diesem Ort gab es allerdings keine Gnade. Für niemanden. Jeder, der hier landete, hatte mit seinen Mitmenschen ebenfalls kein Mitleid gehabt. Trotzdem ließ das Alter des Jungen Septers Bewegung stocken. Er konnte höchstens in Elijahs Alter sein. Es war selten, dass so junge Seelen bereits derart verdorben waren, dass sie dem Teufel persönlich vorgeführt wurden. Kurz keimte in Septer der Wunsch auf, zu wissen, weshalb er hier war. Von Mobbing bis Mord und Vergewaltigung könnte alles möglich sein, doch dann besann er sich auf seine Aufgabe und antwortete seinem Master.

»Es ist wieder passiert. So lange hat es gedauert, bis ihre Kräfte sich offenbart haben, und nun geschah es zweimal in so kurzer Zeit«, erläuterte er sein plötzliches Erscheinen und sank in eine Verbeugung, um dem Befehlshaber Respekt zu zollen.

»Sie ist stark. Vielleicht sogar die Stärkste, die wir je hatten«, überlegte der Teufel laut und seine Stimme ließ den Jungen zusammenzucken.

Kniend vor dem Thron und mit Handschellen an den Boden gekettet, sah er zu seinem Peiniger auf. Erneut lief ein Schwall an Tränen über die blassen Wangen. Die Flüssigkeit vermischte sich mit seinem Blut, das aus den Schnittwunden tropfte, die überall auf seinem Körper verteilt waren. Er wies große Ähnlichkeit mit einem Schleifstein auf, an dem verschiedene Messer getestet worden waren. Es gab große Wunden und kleine. Tiefe und oberflächliche. Geradlinige, wie die eines scharfen Skalpells, und zerfranste, als hätte sich jemand mit einem Buttermesser an seiner Haut zu schaffen gemacht.

»Die beiden wären beinahe gestorben, Master. Wenn sich ihre Kräfte nicht im letzten Moment eingeschaltet hätten, wären sie von den Höllenhunden zerrissen worden«, gab Septer zu bedenken und ehrliche Sorge schwang in seiner Stimme mit. Er fuhr sich mit der Hand über die Glatze und stand auf, nachdem der Gebieter ihm mittels einer Handbewegung andeutete, sich zu erheben.

»Und weiter, Septer?«, hinterfragte der Master, wartete aber nicht auf eine Antwort, bevor er unbekümmert weitersprach: »Vertraue darauf, dass ich ihnen nur so viel zumute, wie sie ertragen können. Die beiden werden es schaffen.«

Der angekettete Junge wimmerte lauter, fast als würde er das Winseln eines verletzten Tieres imitieren wollen. Niemand beachtete ihn, bis der Blick des Gehörnten ihn traf und verstummen ließ. Danach wandte er sich wieder Septer zu, der verständnislos den Kopf schüttelte.

»Was schaffen, Master? Ihr sprecht in Rätseln«, verlautete er und trat einen Schritt näher zum Teufel, dessen Mundwinkel sich nach oben gezogen hatten.

Er setzte sich auf seinen Thron und lehnte sich zurück, während er seinen Stab, der an den Stuhl gelehnt gewesen war, in die Hand nahm. Sofort leuchteten die roten Rubine im Totenkopf auf und zeigten das Bild von Valla und Elijah, wie sie gemeinsam auf dem Boden lagen. Elijah hielt ihr Handgelenk umklammert, als könnte nichts auf dieser Welt sie trennen. Von den Höllenhunden war nichts mehr zu erkennen, bis auf vereinzelte Tupfen schwarzer Schmiere, die auf ihren Kleidungsstücken klebten und nicht in der Hitze von Vallas Feuer verglüht waren.

»Sie werden es schaffen, die Welt zu einen. Dafür wurden sie geboren«, erklärte der Master und legte den Kopf schief, um eine bessere Sicht auf die entspannten Züge von Elijah zu erhaschen. Der regte sich langsam.

»Und was ist, wenn ihnen das nicht gelingt?«, fragte Septer leise und genoss das Bild, das sich ihm bot.

Trotz des Horrors und der Angst wirkten die beiden friedlich. Es herrschte eine Harmonie, doch Septer machte sich keine Illusionen. Noch war es nicht vorbei. Die Stimmung würde schnell wieder umschlagen.

»Dann müssen sie die Konsequenzen tragen«, erwiderte der Teufel hart und ließ Septer schlucken.

Die Lippen seines Masters hatten sich zu einem dünnen Strich verzogen, sodass sie kaum noch zu sehen waren, und auch seine Augen glichen nun Schlitzen. Sein Gesicht war verkrampft, als würde ihm die Vorstellung nicht behagen, dass etwas schieflaufen könnte.

»Ihr würdet ihn einfach so opfern?«

Es dauerte eine Weile, bis Septer den Mut fand, es auszusprechen, aber diesmal siegte die Neugier über die Vernunft. Und der Teufel schien einen guten Tag zu haben, denn statt Septer für seine Wissbegierde zu rügen, begann er zu lachen. In der Stimme fehlte jede Wärme, als sie an den Mauern widerhallte, sodass der Junge mit den Schnittwunden zurückschreckte.

»Natürlich nicht, aber das wird auch nicht nötig sein. Im Fall der Fälle wird es Valla sein, die sterben muss, um etwas zu ändern.«

»Das verstehe ich nicht, Master«, flüsterte Septer und erntete erneutes Gelächter, das verstummte, bevor der Teufel in seine Richtung blickte.

»Ist es dir etwa wirklich entgangen, Septer? Obwohl du sie in jeder Sekunde beobachtest? Das Mädchen hat endlich begriffen, dass sie mehr sein kann, als sie einst war. Dass sie mehr sein muss. Niemals war sie dafür vorgesehen, eine einfache Dämonin mit einer mickrigen

Aufgabe zu sein. Sie hätte niemals die Möglichkeit erhalten, ihrem Vater nachzueifern.«

Noch bevor der Gehörnte den Satz beendet hatte, stand er auf und legte den Stab beiseite. Das Leuchten in den Rubinen blieb und zeigte Elijah, der sich über Valla beugte und sie auf Verletzungen untersuchte. Der Teufel achtete nicht mehr auf das Geschehen, sondern wandte sich seinem Opfer zu. Schwarzer Nebel umhüllte die Hand des Masters, bevor eine Klinge erschien, die Elijahs Messer ähnelte.

»An manchen Tagen wünschte ich, Ihr wäret ein offenes Buch für mich, so, wie ich es für Euch bin«, ertönte Septers Stimme ein letztes Mal, bevor die Stille vom Schrei des angeketteten Jungen zerrissen wurde.

»Sieh weiter zu! Dann wirst du verstehen«, murmelte der Teufel und rammte die Klinge in die Wange seines Opfers, sodass Blut den Boden tränkte.

***

»Valla! Wach auf, Valla! Es ist zu kalt, um hier zu schlafen.«

Ein Rütteln an meiner Schulter vertrieb das Gefühl der Leere, das in meinem Kopf herrschte, und sorgte dafür, dass ich den Schmerz überdeutlich spüren konnte. In meinen Schläfen pochte es und der Druck in meinem Schädel war übermächtig, sodass ich glaubte, mein Kopf würde jede Sekunde auseinanderbrechen. Die Tatsache, dass Elijah an mir zerrte und mich aufrichtete, half nicht, um den Schwindel loszuwerden. Die abrupte Bewegung löste zusätzlich ein flaues Gefühl in meiner Magengegend aus. Meine Sicht war bis zur Unkenntlichkeit verschwommen und ein Kribbeln überzog meinen Körper, von dem ich nicht wusste, woher es kam. Was war das gewesen? Ein Traum? Aber dafür war es zu realistisch. Ich sah noch immer jedes Detail des dunklen Saals vor mir und die Schweißperlen, die von Septers Stirn perlten.

»Steh auf, Valla!«, forderte Elijah noch einmal und schüttelte mich, sodass mein Kopf hin und her geworfen wurde.

Schmerzhaft zischte ich, sodass er in der Bewegung innehielt. Der Raum um mich hörte auf sich zu drehen und langsam kristallisierte sich sein Gesicht aus den Formen und Farben, die ineinander verschoben waren, heraus. Und mit meiner Sicht kamen auch die Eindrücke der letzten Stunden zurück.

»Ich will nicht sterben!«, rief ich, als die Erinnerungen an die Hunde sich wieder in mein Gedächtnis stahlen und die Illusion in weite Ferne rückte. Panisch drehte ich den Kopf in alle Richtungen und suchte nach knurrenden Köpfen ohne Augen. Doch da war nichts. Überhaupt nichts. Als wären die Hunde nie da gewesen.

»Ganz ruhig! Sie sind weg«, erklärte Elijah und strich mir beruhigend übers Haar, bevor er mich losließ und mir beim Aufstehen half.

Meine Beine wackelten gefährlich, weshalb ich zuließ, dass er mich stützte. Ruhig? Ich war nicht ruhig. Nicht mal ansatzweise. Irgendein geflügelter Typ plante meinen Tod oder etwas Ähnliches, was mir noch nicht klar war. Meine Knie zitterten und ich hatte das Gefühl, der Boden unter mir würde sich bewegen. Ich schaffte es kaum, gerade stehenzubleiben. Elijah schien den Schock schon verarbeitet zu haben. Seine Züge waren ernst, doch er hatte eine gesunde Farbe im Gesicht und atmete gleichmäßig, während ich keuchte, als wäre ich einen Marathon gelaufen.

»Wo sind sie hin?«, fragte ich und befürchtete, den Verstand zu verlieren. Zuerst diese Halluzinationen und nun Hunde, die einfach verschwanden. Verwundert sah ich Elijah an und schüttelte ungläubig den Kopf. Es waren so viele gewesen. Trotzdem waren Elijah und ich bis auf ein paar Bissspuren unverletzt. Der Arm des Teufelsanwärters glich einem Schweizer Käse, doch er lebte noch. Wie war das möglich?

»Das sollte ich dich lieber fragen. Ich habe dich festgehalten, damit ich dich nicht verliere, und plötzlich hast du gebrannt. Es fühlte sich an, als würde ich meine Handfläche auf eine Herdplatte drücken. Aber ich schaffte es nicht, meine Finger wegzunehmen. Ich konnte dich nicht mehr loslassen.«

›Was?‹

Irritiert starrte ich Elijah an und konnte nicht verhindern, dass das Bild von Septer und dem Teufel vor meinem inneren Auge auftauchte. Wie konnte das sein? War es wahr und ich hatte wirklich Kräfte, von denen ich nichts wusste? Und wenn ja, was hatte das mit diesen merkwürdigen Träumen zu tun, die aus dem Nichts gekommen waren? Hatte ich mir die beiden doch nicht nur eingebildet?

»Hast du dir den Kopf gestoßen?«, wollte ich hysterisch lachend wissen und hoffte, Elijah würde damit das Thema fallenlassen. Er tat es jedoch nicht.

Statt zu lächeln und ebenfalls über mich zu scherzen, blieb seine Miene ernst und er konterte mit ruhigem Ton.

»Ich bin mit dem Hinterkopf auf den Boden geknallt, ja. Danke der Nachfrage, es geht mir gut. Aber das ändert nichts daran, dass deine Haut plötzlich den Grad der Sonne erreicht hat, ohne dass dir oder mir etwas passiert ist.« Elijah pausierte einen kleinen Moment und sah mich aufmerksam an, als würde er auf meine Reaktion warten.

Und die bekam er prompt.

Ich schaffte es nicht, besonnen zu bleiben und meine Maske aufrechtzuerhalten. Noch schoss das Adrenalin durch meine Adern und der Schock saß tief in meinen Knochen, sodass ich all meine Konzentration brauchte, um nicht zu weinen. Das Resultat war, dass ich spürte, wie jegliche Farbe aus meinem Gesicht wich, und ich es nicht schaffte, meinen aufgeklappten Mund zu schließen.

»Im Gegensatz zu den Kötern. Die haben lichterloh gebrannt, bis nichts mehr außer eine verdammte Staubwolke von ihnen übrig war«, sprach er weiter, doch ich hörte kaum noch, was er zu sagen hatte. Konnte es wirklich sein, dass es nicht nur Träume waren? Und wenn sie der Realität entsprachen, was meinte der Mann, als er sagte, ich müsste die Konsequenzen tragen?

»Alles klar bei dir? Bist du verletzt?«, fragte Elijah, der sichtlich verunsichert von meinem Verhalten war. Er hatte die Augenbrauen zusammengezogen und leckte sich konzentriert über die Unterlippe.

»Nein, alles gut«, hauchte ich, ohne wirklich aus meinen Gedanken aufzutauchen.

Verwirrt fuhr ich durch meine Haare und versuchte, das Kribbeln auf meiner Haut zu ignorieren. Ich fühlte mich wie erschlagen. Meine Augenlider wollten zufallen und es war schwer für mich, wach zu bleiben. Sollte ich nicht wacher sein, nachdem ich geschlafen hatte?

»Du siehst aber nicht so aus. Wirkt eher, als hättest du einen Geist gesehen«, meinte Elijah und legte einen Finger unter mein Kinn, sodass ich ihn ansehen musste. Doch statt seiner dunklen Augen erkannte ich rote Rubine, die aufleuchteten, als hätte sich das Bild in meine

Netzhaut eingebrannt. Ich sah Hörner und langes schwarzes Haar, das über spitze Ohren fiel, als würde das Gesicht des Teufels mit Elijah verschmelzen. Es war nur ein flüchtiger Moment, bevor ich wieder klar auf Elijahs rote Lippen blickte, doch es reichte, um mich zu verunsichern. Konnte ich nicht mehr zwischen Träumen und Realität unterscheiden?

»Was weißt du über den Teufel?«, nuschelte ich und hoffte innerlich, dass Elijah mich nicht gehört hatte. Gleichzeitig wollte ich aber darüber reden. Mit ihm. Und mit niemand anderem sonst. Ich dachte nicht einmal darüber nach, dass Elijah mich für verrückt halten könnte. Eigentlich dachte ich gar nichts. Es war wie ein Drang, den ich nicht abstellen konnte. Ich musste Elijah davon erzählen, auch wenn ich mir sicher war, dass er genauso wenig wusste, was mit mir passierte, wie ich.

»Bitte?«, rief er entsetzt und seine Gesichtszüge entgleisten, als hätte ich ihm gesagt, dass ich von einem Engel schwanger war und in die Menschenwelt gehen würde, um Gottes Nachricht in die Welt zu schreien. Seine Pupillen weiteten sich und er hielt kurz den Atem an. »Wieso fragst du mich das?«

Seine Stimme war höher als gewöhnlich. Und ich konnte nicht entscheiden, ob sie vor Ehrfurcht bebte oder vor Panik zitterte. Irgendwas an meiner Frage schien Elijah aus der Bahn geworfen zu haben. Doch was?

»Ich weiß nicht, vergiss es. Vielleicht bin ich einfach diejenige, die zu oft auf den Kopf gefallen ist, und bilde mir deshalb Dinge ein.« Verunsichert täuschte ich ein Lachen vor und sog scharf die Luft ein, als Wind aufkam.

Es war kalt. Viel zu kalt. In der Hoffnung, mich aufzuwärmen, marschierte ich los. Mit mäßigem Erfolg. Durch die Bewegung bewahrte ich meinen Körper zwar davor, auszukühlen, jedoch hatten die kalten Stürme auch mehr Angriffsfläche. Vielleicht wäre es besser, mich kleinzumachen und abzuwarten, bis der stürmende Wind nachließ, der an meinen Haaren zerrte.

»Was für Dinge?«, hinterfragte Elijah und eilte mir nach.

Auch er hatte mit der Luft zu kämpfen, die an ihm riss. Seine Kleidung wehte um seinen Körper herum und der Gegenwind hätte Elijah vermutlich fortgetragen, wenn er nicht so muskelbepackt gewesen wäre. Für mich war die Bewegung ein Kraftakt. Jeder Schritt war schwieriger als der Vorangegangene.

»Ich habe seltsame Träume. Schon länger, bis jetzt habe ich sie jedoch für Hirngespinste gehalten. Aber der Mann sagte, dass ich gebrannt hätte. Es passt zu dem, was du behauptest«, erklärte ich und hob meinen Arm schützend vor mein Gesicht.

Es war nicht so, dass mir Blätter oder Stöcke in die Augen hätten fliegen können – hier war weit und breit nichts –, doch die Luft reichte aus, damit meine Augen brannten und meine Haut auskühlte. Auch meine Lungen protestierten aufgrund des kalten Sauerstoffs, den ich einatmete.

»Welcher Mann?« Elijah zog mich an der Hüfte zurück und positionierte sich vor mir, um mich abzuschirmen. Da er massiger und größer, als ich war, half es anfangs, doch je weiter wir gingen, desto stärker blies der Wind. Und plötzlich fühlte ich einen Tropfen, der mein Kinn kitzelte.

»Sein Name ist Septer und er beobachtet mich. Ich glaube, er tut es, weil der Teufel das will«, schrie ich durch den Lärm des Luftzugs, damit Elijah mich verstehen konnte, und breitete die Arme aus, um sicherzugehen, dass es nur ein Wassertropfen war. Doch ich irrte mich. In dem Augenblick, als ich in den Himmel sah, schüttete es wie aus Eimern auf mich hinab.

»Warum sollte er das wollen?«, brummte Elijah und drehte sich zu mir um.

Mit gerunzelter Stirn sah auch er hinauf und wischte sich den Regen aus dem Gesicht.

»Scheiße!«, fluchte er und drückte mich an sich.

Ich hatte fest damit gerechnet, dass sich sein Geruch nach verbranntem Holz in meine Sinne stehlen würde, doch mein Organismus wurde von der nassen Kälte überschwemmt und ich nahm kaum etwas anderes wahr, außer dem Pfeifen des Windes und dem Donnern über uns. Noch hatte ich keinen Blitz gesehen, aber ich war mir sicher, dass es nur eine Frage der Zeit war. Wir mussten aufpassen. Sonst würde uns das Wetter töten, obwohl wir Seeungeheuer und Zombiehunde überlebt hatten.

»Ich glaube, es hat etwas mit dir zu tun.«

Kapitel 5

Elijah

Ihre Worte hallten in meinem Kopf wider und ich schluckte. Was sollte das? Wieso hatte sie diese Träume? Nervös kaute ich an meiner Lippe, bis ich eine metallische Flüssigkeit schmecken konnte. Blut. Aber selbst der Geschmack meines eigenen Lebenssaftes beruhigte mich nicht. Was sah sie, wenn sie in die andere Welt abdriftete? Oder besser: Was zeigte der Teufel ihr? Und welchen Nutzen hatte es? Zu gern hätte ich gewusst, welche verwirrenden Szenen Valla ertragen musste, wenn der Teufel dachte, dass es lustig wäre, sie zusehen zu lassen. Oder machte ich mir umsonst Sorgen und er ließ sie nur an Dingen teilhaben, die für ihre Augen bestimmt waren? In beiden Fällen behagte mir die Vorstellung nicht, dass Valla das Höllengeschehen hautnah miterleben konnte. Was war, wenn Septer sich verplapperte? Oder der Teufel selbst etwas tat, das Valla auf dumme Ideen bringen könnte?

»So ungern ich das auch zugebe, ich bin nichts Besonderes«, murmelte ich und biss mir auf die Zunge, damit mir nicht ein *so wie du* entfleuchte.

Kein Wunder, dass sich der Teufel für sie interessierte. Ich hatte schon viel gesehen, doch noch nie in meinem Leben war mir ein Dämon untergekommen, der bei einem Teufelsanwärter blieb, um seine Haut zu retten. Und das hatte sie. Buchstäblich. Ich hatte die Zähne der Höllenhunde bereits gefühlt. Sie hatten an mir geschnuppert, um eine besonders saftige Stelle zu finden, in der sie sich vergraben und an meinem Blut laben konnten. Ich hatte den Speichel der Monster sogar schon an meiner Kehle wahrgenommen. Aber dann war Valla da gewesen und sie hatte heller geglüht als die Sonne. Anfangs wurde ich von dem Licht, das von ihr ausging, geblendet, bevor ich die Hitze spürte, die sie ausstrahlte. Und plötzlich war ich verloren. Ich hatte überhaupt nichts mehr außer einem warmen Gefühl empfunden, das von meinem Herzen auszugehen schien, und ich sah Valla. Überall. Ich hörte ihre Stimme, erinnerte mich an den Druck ihrer Lippen auf meinen, den ich schon fast wieder vergessen hatte, und roch die Note ihres Parfüms, bevor alles in Dunkelheit getaucht wurde. Ich hatte erwartet, dass die Wärme verschwinden würde, sobald ich aufwachte, doch sie war geblieben und schien immer neu zu entfachen, wenn ich Valla berührte. Lag es an ihr? Oder an mir? Und noch viel wichtiger: War die Verbindung zwischen uns der Grund, weshalb sie eine Schachfigur des Teufels geworden war?

»Er schien das anders zu sehen«, gab Valla zu bedenken und ich unterdrückte ein Schnauben.

Natürlich sah er das anders. Für ihn war alles ein großes Spiel. Nur vergaß er dabei, dass es um mein Leben ging. Wenn er wusste, was hier los war, wieso griff er nicht ein und befreite uns aus dieser Scheiße? Vielleicht hätte ich Dad doch von meinem Vorhaben berichten sollen.

»Selbst wenn es so wäre, können wir das nicht ändern. Aber wir können versuchen, uns vor dem Wind zu schützen. Du bist schon komplett durchgefroren!«, schrie ich und wechselte das Thema.

Valla sollte nicht zu viel darüber nachdenken. Am Ende würde sie sich in etwas verrennen oder Ideen nachjagen, die uns ins Grab brachten. Trotzdem konnte ich die Stimme in meinem Kopf nicht zum Schweigen bringen, die mir sagte, dass ich gierig war. Ich wollte alles haben. Ein normales Leben, gute Noten, eine Karriere und die Frau meiner Träume. Auf keinen Fall wollte ich jeden Tag in Angst leben oder auf etwas verzichten, das andere Teufelsanwärter hatten. Und nun schien mein Kartenhaus wegen der einzigen Frau in sich zusammenzufallen, die ich nicht haben konnte.

Dass ich es geschafft hatte, dieses Geheimnis so lange mit mir herumzutragen, war ein Wunder. Doch ich hatte mich nie für den Fall vorbereitet, wenn jemand herausfinden würde, was ich zu verstecken versuchte. Ich hatte es einfach nicht für möglich gehalten. Wie konnte ich so dumm sein? Wenn nicht Valla mir auf die Schliche gekommen wäre, hätte es irgendwann Nik herausgefunden.

»Hier ist weit und breit nichts«, erinnerte Valla mich und mein Herz krampfte sich schmerzhaft zusammen, als ich ihre zitternde Stimme hörte.

Wir mussten ins Warme. Schnell. Viel länger würde die kleine Dämonin der Kälte nicht standhalten können. Ihre Finger verfärbten sich von Rot zu Blau und aus ihren Lippen war bereits jede Farbe gewichen. Sie erfror. Es war nur noch eine Frage von Stunden.

»Nicht ganz. Diese Viecher sind nicht einfach aus dem Nichts aufgetaucht. Sie müssen hier irgendwo einen Unterschlupf haben. Wenn wir den finden, schaffen wir es vielleicht, ein Feuer zu machen, und können eine Weile schlafen«, sprach ich meine Gedanken laut aus und hoffte, dass ich Recht behalten würde.

Dennoch verschwieg ich, dass ich Flammen aus dem Nichts erscheinen lassen würde, falls nötig. Alles war besser, als Valla beim Sterben zuzusehen, auch wenn das hieß, nie wieder in mein altes Leben zurückkehren zu können. Ich würde sie nicht im Stich lassen, weil sie ebenfalls geblieben war, als ich sie gebraucht hatte. Ich beschleunigte meine Schritte in der Hoffnung, dem Gefühl, das sich in meiner Brust ausbreitete, zu entfliehen. Es fraß sich durch mein Herz und arbeitete sich durch meinen Körper, wie Licht, das in einen finsteren Raum strömte. Es war wie ein Flattern, dass durch meine Organe zog und mich alles in der Umgebung vergessen ließ. Die Dunkelheit, die Kälte – nichts besaß Bedeutung, solange ich dieses Gefühl festhalten konnte. Am liebsten hätte ich die Zeit angehalten, damit es nicht verging. Gleichzeitig jagte es mir eine Heidenangst ein.

»Du hast Recht«, schnaufte Valla und rannte hinter mir her.

Ihr rasselnder Atem erklang hinter mir, während sie mir folgte. Ich wusste nicht, wie lange wir durch den Regen marschierten, aber jede Minute war eine zu viel. Trotz meiner Gene spürte auch ich, wie der schneidende Wind um mich fegte und mir die Wassertropfen ins Gesicht schleuderte. Die Kälte kroch durch meine Kleidung in meinen Körper und meine Fingerkuppen begannen zu schmerzen. Meine Zehen kribbelten und mein Körper musste Unmengen an Eigenwärme produzieren, weshalb mir schon nach kurzer Zeit der Magen knurrte.

»Was ist das?«, fragte Valla plötzlich und griff nach meiner Hand, um mich am Weiterlaufen zu hindern.

Ihre andere Hand war in der schummrigen Erleuchtung kaum zu sehen, doch sie drückte gegen etwas. Eine

Wand? Hier im Nichts? Verwirrt legte ich die Finger neben ihre an die Mauer. Das schwarze Gestein war hart und fühlte sich rau an. Ich fuhr mit der Hand an der Oberfläche entlang, bis ich ins Leere tastete und sich ein Eingang offenbarte. Jackpot!

»Eine Höhle, würde ich sagen. Hier können wir bleiben, bis der Sturm abflaut.«

Bibbernd folgte mir Valla, wobei sie beinahe über ihre Füße stolperte. Ob sie ihre Beine nicht mehr spüren konnte? Sie war doch sonst nicht so schusselig.

»Und was ist, wenn die Höhle nicht den Hunden, sondern anderen Monstern gehört? Die wären sicher nicht erfreut, wenn sie uns hier drinnen finden«, gab sie zu bedenken und schaute sich um. Vermutlich um sicherzugehen, dass uns keine anderen Ungeheuer überraschten.

Gern hätte ich ihr gesagt, dass es unsinnig war, alles nach Gefahren abzusuchen. Es war egal, ob wir jetzt angegriffen wurden, weil sie irgendwelche Wesen beim Schlafen störte, oder später, wenn sie von selbst erwachten. Ihre Vorsicht gab mir jedoch Zeit, die ich brauchte, um ein Shirt, das ich immer als Reserve dabeihatte, aus meinem Rucksack zu holen und meine Kräfte auf den Stoff zu konzentrieren. Es dauerte nur einen Moment, bevor die Fasern Feuer fingen und Flammen das Innere der Höhle erhellten. Lange würde es nicht dauern, bis das Shirt Schutt und Asche war, doch der Teufel meinte es gut mit uns. In einer Ecke – nicht weit von der Stelle, an der Valla stand – lag Brennmaterial. Gut, es war nicht direkt Holz, aber es würde reichen.

»Ich würde mal sagen, wir sind in der Hundehütte angekommen«, schmunzelte ich, ging zu Valla und griff nach einem der Knochen, die als Haufen neben ihr lagen.

Stellenweise war noch Fleisch an dem Unterschenkelknochen, doch ich dachte nicht darüber nach, wer der Besitzer gewesen sein mochte. Rasch wickelte ich das Shirt um den Knochen, bevor ich drei andere Überreste des unbekannten Toten in der Mitte der Höhle stapelte und den brennenden Klumpen dazu warf. Es dauerte ein wenig, doch schon nach kurzer Zeit ging eine angenehme Wärme von dem Feuer aus.

»Ekelhaft!«, verkündete Valla und verzog angewidert das Gesicht, nachdem sie zu dem Haufen sah.

Wie viele Leichen dort wohl zerstückelt und halb aufgefressen lagen? Ich war nie besonders gut in Biologie gewesen, aber selbst ich erkannte, dass mindestens vier Schädel und viel zu viele Beckenknochen für eine Person in der Ecke lagen. Trotzdem war ich froh, dass die Überreste schon verrottet aussahen, sonst hätte ich sie für die Vermissten gehalten. Nicht vorstellbar, wenn sie genauso frisch gewesen wären wie die zwei außerhalb der Höhle. Wären wir dann einfach umgekehrt und zurück zur Akademie?

Sollte ich Valla überzeugen, zu gehen, um sie zu retten? Mit dem Argument, dass Silvania tot war, gab sie bestimmt nach. Doch würde sie mir verzeihen, falls sie je herausfand, dass ich gelogen hatte und wir ihre Freundin hätten retten können? Und Nik? Er wäre am Boden zerstört, wenn wir ohne seine Verlobte zurückkämen. Aber er wäre auch nicht glücklich, sollten wir sterben.

»Du hast ein Feuerzeug?«, fragte Valla verwirrt mit einem Blick auf die Flammen und forderte damit wieder meine Aufmerksamkeit ein.

Mit einem Lächeln im Gesicht wartete sie auf meine Antwort und setzte sich ans Feuer. Die nasse Jacke zog sie aus und legte sie ausgebreitet neben sich. Ganz trocknen würde sie in den nächsten Stunden nicht, aber so triefend nass war sie nicht mehr zu gebrauchen. Kurz schien Valla zu überlegen, und ein roter Schatten schimmerte auf ihren Wangen, bevor sie sich die Schuhe auszog und neben die Jacke stellte. Wollte sie noch mehr ausziehen?

»Ja, immer. Genau wie mein Messer. Man weiß ja nie, wann man es brauchen kann.«

Lüge. Es war purer Zufall, dass ich die alte Klinge bei wir trug, die Dad mir an meinem zehnten Geburtstag überlassen hatte. Aber vielleicht sollte ich sie ab jetzt immer bei mir führen. Sie war nützlich und hatte mir das Leben gerettet. Andererseits hatte auch Valla das und sie konnte ich nicht immer und überall mitnehmen, oder?

»Dein Messer!«, rief Valla bestürzt, als ihr einfiel, dass sie es fallengelassen hatte. Ihre Pupillen weiteten sich und ein wehmütiger Ausdruck huschte über ihr Gesicht.

»Keine Sorge! Ich habe es aufgehoben, nachdem ich zu Bewusstsein gekommen bin«, erklärte ich ihr und zog die Klinge aus meiner Hosentasche.

Meine Kleidung klebte an mir und gab ein saugendes Geräusch von sich, als ich mich bemühte, das Hosenbein von meiner Haut zu ziehen. Auch meine Schuhe schmatzten durch das Wasser auf dem Höhlenboden, sodass ich es Valla nachmachte und sie auszog, gefolgt von meinen Socken.

»Sehr gut. Ich dachte schon, es wäre verloren gegangen, als ich«, begann Valla, doch den Rest hörte ich nicht mehr.

Oder ich wollte ihn nicht hören.

Es war nicht so, dass ich nicht gern weiterhin Vallas Stimme gelauscht hätte, die in mir immer das Gefühl von wohliger Wärme aufsteigen ließ, aber die Art, wie sie den Kopf schief legte, die Lippen schürzte und mich mit feuchten Augen ansah, erinnerte mich an das letzte Mal, als wir allein gewesen waren. Nicht an die Streitereien in der Akademie, sondern an die Momente, die wir wirklich nur für uns gehabt hatten. Damals war die Welt noch in Ordnung gewesen. Sie hatte denselben Gesichtsausdruck gezeigt. Unsicher, beschämt, leidenschaftlich. So viele Emotionen hatten sich in den Kerben ihrer Grübchen abgezeichnet. Zu dieser Zeit war sie noch glücklich gewesen. Heute war sie es nicht mehr. Und es war meine Schuld.

Ein Kloß bildete sich in meinem Hals und ich drohte an ihm zu ersticken. Noch nie war mir dieser Umstand so bewusst wie in diesem Augenblick. Was hatte ich getan? Wie konnte ich ihr das antun? Und warum? Weil ich dachte, dass alle Dämonen gleich waren? Eins konnte ich mit Sicherheit sagen: Valla war wie niemand sonst. Sie war einzigartig. Mom hätte mir den Hals umgedreht, wäre sie dazu in der Lage gewesen, weil ich selbst meinem Glück im Weg stand.

»Valla!«, unterbrach ich sie und schluckte, als sie mich fragend ansah.

Ein sanftes Lächeln lag auf ihren Lippen und ich starb beinahe bei dem Gedanken, dass sie gleich nicht mehr lachen würde. Sie würde mich anschreien, mich schlagen und hassen, aber zum ersten Mal glaubte ich, dass ich es auch verdient hatte. Jedes böse Wort, das sie mir in der Akademie entgegengeschleudert hatte, war mehr als verdient gewesen.

»Was?«, hakte sie nach, als ich schwieg.

Es tat mir leid, dass ich sie auf die Folter spannte, doch ich wusste nicht, was ich sagen sollte. Ich wollte sie nicht verletzen. Nicht schon wieder. Aber es kam mir falsch vor, einfach zu tun, als wäre nichts passiert.

Anfangs hatte ich geglaubt, ich würde Niks Verlobte zurückbringen und alles könnte seinen gewohnten Gang nehmen. So war es nicht. Dieser Ausflug veränderte uns. Er veränderte mich. Ich wollte nicht, dass Valla mich erneut anschwieg, wenn sie mich nicht gerade anbrüllte. Doch wie sollte ich ihr das sagen, wenn ich selbst nicht wusste, was ich eigentlich von ihr wollte? Deshalb beschloss ich, es bei dem zu belassen, was ich wusste. Dass es mir leidtat. Unendlich leid.

»Ich wollte das nicht«, raunte ich und setzte mich neben sie auf den Boden. Nicht so nah, dass ich sie berühren konnte, aber es war schön, sie bei mir zu haben.

»Wovon redest du?« Irritiert legte sie die Stirn in Falten und fuhr mit den Fingerspitzen durch ihre nassen Haare. Einige Tropfen fielen auf ihren Hals und ihr Dekolleté. Es schien sie nicht zu stören, doch ich starrte gebannt auf das Wasser.

Valla war schön. Das war mir früher bereits aufgefallen, aber im Schein des Feuers wirkte sie wie eine Göttin. Trotzdem konnte ich den Anblick nicht genießen. In meinem Kopf drehte sich alles und ich überlegte fieberhaft, was ich antworten konnte. Doch wem wollte ich etwas vor machen? Ich musste nicht darüber nachdenken. Es gab nur eine Sache, die ich sagen sollte: die Wahrheit.

»Ich bereue nichts im Leben. Weder, dass ich dem Engel den Stein abgenommen habe, noch dass ich dich retten wollte. Das Einzige, das ich ändern wollen würde, ist, dass ich nichts gesagt habe. Ich hätte es richtigstellen müssen. Allen erklären, was geschehen ist.« Ich räusperte mich, weil meine Stimme zu versagen drohte, und unterdrückte ein Schniefen, als Vallas Mundwinkel nach unten wanderten. »Doch das habe ich nicht und das war mein Fehler. Aber versuche bitte, zu verstehen, dass es nie meine Absicht war, deine Familie oder dich in ein schlechtes Licht zu rücken. Ich war überfordert. Du hast am Boden gelegen und dich nicht gerührt.«

Ich stoppte, als mich die Erinnerungen an ihr bleiches Gesicht überrollten und ich daran dachte, wie ich mich gefühlt hatte, als ich annahm, sie wäre tot. Es war schrecklich gewesen. Schlimmer als es jede Folter des Teufels hätte sein können.

»Sie haben mir nicht mal Zeit gegeben, um nachzusehen, ob du atmest. Sie haben dich weggebracht und plötzlich befand ich mich in einem Büro, wo mir gesagt wurde, dass sich um die Verletzten und Toten gekümmert wurde. Aber keiner hat mit einer Silbe erwähnt, zu welcher Kategorie du gehört hast. Ich hatte eine Scheißpanik. Deshalb habe ich den Meistern, die mich befragt haben, nicht zugehört. Ich nickte nur. Immer und immer wieder. Ich dachte, sie würden die richtigen Schlüsse ziehen, aber das haben sie nicht«, sprach ich schnell weiter, als ich spürte, wie mir Tränen bei dem Gedanken aufstiegen, dass ich damals Angst hatte, sie an diese Schweine zu verlieren. Schlussendlich hatte ich sie dennoch verloren, obwohl sie nicht gestorben war. »Also ja, es tut mir leid. Ich war der Feigling und nicht du, denn ich hatte Angst. Wahnsinnige Angst.«

Vallas Züge waren starr. Kein Muskel bewegte sich in ihrem Gesicht. Wie paralysiert starrte sie mich an, während ich auf der Anklagebank saß und auf ihr Urteil wartete. Was sie wohl dachte? Ob ich sie überfordert hatte?

»Du warst es, der von mir nichts mehr wissen wollte. Ich bin in einem Krankenbett aufgewacht und war allein. Wenn du dir so Sorgen gemacht hast, warum bist du dann nicht zu mir gekommen?« Obwohl ihre Worte voller Vorwürfe waren, hörten sie sich nicht so an. Ihre Stimme kam mir dünn vor und zitterte, sodass ich bei jedem Ton glaubte, jemand würde ein Messer in meine Brust stoßen.

»Es tut mir wirklich leid«, murmelte ich, auch wenn ich wusste, dass es dafür jetzt zu spät war. Und zu wenig. Egal, was ich tat, es würde nicht mehr gutmachen, was ich verbockt hatte.

»Zwei Tage lag ich dort ohne jeden Besuch. Silvania fristete ihr Dasein ebenfalls in einem Krankenzimmer. Das wusste ich. Aber der Rest? Ich hatte keine Ahnung. Stunde um Stunde habe ich gehofft, meine Familie würde kommen, aber sie sind es nicht. Sie haben sich zu diesem Zeitpunkt nicht mal mehr aus dem Haus getraut, weil sie verhöhnt wurden. Genau wie ich, als ich endlich nachhause durfte. Ich war eine Schande. Obwohl ich nichts getan hatte«, sagte Valla.

Oder war *schreien* die bessere Bezeichnung dafür? Mit jeder Silbe wurde sie lauter und ihre Unterlippe begann gefährlich zu zittern. Gern hätte ich sie unterbrochen, gesagt, dass sie sich irrte. Doch auch ich hatte das Drama um ihre Familie mitbekommen. Es war furchtbar gewesen. Man hatte ihre Geschwister auf offener Straße angespuckt, ihre Lernunterlagen beschmiert und ihre Sachen in Brand gesteckt. Noch schlimmer war es ihrem Dad ergangen. Tagelang hatte sein Job auf der Kippe gestanden und beinahe wäre ihm seine Aufgabe aberkannt worden.

»Aber selbst das wäre mir nicht wichtig gewesen, wenn du mich besucht hättest, um mir zu sagen, was passiert ist. Stattdessen hast du geschwiegen. Selbst als du mir in der Akademie begegnet bist. Also tu nicht so, als wäre ich dir wichtig, denn das bin ich nicht. Sag nicht, du würdest mich mögen, denn das stimmt nicht. Hör einfach auf«, bat sie und die erste Träne lief über ihre Wange, gefolgt von vielen anderen.

Sie schluchzte herzzerreißend und schloss die Augen, als könnte sie mich nicht ansehen.

»Valla, bitte«, flüsterte ich und wusste nicht, worum genau ich bettelte. Vielleicht, dass sie aufhörte, traurig zu sein oder zu weinen. Doch ich konnte sie verstehen. Zwischen uns war etwas gewesen. Es war lange her, allerdings hatte es bei uns gefunkt und ich ließ sie im Stich. Verlegen streckte ich eine Hand nach ihr aus und wollte die Tränen beiseite wischen, doch sie zuckte zurück und riss die Augen wieder auf.

»Sie haben mir gesagt, dass Mom gestorben ist. Zirka eine Stunde bevor ich dich wiedersah. Sie hat gekämpft. Tagelang. Aber am Ende hat es nicht gereicht, damit der Tod sie verschonte«, versuchte ich mich herauszureden, dennoch wurde das Gefühl der Schuld in meinem Inneren immer bedrückender. »Nik war dabei, als sie angerufen haben, und wollte mich aus der Akademie bringen, damit ...«

Ich stockte, als mir klar wurde, dass ich zu diesem Zeitpunkt das Gleiche getan hatte, was ich Valla immer vorwarf. Ich hatte mich von der Meinung anderer lenken lassen.

»Ich wollte nicht in der Schule zusammenbrechen, wo es jeder sehen konnte«, setzte ich erneut an, ohne sie anzusehen. Als wäre der Boden wunderschön, betrachtete ich ihn, um nicht in ihre tränenverhangenen Augen blicken zu müssen. »Alle hatten jemanden verloren. Ich war nichts Besonderes, aber ich wollte trauern. Nur einen Moment. Das hätte jedoch das Bild, das die anderen von mir haben, für immer zerstört. Elijah weint nicht, schon gar nicht öffentlich. Ich musste so schnell wie möglich aus der Akademie raus und dann warst du plötzlich da. Wir bogen an einer Ecke ab und du standest da.«

Noch während ich den Satz beendete, fluteten die Erinnerungen meinen Kopf und rissen mich wie eine Tsunamiwelle mit. Plötzlich war ich nicht mehr in einer dunklen Höhle und nass bis auf die Knochen, sondern ich war in der Akademie und kämpfte um meine Fassung.

***

Wie angewurzelt blieb ich stehen, nachdem ich beinahe gegen Vallas Freundin gestoßen wäre, die erschrocken einen Schritt zurücksprang und mich anstarrte, als wäre ich ein Mensch, der sich in die Unterwelt verirrt hatte. Einzig und allein Nikolais Hand, die er um meinen Ellbogen gelegt hatte, hielt mich davon ab, nach vorne zu stolpern und über meine eigenen Füße zu fallen.

›Nein! Nicht jetzt! An jedem anderen Tag, aber nicht heute‹, schrie eine Stimme in meinem Hinterkopf, während ich Valla bemerkte und sie gleichzeitig kaum wahrnahm.

Sie hatte sich nicht verändert. Immer noch sah mir ihr makelloses Gesicht mit den großen runden Augen entgegen und sie biss unsicher auf ihrer Lippe herum, als sie mich erkannte. Ihre Pupillen weiteten sich und sie hielt den Atem an. Sie war noch die gleiche Valla, die ich geküsst hatte und deren unverwechselbarer Geschmack mir nicht mehr aus dem Kopf gehen wollte. Auch jetzt konnte ich die sanften Berührungen ihrer Lippen noch auf meinen fühlen und unterdrückte mühsam ein Stöhnen. Dieser Kuss war unbeschreiblich gewesen, obwohl ich schon mit einigen Mädchen Zärtlichkeiten getauscht hatte. Es war bei niemandem derart gefühlvoll gewesen wie bei Valla.

Gleichzeitig war sie völlig verändert. Nun erkannte ich das Schlechte an ihr. Das, was alle Dämonen in sich trugen. Vielleicht mochte ich sie, liebte sie sogar, aber die gleiche Kraft, die mich zu ihr drängte und mich anflehte, mich von ihr halten zu lassen, zwang mich, eine ausdruckslose Miene zur Schau zu tragen und sie auf Abstand zu halten. Ich wusste nicht, ob ich ihr vertrauen konnte oder ob sie mich auch ans Messer geliefert hätte. So wie *er* es bei Mom getan hatte.

Mom.

Da war sie wieder. Oder noch immer. Ich schluckte in der Hoffnung, den Kloß in meinem Hals loszuwerden, der sich seit dem Gespräch mit dem Meister eingenistet hatte. Sie war weg. Fort. Einfach so.

Tränen schossen mir in die Augen und ich blinzelte, damit sie nicht überhand gewannen. Konnte Valla nicht zur Seite treten und mich gehen lassen? Wir könnten auch morgen darüber reden. Ich wollte nachhause. Wie konnte ich so dumm sein und zur Akademie gehen? Ich hätte in meinem Bett bleiben und mich unter der Decke vergraben sollen.

Doch das hatte ich nicht und nun würden mich alle für einen Schwächling halten, wenn ich wegen meiner Mom auf dem Gang zu heulen anfangen würde. Vielleicht sollte ich Dad bitten, mich zu sich zu holen. Ob er dasselbe Leid, wie ich empfand, wenn er an Moms dunkle Augen und ihre welligen Haare dachte? An ihr Lächeln, das sie immer aufgesetzt hatte, auch wenn die Zeiten hart waren und ihr das Leben übel mitspielte? Sie hätte es verdient, dass er um sie trauerte. Zumindest das sollte sie bekommen, wenn sie schon ihr halbes Leben nicht an seiner Seite verbringen durfte.

»Elijah? Alles in Ordnung bei dir?«, fragte Valla und sah mich unschuldig an.

Besorgnis zeichnete sich in ihrem Gesicht ab und sie runzelte die Stirn. Mit einem Röntgenblick sah sie durch mich hindurch und auf einmal hatte ich das Gefühl, nackt vor ihr zu stehen. Sie konnte es sehen. Das war mir sofort klar. Den Schmerz, das Leid. Und die Angst, die ich empfand, weil ich nicht wusste, was als Nächstes passieren würde. Sie kannte mich wie keine andere, obwohl wir nicht viel Zeit miteinander verbracht hatten. Aber das machte keinen Unterschied mehr. Sie war böse, hinterlistig und wartete bestimmt nur auf den Moment, in dem ich am schwächsten war und mich nicht schützen konnte. Und dann würde ich wie Mom enden. Sie war tot. Weg. Für immer. Also wie hätte alles in Ordnung sein können?

»Alles bestens. Was sollte sein?«, antwortete ich dennoch und konnte beobachten, wie Valla zurückzuckte.

Ich verstand sie. Auch mir bereitete meine Stimme Sorgen. Ich klang hart. Kalt. Beinahe gefühllos. So kannte sie mich nicht und ich mich ebenso wenig.

Ich musste hier weg, bevor ich durchdrehte. Wieder unterdrückte ich ein Schluchzen und biss die Zähne zusammen.

›Verschwinde‹, brüllte ich Valla im Stillen an. Doch sie blieb eisern vor mir stehen und rührte sich nicht, sogar als ich einen Schritt auf sie zumachte, sodass wir uns direkt gegenüberstanden. Ihr Duft kroch in meine Nase und wenn ich nicht gedroht hätte, von meiner Trauer übermannt zu werden, hätte ich mich zusammenreißen müssen, ihn nicht tiefer einzuatmen. Sie roch köstlich. Nach einer Mischung aus Erdbeeren und Mango. Beinahe wie ein Cocktail und je länger ich in ihrer Nähe war, desto berauschter wurde ich. So mussten sich trockene Alkoholiker fühlen, wenn eine gefüllte Flasche vor ihnen stand und sie der Versuchung widerstehen mussten, um nicht rückfällig zu werden.

»Ich habe ein paar Dinge gehört und wollte sie gern mit dir klären. Hättest du kurz Zeit? Es wäre wichtig«, flüsterte sie.

All der Stolz, der sie noch vor wenigen Sekunden umgeben hatte, war mit einem Mal weggewischt und übrig blieb nichts außer Unsicherheit. Der Anblick schmerzte mich und eine ungeheure Wut stieg in mir auf. Natürlich hatte ich gehört, was erzählt wurde, aber gerade interessierte mich das nicht. Konnte sie nicht verstehen, dass es mehr gab als ihr unbeschadetes Image? Mom war tot! Wie konnte Valla so egoistisch sein? Wieso wagte sie es, ihr Leben in den Mittelpunkt zu stellen, als wäre niemand anderer wichtig? War es das, was Dämonen ausmachte?

»Wir sollten los«, drängte Nik und zog an meinem Arm, nachdem ich Vallas Frage überging.

Ich starrte sie an. Wie konnte etwas, das derart schön war, so bösartig sein? Wusste sie nicht, was sie mir mit dieser Szene antat? Sie zwang mich, in der Akademie zu bleiben, deren Wände mir wie ein Gefängnis vorkamen.

Alles hier drin erinnerte mich an Mom. Wie oft war sie diese Gänge auf und ab gegangen und hatte Schüler in ihre Klassen geschickt?

Ein leises Wimmern verließ meinen Mund und ich mahlte mit den Backenzähnen, um dem Druck in meinem Inneren Herr zu werden. Es half jedoch nichts. Die Trauer blieb und mein Hass gegen Valla wuchs. Sie erkannte, dass es mir schlecht ging. Wieso reagierte sie nicht? Warum ließ sie mich nicht einfach gehen, statt mich hier einzukesseln und Erklärungen zu verlangen, die ich nicht hatte?

»Bitte! Es dauert nur ein paar Minuten«, drängte sie und mir riss der Geduldsfaden.

Wie ein Tsunami stürmten meine Gefühle auf mich ein und rissen mich mit. Mir drehte es den Magen um und die ersten Tränen schossen mir in die Augen. Ein roter Schleier der Wut legte sich auf meine Sicht und plötzlich sah ich nicht mehr Valla, sondern eine Dämonin ohne Gesicht. Eine von vielen. Und ich wollte, dass sie litt. Dass sie denselben Schmerz fühlte wie ich.

»Sorry, ich unterhalte mich nicht mit Feiglingen«, zischte ich mit zusammengebissenen Zähnen, schubste sie fest zur Seite und lief zur Ausgangstür.

Ich hörte, wie Nik mir folgte und Vallas Freundin empört aufschrie. Sie fragte, ob Valla sich verletzt hätte, als sie gegen die Wand geknallt war, doch ich hörte die Antwort nicht mehr. Und im Grunde war es mir auch egal.

Alles war mir egal.

Sogar die Tränen, die mir die Wangen hinabliefen und nicht stoppten, bis ich in meinem Bett vor Erschöpfung einschlief.

Kapitel 6

Elijah

Ich hätte alles gesagt, damit du mir aus dem Weg gehst und nicht siehst, was los war. Ich konnte nicht riskieren, dass du mich für schwach hältst. Ich wollte nicht, dass du mich mit dem gleichen Blick ansiehst wie Nik. Mitleidig. Besorgt«, murmelte ich und leckte mir über die Lippen.

Am liebsten hätte ich mir gegen die Stirn geschlagen. Wie konnte ich damals nur so blöd sein? Ich hatte Valla verletzt, obwohl ich das nicht wollte.

»Ich dachte, ich könnte es wiedergutmachen. Am nächsten Tag oder wann auch immer, aber du hast nicht mehr zugehört. Du hast gestampft, getobt, mich beschimpft. Ich hatte keine Ahnung, was ich tun sollte, also entschied ich mich, auf den Zug aufzuspringen und mitzumachen.« Ich stoppte und wartete auf eine Reaktion von ihr.

Doch die kam nicht, auch wenn ich sie regelmäßig schlucken sehen konnte. Warum schrie sie nicht? Oder schlug mich? Wo war ihr Feuer jetzt, das normalerweise lichterloh brannte?

»Mit jedem neuen Streit, jeder neuen Diskussion verlor ich aus den Augen, was mir an dir gefallen hat, und das machte es ...« *Leichter*. Wobei das nicht ganz stimmte. Es war nie leicht gewesen.

Jedes spitze Wort, jede Beschimpfung traf mich hart. Aber nichts hatte mich je so getroffen wie das Wissen, dass ich schuld an dieser Misere war. Nikolai war ebenfalls bei der Schlacht dabei gewesen, doch statt sich davon das Leben versauen zu lassen, hatte er die Chance mit Vallas bester Freundin genutzt. Ob Valla und ich nun auch zusammen wären, wenn ich mich am nächsten Tag bei ihr gemeldet hätte?

»Ich habe dir zugehört«, gestand sie und lächelte. Doch das Lächeln erreichte ihre Augen nicht. Sie wirkte traurig und strahlte das auch aus. Jeder ihrer Muskeln war angespannt und ihre Finger zitterten. Ich bezweifelte, dass es der Kälte zuzuschreiben war. »Du hast nie etwas gesagt. Selbst wenn wir unter uns waren ...«

Sie beendete ihren Satz nicht, doch das war auch nicht notwendig. Die vereinzelten Male, bei denen wir uns gegenübergestanden hatten und uns niemand hätte hören können, hatte ich verstreichen lassen und war an ihr vorbeigegangen. So viele verpasste Chancen und ich hatte keine genutzt.

»Das spielt keine Rolle mehr«, sagte ich entschieden, weil ich nicht weiter darüber nachdenken wollte, was hätte sein können.

Das Bild von Valla und mir, händchenhaltend auf der letzten Party, kam mir ins Gedächtnis und schmerzte mich. Wie konnte es sein, dass ich nach all der Zeit immer noch an ihr hing? Ich hatte doch alles versucht, um von ihr wegzubleiben und sie zu hassen. Warum tat es dann so unheimlich weh?

»Irgendwann war so viel Zeit vergangen, dass es zu spät war. Du hasst mich und ich hasse dich. Wir sollten allerdings versuchen, uns zu vertrauen, sonst werden wir hier sterben.«

Lüge.

Wie konnte ich behaupten, sie nicht zu mögen? Warum ging es mir so leicht über die Lippen? War ich es schon gewohnt, alles und jeden in meiner Umgebung anzulügen?

Es wurde still zwischen uns und jeder schien seinen eigenen Gedanken nachzuhängen. Das Feuer vor uns brutzelte, sodass ich bald einen neuen Knochen nachlegen musste. Es kam mir vor wie eine Ewigkeit, in der niemand etwas sagte. In der Zwischenzeit zog ich mein nasses Shirt über den Kopf und legte es zu meinen Schuhen. Von den Haaren tropfte das Wasser unangenehm auf meinen Nacken, aber ich ignorierte es und überlegte, ob ich die Hose auch ausziehen sollte. Einerseits konnten wir nicht weitergehen, wenn wir nass waren, denn gepaart mit dem reißerischen Wind draußen wäre das unser Tod. Andererseits saß Valla noch bekleidet da und starrte abwechselnd auf ihre nackten Zehen und das Feuer.

»Ich hasse dich nicht«, hauchte Valla plötzlich und sorgte dafür, dass ich meine Aufmerksamkeit von den Flammen auf sie lenkte.

Während sie sprach, bildete sich eine Gänsehaut auf ihren Armen, sie hob den Kopf und blickte in mein verblüfftes Gesicht. Mit offenem Mund glotzte ich sie an, weil ich nicht glauben konnte, was sie sagte. Ob sie scherzte? Machte sie sich über mich lustig?

»Was?«, fragte ich und zog verblüfft die Augenbrauen zusammen. Doch sie ließ sich nicht von meiner Verwirrung aus der Ruhe bringen und zog ihr Shirt aus. Stück für Stück legte sie die Haut frei. Unter dem Stoff kam ein kleiner Ring zum Vorschein, der an ihrem Bauchnabel angebracht war. Makellose weiße Haut erstrahlte, gefolgt von einem BH, der sich nicht entscheiden konnte, ob er rosa oder weiß war. Ich fühlte, wie sich meine Pupillen bei dem Anblick weiteten und mein Mund staubtrocken wurde, sodass mir das Schlucken schwerfiel. Mein Herz begann zu rasen.

»Ich hasse dich nicht«, wiederholte sie kühl, schnaufte und breitete ihr Shirt ebenfalls aus, damit es trocknen konnte. »Ich habe es eine Zeit lang getan. Sehr lange eigentlich. Ich war so unendlich wütend. Auf dich, weil du gelogen hast. Auf meinen Dad, weil er mir nicht geglaubt hat, als ich ihm die Wahrheit erzählte. Auf meine Mitschüler, die nie meine Seite der Geschichte hören wollten.«

Obwohl ich wusste, wie wichtig dieses Gespräch war, und alles in mir schrie, ihr zuzuhören, wanderten meine Blicke an ihrem Körper auf und ab. Von ihrem nackten Hals zu den Schultern, den Ansatz ihrer Brüste entlang und hinab zu ihren Hüften. Ihre Haut glitzerte aufgrund der Wassertropfen und ich beneidete die Perlen, die von ihren Haarspitzen nach unten tropften und ihre Silhouette nachfahren durften.

»Aber irgendwann verrauchte meine Wut und ich war plötzlich allein mit der Angst vor meiner Zukunft und der Trauer über das, was ich verloren habe. Dabei fiel mir auf, was mir etwas bedeutet hat und was nicht. Mir fehlten nicht die vielen Partys, das oberflächliche Getratsche und die vielen falschen Freunde, die ich hatte.«

Zu gern wäre ich den Wassertropfen mit meiner Zunge gefolgt, doch ich riss mich zusammen, auch wenn es mir alles abverlangte. Ich unterdrückte ein Stöhnen, als Valla aufstand, nach einem weiteren Knochen griff und ihn ins Feuer warf. Sie streckte ihren Körper im Gehen und schwang die Hüften leicht, wobei ich nicht wusste, ob sie es absichtlich machte oder unbewusst. Ihre

Hose hatte sich an ihren Schenkeln festgesaugt und gab ein knautschendes Geräusch von sich, während sie sich erneut neben mich setzte. Näher als zuvor, sodass ihre Knie beinahe meine berührten.

»Ich habe es vermisst, mit dir zu essen oder zu lernen. Silvania war noch eine halbe Ewigkeit im Krankenhaus. In der Zeit nahm ich schon lange wieder am Unterricht teil. Während der Stunden war es auch nicht so schlimm, aber in der Cafeteria wurde es furchtbar. Ich fühlte mich so einsam. Ich saß allein an einem Tisch, aber es gab Schüler, die sich lieber auf dem Boden zusammengerottet hätten, als sich zu mir zu setzen. Sie hätten es wahrscheinlich bevorzugt, sich den Arm abzuhacken, als mit mir gesehen zu werden.«

Ihre Worte ließen mein viel zu schnell schlagendes Herz für einen Moment aussetzen. Ich war ein Monster. Auch ich war an ihr vorbeispaziert. Warum hatte ich mich nicht zu ihr gesetzt? Es hätte vieles für sie einfacher gemacht.

Und für mich.

Ich wusste genau, von welchem Gefühl sie sprach. Ich hatte ebenso empfunden, nachdem Mom gestorben war. Die meisten hatten mich anfangs gemieden, weil sie nicht an ihre verstorbene Direktorin erinnert werden wollten. Andere wiederum wussten nicht, wie sie mit mir umgehen sollten. Sie hatten Angst, etwas Falsches zu sagen und mich damit zu verletzen. Und so blieb ich allein, wenn Nik Unterricht hatte und ich eine Freistunde. Es dauerte nicht lang, bis sich die anderen Schüler wieder beruhigt hatten und der Angriff der Engel in den Hintergrund trat, doch schon die wenigen Wochen hatten an mir gezehrt. In dieser harten Zeit hätte ich Ablenkung gebrauchen können und stattdessen hatte ich mich selbst isoliert, um nicht mit Valla in Kontakt zu kommen.

Noch während ich darüber nachdachte, was ich als Nächstes sagen könnte, um ihr klar zu machen, dass ich mein Verhalten bereute und mir wünschte, dass ich anders reagiert hätte, blieben mir die Worte im Hals stecken.

Valla stand auf, griff an ihren Hosenbund und öffnete in einer raschen Bewegung den Knopf. Langsam zog sie den Reißverschluss hinab, bevor sie ihre Zeigefinger in den Gürtelschlaufen einhakte und sich aus der Hose schälte. Nervös kaute ich auf den Innenseiten meiner Wangen und sah demonstrativ in die andere Richtung. Trotzdem reichte das Wissen, dass Valla sich neben mir auszog, aus, dass mir schwindelig wurde und ich spürte, wie mein Blut Richtung Süden strömte.

Ich hatte Probleme zu denken. Jeder Satz, den ich im Kopf formte, hörte sich wie gequirlte Scheiße an. Das Rascheln neben mir verriet, dass Valla ihre Hose auf den Boden legte, doch ich traute mich nicht, sie anzusehen. Ob sie ihre Unterwäsche anbehalten hatte? Ob das Höschen dieselbe Farbe wie ihr BH besaß? Mein Herz schlug schneller und schneller, bis ich das Gefühl hatte, es würde sich überschlagen. Mein Puls raste durch meine Blutbahnen.

»Vielleicht könnten wir das nachholen. Zusammen essen, meine ich«, schlug ich vor und schloss einen Moment die Augen, um mich zu beruhigen.

Ich freute mich, dass ich einen halbwegs zusammenhängenden Satz über die Lippen gebracht hatte, dennoch kam ich mir bescheuert vor. Wenn ich so weiter machte, würde Valla merken, dass etwas nicht stimmte. Deshalb erhob ich mich ebenfalls, dachte kurz darüber nach, welche Unterhose ich heute Morgen angezogen hatte, und befreite mich aus dem nassen Stoff.

»Wieso sollten wir das?«, fragte Valla und ging ein paar Schritte, sodass sie vor mir stand und beobachten konnte, wie ich mich dem lästigen Kleidungsstück entledigte.

Ob sie wusste, wie nervös sie mich machte? Aber auch an ihr ging die Situation nicht spurlos vorüber. Ihre Wangen waren gerötet und eine feuchte Strähne klebte ihr im Gesicht. Sie atmete hektisch, als wäre ihr heiß, obwohl ihre Arme immer noch von einer Gänsehaut überzogen waren. Dennoch schien sie ihre Gefühle besser unter Kontrolle zu haben als ich. Ihre Züge blieben starr und nur ihr abwesender Blick verriet, dass ihre kalte Maske nicht echt war.

»Nik und deine Freundin sind ein Paar. Sie lieben sich«, begann ich und dehnte das Wort Liebe, als würde ich es mit der Zunge streicheln.

Valla schauderte und mein Mundwinkel hob sich.

»Es wäre für sie einfacher, wenn wir alle gemeinsam essen würden. So müssten sie sich nicht immer zwischen uns aufteilen und mit etwas Glück klappt es, ohne in einem Desaster zu enden. Dann können die beiden ihre Pause auch allein genießen, ohne dass einer von uns einsam ist.«

Ich pokerte hoch, das war mir klar. Aber ich konnte nicht anders. Die Situation war abgedreht, skurril und schien mir so unwirklich. Doch gleichzeitig war sie aufregend, spannend und ein echter Adrenalinkick. Jede Faser meines Körpers kribbelte, als ich einen weiteren Schritt auf Valla zu machte. Und noch einen, während ich meine Hose zusammenknüllte und einfach auf den

Boden pfefferte. So würde sie zwar nicht schnell trocknen, aber das erschien mir nun zweitrangig.

»Also sollen wir dann gemeinsam essen?«, hinterfragte Valla und ich grinste diebisch, als ich das leichte Zittern in ihrer Stimme hörte.

Ihre Maske verrutschte. Nur eine Sekunde. Aber es reichte, um den Schock in ihren Augen zu erahnen. Und noch etwas anderes, was ich nicht sofort zuordnen konnte. Hunger. Gier.

Zwischen uns baute sich eine Spannung auf, die fast greifbar war, und Valla lehnte sich ein Stück nach vorne, als wollte sie mir näher sein.

»Was spricht dagegen?«, wollte ich heiser wissen.

Meine Stimme versagte, sodass ich mich räuspern musste. Die Stimmbänder wollten mir nicht mehr gehorchen. Valla beugte sich noch weiter zu mir, sodass sie ihre Nasenspitze an meinem Ohrläppchen reiben konnte. Vallas Zunge fuhr über meine Ohrmuschel und ihre Hände legten sich auf meine nackte Brust.

»Ich weiß nicht. Vielleicht gefällt deiner neuen Freundin im roten Kleid nicht, dass du mit anderen Mädchen deine Mittagspause verbringst. Außerdem wirkte es beim letzten Essen nicht so, als wärst du besonders unglücklich«, hauchte sie mir ins Ohr und diesmal war ich es, der eine Gänsehaut bekam. Obwohl ihre bissigen Worte nicht dazu passten, klang ihre Stimme wie purer Sex. Sinnlich, weiblich und sexy.

»Ich kann mich nicht mal mehr an ihren Namen erinnern, also kann sie bestimmt keine Freundin sein«, erwiderte ich, schlang den Arm um Vallas Hüfte und zog ihren Körper näher.

Das kühle Metall ihres Bauchnabelrings traf auf meine erhitzte Haut. Der Kontrast störte mich nicht. Im Gegenteil. Er ließ mich aufstöhnen.

»Und was war es dann? Show?«, bohrte sie nach und zog mit ihren Fingern die Konturen meiner Muskeln nach. Ein wohliger Schauer jagte über meinen Rücken und ich lehnte mich ihren Berührungen entgegen.

»Ist das wichtig?«, fragte ich, biss mir auf die Lippen und schloss genüsslich die Augen.

Ich schaffte es kaum, mich auf ihre Stimme zu konzentrieren, während sie mich berührte. An jeder Stelle, an der ihre Haut meine traf, explodierten Feuerwerke und brannten Löcher in mein Herz. Es fühlte sich so unendlich gut an.

»Mir schon«, erwiderte sie und ich glaubte, ihr Grinsen hören zu können. Sie wusste, was sie gerade mit mir machte. Und es bereitete ihr Freude, mich zu quälen. Wann hatte sie ihre Naivität abgelegt? »Hier kannst du nämlich für niemanden etwas darbieten«, sprach sie weiter und ich spürte ihre Wange, die über meine rieb. Ihr Atem an meinem Ohr verpasste mir eine Gänsehaut. »Also muss es echt sein. Authentisch.«

»Ich war noch nie so sehr ich selbst wie in diesem Moment und ich hoffe, dass es dir genauso geht«, knurrte ich, öffnete die Augen und starrte sie an.

Valla schien zu leuchten. Pure Energie ging von ihr aus und sie leckte sich über die Unterlippe. Und dann konnte ich dem Drang einfach nicht mehr widerstehen. Ich drückte Valla gegen meinen Körper, vergrub eine Hand in ihren Haaren, um ihren Kopf nach hinten zu ziehen, und verschloss diesen süßen Mund mit meinem. Einen Augenblick erstarrte Valla, sodass ich mich widerwillig entfernen wollte, doch dann kam Leben in sie.

Ein Ruck ging durch ihren Körper und sie erwiderte den Kuss. Ihre Arme legten sich um meinen Nacken und zogen mich weiter an sie, bis wir zu einer Einheit verschmolzen. Ich konnte sie stöhnen hören und fühlte, wie sich ihre Haut unter meinen Berührungen erhitzte. Langsam spürte ich, wie sich das Blut in meinem Schwanz sammelte, als ich den Kuss vertiefte und meine Lippen immer fester auf ihre presste, bis ich kaum noch Luft bekam. Keuchend löste ich mich für eine Millisekunde von ihr, atmete tief ein und füllte die Lücke zwischen uns wieder. Zärtlich leckte ich über ihre Unterlippe und hoffte, dass sie mir mehr Platz geben würde, um ihr noch näher zu sein. Doch sie reagierte nur mit einem weiteren Stöhnen, sodass ich zu Alternativen greifen musste.

Meine andere Hand wanderte von ihrer Hüfte über den festen Hintern und packte zu. Valla japste, sodass sich ihr Mund leicht öffnete und meine Zunge ihre fand. Genüsslich erkundete ich ihre Mundhöhle, während sie ihre Finger auf Wanderschaft schickte. Sie fuhr meine Brust entlang, den Bauch hinab und streichelte sanft den Haarstreifen über dem Bund meiner Boxershorts. Zeitgleich entwirrte ich meine Hand aus ihren Locken und zeichnete kleine Kreise über ihren Nacken, bis ich am Schlüsselbein ankam. Ich nahm wahr, wie sich die Härchen ihres Körpers aufstellten, und stöhnte, als sie mit ihrem Handballen zufällig die Erhebung meines Unterleibs berührte. Ich konnte ihren Puls am Hals schlagen sehen und küsste mich von ihren Lippen zum Kinn und ihre Haut hinab, bis ich über dem Pochen ankam. Fasziniert leckte ich die Wasserperlen, die von ihren Haaren tropften, ab und spürte das Zucken meines Schwanzes, als ihr Geschmack meine Sinne benebelte.

Sie warf den Kopf in den Nacken und stöhnte. Ihr Körper bebte unter meinen Berührungen und ich begann mich an ihr zu reiben, um den Druck loszuwerden, der sich in mir aufbaute. Und im Bruchteil einer Sekunde war plötzlich alles anders. Valla versteifte sich und sah mich aus großen Augen an. Schock stand ihr ins Gesicht geschrieben, doch das war nicht alles. Ihr Blick war lustverhangen, ihre Wangen gerötet und sie keuchte, schlimmer als zu dem Zeitpunkt, an dem wir vor den Monstern geflohen waren.

Was dachte sie? Warum hörte sie auf? Gefiel es ihr nicht? Den Gedanken verwarf ich sofort wieder. Ihre Lippen waren geschwollen und das Leuchten, das sie umgab, war nicht verschwunden.

»Stopp! Bitte!«, flehte sie und klang gequält, als würde sie jemand foltern. Wollte sie es am Ende gar nicht? Hatte ich sie überrumpelt? »Stopp! Wir sollten das nicht tun«, wiederholte sie und zog ihre Hände zurück an ihren Körper.

Auch ich ließ sie los, obwohl alles in mir danach brüllte, sie an mich zu ziehen und nicht mehr loszulassen. Es war wie verhext. Ich hatte monatelang so getan, als würde ich sie nicht mögen und jetzt, wo ich bereit war, es mir einzugestehen, schien es, als wollte etwas in mir die verlorene Zeit nachholen.

»Wieso nicht?«, raunte ich heiser und verzog die Lippen zu einem dünnen Strich.

Machte sie sich Sorgen, dass ich losrennen und damit angeben würde, dass ich mit ihr geschlafen hatte? Oder gab es jemand anderen in Vallas Leben? Nein! Unmöglich. Vielleicht hatte sie Bedenken, dass sie für mich nur eine von vielen sein könnte. Sonst hätte sie nicht das Mädchen aus der Mensa erwähnt, richtig? Aber sie dachte zu viel nach. Valla war nicht irgendeine. Sie war die Eine, auch wenn ich nicht alles erzählen durfte.

»Es ist egal, Valla. Niemand wird je erfahren, was wir hier getan haben oder auch nicht. Hier sind nur wir. Und wir beide wissen, dass du nicht nur eine Kerbe in meinem Bettpfosten für mich wärst«, erklärte ich und versuchte, ihr damit die Angst zu nehmen. Ich wollte sie nicht überreden, mit mir zu schlafen. Zum ersten Mal ging es mir bei einer Frau nicht darum. Aber ich wollte sie umarmen, sie spüren. Ich wollte sie im Arm halten und einschlafen.

»Und was ist danach?«, fragte sie und entfernte sich ein Stück von mir, um mich eingehender betrachten zu können.

Sie musterte mich, als würde sie sich jedes Detail meines Gesichts einprägen wollen. Bei jedem anderen wäre es mir unangenehm gewesen, weil ich Angst haben musste, dass derjenige einen Verdacht hatte und meinem Geheimnis auf der Spur war. Doch bei Valla war dem nicht so. Ich wünschte mir, dass sie mich ansah. Es war wie eine Sucht. Als würde allein ihre Aufmerksamkeit mich am Leben erhalten.

»Was soll schon sein? Wir müssen es niemandem sagen«, versprach ich nochmals in der Hoffnung ihr dabei zu helfen, über ihren Schatten zu springen. Niemals würde ich sie der Peinlichkeit aussetzen und irgendwem ein Detail von Valla erzählen, das derart intim war. Niemand sollte so etwas über sie wissen. Außer mir.

Gleichzeitig schämte ich mich. Dieses eine Ereignis in Vallas Leben schränkte sie in vielen Situationen ein. Jedes andere Mädchen hätte mich weitergeküsst, mich auf den Boden gedrückt und ohne nachzudenken ihren Trieben und Instinkten nachgegeben. Doch sie konnte es nicht. In ihrem Kopf mussten sich hunderte Szenarien abspielen, wie das hier ausgehen könnte. Wie hatte ich ihr das nur antun können? Ich war ein Arschloch. Und ich verdiente sie nicht. Aber je länger ich mich mit dem Gedanken, sie bei mir haben zu können, anfreundete, desto schlimmer wurde die Sehnsucht nach einem Leben mit ihr.

»Scheiß auf die anderen!«, keifte sie mich an und ich zuckte überrascht zusammen.

Warte! Es ging ihr gar nicht darum, was die anderen sagen würden? Wann hatte sich das geändert? Und was meinte sie dann?

»Glaubst du, ich könnte danach wieder so tun, als würde ich dich hassen?«, brüllte sie weiter und ich schloss frustriert die Augen.

Natürlich! Wie konnte mir das entgehen. Heute Morgen wollten wir uns noch an die Gurgel gehen und nun küssten wir uns, als wären wir schon seit Jahren zusammen. Es ging viel zu schnell und niemand wusste, ob es so bleiben würde. Wenn wir Glück hatten, würden wir das Fegefeuer überleben und dann mussten wir weitermachen. Irgendwie. Hatte sie Recht und ich verrannte mich aufgrund der Waghalsigkeit der Mission in eine Beziehung, die ich eigentlich nicht wollte? Fast hätte ich mir diese Frage mit einem *Ja* beantwortet, doch dann schniefte Valla verzweifelt und ich öffnete die Augen, um sie anzusehen.

Ihr Haaransatz war in der Zwischenzeit getrocknet und ihre Strähnen fingen an, sich zu wellen. Obwohl sie nicht lächelte, sah ich ihre Mundwinkel zucken, wenn sich ihre Gesichtsmuskeln anspannten. Fiel es ihr schwer, sich zu kontrollieren? Wieso zeigte sie mir nicht, was sie wirklich fühlte? Und vielleicht war es genau die

Tatsache, dass all meine Gedanken nur um Valla kreisten, die mich dazu brachte, meine Frage mit *Nein* zu beantworten. Valla war alles für mich. Ob mit einer tödlichen Aufgabe, die wir meistern mussten, oder ohne. Ich wollte sie. Alles von ihr.

»Nein. Aber wieso sollten wir das müssen?«, fragte ich sie, griff nach ihrer Hand und verschränkte die Finger mit ihren.

Erleichtert atmete ich aus, als sie mich nicht zurückwies und zuließ, dass ich mit meinem Daumen über ihren Handrücken streichelte. Erst dann merke ich, wie viel Angst ich davor hatte, dass sie mich wegstoßen könnte.

»Du verstehst das immer noch nicht, oder, Valla? Alles in mir schreit danach, dich zu berühren. Egal, ob ich dich auf dem Boden einer Höhle halb nackt auf mir spüre oder ob du mich wie jetzt einfach nur ansiehst.« Ich pausierte, wartete, dass sie etwas sagen würde, doch sie blieb stumm. Ihr Mund öffnete sich einen Spalt breit, doch kein Ton kam über ihre Lippen. Abwartend sah sie mich an, als könnte sie nicht glauben, was ich ihr sagen wollte. Lag es an mir? Drückte ich mich nicht klar genug aus?

Langsam näherte ich mich Valla erneut, bis ihre Nasenspitze meine berührte. Ihre Pupillen weiteten sich, als hätte sie Drogen eingeworfen, und sie atmete hektisch, während ich unsere verbundenen Hände auf meine Brust legte. Ich setzte alles auf eine Karte, schluckte meinen Stolz herunter und ging das Risiko ein, dass sie mich fortjagen könnte. Aber ich hatte keine andere Wahl.

»Sag mir, dass du es nicht willst, und ich höre sofort auf«, forderte ich und drückte meine Lippen wieder auf ihre, ohne auf die Antwort zu warten. Doch auch jetzt wehrte sie sich nicht. Sie wimmerte leise, bevor sie sich mir entgegenlehnte und aufstöhnte.

»Sieh an, sieh an! Na, ihr Turteltäubchen?«, sagte plötzlich eine Stimme, die Valla und mich auseinanderfahren ließ.

Blitzschnell wandte ich mich den Neuankömmlingen zu, zog Valla hinter mich und schirmte sie mit meinem Körper ab. Ich hatte nicht mitbekommen, dass jemand die Höhle betreten hatte, doch wie aus dem Nichts standen vier Männer vor uns. Sie alle waren gleich groß, trugen nur eine Hose am Körper und bedachten uns mit angewiderten Blicken.

»Wir werden doch nicht etwa stören, oder? Nein? Das dachte ich mir schon.«

Verdammt! Wie hatte ich so unaufmerksam sein können? Das Fegefeuer war kein Ort, an dem man die Gefahren aus den Augen verlieren durfte, und ich hatte mich hinreißen lassen. Dafür bekamen wir jetzt die Quittung präsentiert. Auch ohne die Männer genauer zu betrachten, konnte ich an ihren Seiten vereinzelt Federn erspähen, die auf die zusammengefalteten Flügel auf ihren Rücken hindeuteten. Ihre Haut hatte den göttlichen Glanz verloren und war bläulich verfärbt. Im Schein des Feuers sah ich die Tropfen, die an ihren Körpern hinabliefen. Der Regen schien auch sie überrascht zu haben. Doch was machten Engel freiwillig im Fegefeuer?

»Wer sind Sie?«, fragte Valla und legte ihre Handfläche zwischen meine Schulterblätter.

Ich hatte gar nicht bemerkt, dass ich meine Muskeln angespannt hatte, bis ihre Finger mich zwangen, mich zu entspannen. Ich spürte, wie ihre Hand leicht zitterte, doch Vallas Stimme klang kraftvoll. Unerschrocken. Als wäre es normal, beim Knutschen von Engeln mit grimmigen Visagen überrumpelt zu werden. Am liebsten hätte ich sie für ihren Mut noch einmal geküsst, aber das musste warten. Ich konnte mir nicht vorstellen, dass die Männer in friedlicher Absicht gekommen waren, also mussten wir hier weg. Doch wie? Unsere Gegner blockierten den Ausgang der Höhle und es schien der einzige Weg rein und raus zu sein.

»Wie unhöflich! Ihr stellt euch selbst nicht vor und erwartet, dass wir es tun«, antwortete einer der Engel und schnalzte abwertend mit der Zunge, während er einen Schritt auf uns zu machte.

Instinktiv wollte ich nach hinten gehen, um wieder mehr Abstand zwischen uns zu bringen, doch Vallas Hand hielt mich an Ort und Stelle. Wir durften keine Schwäche zeigen und was wirkte verängstigter als Fluchtverhalten? Gar nichts.

»Sie wissen, wer wir sind. Damit haben Sie einen Vorteil«, riss ich das Wort an mich und bemühte mich, ebenfalls so viel Verachtung zu transportieren, indem ich das Schnalzen nachahmte, jedoch verschluckte ich mich und musste prompt husten.

Der Engel verzog die Mundwinkel zu einem fiesen Grinsen und reckte den Hals, um einen besseren Blick auf Valla zu haben.

»Valla, wenn ich sage, dass du laufen sollst, läufst du«, flüsterte ich in der Hoffnung, dass nur sie mich hören konnte.

Die Gier in den Augen des Engels gefiel mir nicht. Er sah Valla an, als würde er sie auffressen wollen. Seine Augen glühten regelrecht vor Erregung und er kam noch einen Schritt näher, sodass zwischen uns nichts mehr war außer das Feuer, das vor sich hin loderte.

»Ich lasse dich auf keinen Fall hier allein«, erwiderte Valla uneinsichtig und nahm ihre Finger von meinem Rücken, um sie wieder mit meinen zu verschränken. Die Message war klar: Wir waren ein Team. Sie würde nirgendwohin gehen. Wie konnte sie nur so stur sein?

»Wir haben keine andere Wahl«, beharrte ich und hoffte, sie würde auf mich hören. Wenn ich die Engel lange genug ablenken konnte, bis Valla aus der Höhle gerannt war, konnte ich sie danach mit meinem Feuer rösten, bis nichts mehr von ihnen übrig blieb.

»Dann müssen wir eine andere Lösung finden. Unsere Kleidung liegt überall verstreut und ohne sie werden wir keine Stunde draußen in der Kälte überleben.«

Fuck! Ich wusste, dass sie Recht hatte. Halbnackt würde sie schon nach wenigen Minuten unterkühlen. Verdammt! Verdammt! Verdammt! Frustriert fuhr ich mir durchs Haar und überlegte, was ich tun konnte, aber mir fiel nichts ein. Sie waren doppelt so viele und noch dazu hatten sie Waffen bei sich. Zumindest sah der Halter am Schienbein eines Engels gefährlich nach einem Messer aus.

»Wie rührend! Da könnte ich fast kotzen«, höhnte einer der Männer und trat gegen den Knochen, der das Feuer nährte. Die Glut fiel in unsere Richtung und die Asche verteilte sich auf meinen Füßen.

»Was wollen Sie von uns?«, schrie ich erzürnt, war aber erleichtert, dass ich keine Verbrennungen von der Aktion davontrug, obwohl meine Zehen nun voller Leichenstaub waren.

»Von dir gar nichts. Nur von deiner kleinen Freundin«, lachte ein Engel, der bis jetzt stumm gewesen war, und winkte Valla zu, wodurch er wie ein Pädophiler in einem Horrorfilm wirkte.

Ich schluckte. Mein Herz raste. Aber diesmal war nicht die Nähe zu Valla daran schuld, sondern meine eigene Panik, die sich um meine Gedärme schlang. Was wollten sie von ihr? Was war so wichtig, dass sie eine Dämonin durch das Fegefeuer verfolgten? Ob es etwas damit zu tun hatte, dass Septer Valla beobachten sollte? Was war so besonders an ihr?

»Tja, das steht leider nicht zur Option«, erwiderte ich und spürte, wie sich meine Handflächen wie immer erhitzten, wenn ich in Gefahr geriet. Schnell ließ ich Valla los und verschränkte die Arme vor der Brust, damit sie es nicht mitbekam.

»Du bist so stur wie dein Vater«, verkündete der Engel, der mir am nächsten war. Dabei überbrückte er die letzten Meter und wollte mich zur Seite stoßen.

Mir rutschte das Herz in die Hose, weil mir klar wurde, dass die Männer wussten, wer ich war. Ich ballte meine Hände zu Fäusten. Eine landete in der Magengrube des Engels, die andere an seinem Kinn. Das Geräusch von aufeinanderprallendem Fleisch erfüllte die Höhle und die Schläge sandten Schmerzwellen durch meine Hände. Ich hatte das Gefühl, meine Fingerknöchel würden durch meine Haut stoßen, doch ich ignorierte es und machte weiter. Ein Schlag an seine Augenbraue, ein weiterer in die Niere. Mein Angreifer keuchte überrascht. Er hatte wohl nicht mit Gegenwehr gerechnet. Doch der Schock verflüchtigte sich schnell und der Engel duckte sich unter meinem nächsten Schlag weg. Dafür traf mich nun sein Fuß in die Kniekehle.

Ein stechender Schmerz ließ mich zusammenzucken und mein Bein knickte ein. Reflexartig riss ich die Arme hoch, um mein Gesicht zu schützen, doch die erwartete Ohrfeige, um mich zu demütigen, blieb aus. Stattdessen hörte ich ein metallisches Geräusch, als der Engel das Messer aus der Scheide zog, und fühlte eine Hand, die sich auf meine Schulter legte. Sie drückte mich gen Boden und machte es mir unmöglich, mich zu erheben. Als wäre das der Startschuss, kam auch in die anderen Gegner Bewegung und sie stürzten sich auf Valla, die die Szene mit großen Augen verfolgt hatte und nun nach einem der Gegner trat. Es waren zu viele. Einer packte ihr ausgestrecktes Bein, während ein anderer ihre Arme hinter dem Rücken festhielt. Valla schrie, zappelte, um sich zu befreien, aber es nützte nichts. Auch ich wollte mich wehren und ihr zur Hilfe eilen, doch die kalte Klinge an meinem Hals zeigte mir, dass ich tot wäre, sobald ich mich nur einen Millimeter bewegen würde.

»Du bist wie er. Deshalb wirst du auch enden wie er: Allein«, verspottete mich der Engel und fuhr mit der Spitze des Messers meinen Hals entlang. »Aber keine Sorge, wir werden uns gut um deine Freundin kümmern.«

»Elijah!«, schrie Valla und zog meine Aufmerksamkeit damit wieder auf sich. Sie wimmerte, als einer unserer Angreifer sie an den Haaren nach unten zog, bis sie ebenfalls auf dem Boden der Höhle kniete. Ihr wurde der Mund zugehalten und eines der kranken Schweine leckte mit der Zunge über ihre Wange.

»Lasst sie los!«, verlangte ich und knurrte wütend, als ich die Tränen sah, die Valla in die Augen schossen. Sie hatte Angst. Auch wenn sie versuchte, es nicht zu zeigen, wusste ich es.

»Und wenn ich das nicht tue?«, wollte der Engel, der sie festhielt, lachend wissen und spukte auf ihre Schläfe.

Die Flüssigkeit lief Vallas Gesicht entlang und tropfte auf den Boden. Angewidert wandte ich den Blick ab. Ich hielt es nicht aus, wie sie Valla behandelten. Wie ein Stück Fleisch, das ihnen gehörte. Aber das tat sie nicht. Sie gehörte zu mir und zu niemandem sonst. Und deshalb war es mir plötzlich egal, was mit meinem Körper passieren würde. Seit frühester Kindheit an wollte ich immer nur ein normales Leben haben, bevor ich in Dads Fußstapfen treten musste. Ich wünschte, dass man mich um meinetwillen gern hatte und mit mir sprach, weil ich als Person interessant war, und nicht als Sohn meines Vaters. Ich war gierig gewesen. Ich hatte das Leben als normaler Teufelsanwärter und gleichzeitig das Leben als Prinz der Hölle gewollt. Beides zusammen funktionierte allerdings nicht.

Mein Leben war hohl. Nichtssagend. Meine Persönlichkeit war eine Lüge. Niemand schien mich richtig zu kennen. Doch bei Valla hatte ich endlich das Gefühl, mich nicht verstecken zu müssen. Sie mochte mich, die Person hinter der Fassade aus Ignoranz und Beliebtheit. Ich konnte nicht zulassen, dass sie Valla mitnahmen. Egal, weshalb die Dämonin so wichtig war, sie hatte es nicht verdient, dass man sie gegen ihren Willen festhielt. Deshalb konzentrierte ich mich auf meine Handflächen, ließ das Feuer in sie strömen und machte mich zum Gegenschlag bereit.

»Du sollst sie loslassen!«, wiederholte ich ernst und betonte jede Silbe.

Ich legte so viel Aggression wie möglich in meine Worte. Ich wusste nicht, warum. Vermutlich, weil ich irgendwie doch noch hoffte, dass sie einfach wieder verschwinden würden. Aber das hatten sie nicht vor. Stattdessen fällte der Engel vor mir sein Todesurteil. Er beugte sich nah an mein Ohr, sodass die Klinge ein Stück von meinem Hals wegrutschte, und flüsterte:

»Zwing mich dazu!«

Diese Ablenkung war alles, was ich brauchte. Ich legte meine heißen Finger um das Handgelenk des Engels. Es zischte, ein Schrei ertönte und das Messer fiel klappernd zu Boden. Der Geruch nach gebratenem Fleisch kroch mir in die Nase und ließ mich würgen. Trotzdem ließ ich den Engel nicht los, bis ich spürte, dass die Haut und die Adern unter der Hitze wegschmolzen und ich nur noch den Knochen in der Hand hielt.

Der Engel brüllte auf, wie ein gequältes Tier. Er jaulte und kreischte, bis ich die Finger von ihm nahm. Gepeinigt zog er seinen verletzten Arm an sich, jedoch machte er den Fehler, sich nicht von mir zu entfernen und wegzulaufen. Rasch erhob ich mich und legte die Hände an sein Gesicht. Die Haut warf binnen Sekunden Blasen und wurde rot, bevor er sich losriss und Blut zwischen meinen Fingern hindurch tropfte. Konzentriert ließ ich noch mehr Hitze durch meinen Körper fließen, bis ich spürte, wie Flammen aus meinen Händen schossen und auf den Engel übergingen. Wie eine menschliche Fackel erleuchtete mein Opfer den Raum. Er brannte und brannte, bis er wie ein Stück Holz umfiel und tot auf dem Boden liegen blieb. Emotionslos starrte ich auf die Leiche, die langsam zerfiel und sich in Staub auflöste. Einer. Blieben noch drei. Hasserfüllt drehte ich mich zu den anderen Gegnern um, die Valla fest umschlungen hielten und mich aus großen Augen anstarrten. Es war eine Sache, zu wissen, wer und was ich war, doch eine ganz andere, es zu sehen. Das schienen sie erst jetzt zu begreifen. Ob diese Narren meinem Dad jemals persönlich begegnet waren?

»Ich sagte, ihr sollt sie loslassen«, sagte ich und ging bedrohlich auf die restlichen Engel zu, mit denen ich kurzen Prozess machte.

Zwischendurch fühlte ich, wie die schwarzen Schwingen, die tief in meinem Rückgrat geschlummert hatten, ausbrachen und sich zur vollen Größe aufspannten. Ich war so unendlich wütend. Hass kroch in mir hoch und ich wollte nur noch eins: Sie alle tot sehen.

Ich riss einen von ihnen von Valla weg und verwandelte ihn in Brennholz. Seine Kollegen nahmen freiwillig die Hände von Valla und wollten flüchten, während ich mich um ihren Kumpel kümmerte. Da hatten sie jedoch die Rechnung ohne mich gemacht. Vielleicht hätte ich sie sogar gehen lassen, wenn es nicht um Valla gegangen wäre, aber ich konnte nicht riskieren, dass sie es noch einmal versuchen würden. Deshalb streckte ich den Arm in Richtung des Höhleneingangs und ließ Flammen vom Boden aufsteigen.

Einer der Engel, der es nicht kommen sah, fiel dem plötzlich auftauchenden Feuer zum Opfer. Der andere bemerkte es und konnte noch frühzeitig stoppen, bevor ihn die grillende Hitze erreichte. Nun stand er allein und schutzlos mit dem Rücken zu mir und starrte in das lodernde Rot.

Was er wohl dachte? Wünschte er sich inzwischen, dass er Valla in Frieden gelassen hätte?

Schritt für Schritt ging ich auf den letzten Überlebenden zu und tippte ihm mit dem Finger auf die Schulter. Er zitterte wie Espenlaub und ein weinerlicher Laut kam über seine Lippen.

»Dein Freund hatte Recht: Ich bin meinem Dad sehr ähnlich. Daran hättet ihr denken sollen, bevor ihr mir etwas wegnehmen wolltet, das mir wichtig ist«, säuselte ich zuckersüß, während ich meinen Finger von seiner Schulter zu seinem Hals wandern ließ und den Haaransatz in Brand steckte.

Es dauerte nicht lang, bis auch er in Flammen stand und aufschrie wie ein Schwein, das man brandmarkte. Passend, wenn man bedachte, dass er es war, der Vallas Haut abgeschleckt hatte. Ein Grinsen legte sich auf meine Züge, während ich beobachtete, wie sich die Federn des Engels von purem Weiß in dunkles Schwarz verfärbten und zu Staub zerfielen, bis nichts weiter als ein Häufchen Asche von ihm übrig war. Seine Schreie verstummten und es wurde still in der Höhle. Es war allerdings so hell wie nie, auch wenn ich die Flammen am Eingang wieder verschwinden ließ.

»Elijah?«, fragte Valla mit bebender Stimme und das Hochgefühl meines Sieges, das mich eben noch ausgefüllt hatte, verschwand. »Was war das?«, drängte sie und zog sich zurück, als ich mich ihr zuwandte und sie mein Gesicht sah. So lange, bis ihr Rücken gegen die Höhlenwand stieß und ihr der weitere Rückzug verwehrt wurde.

»Eine Horde Engel, die großes Interesse hatten, dich zu verschleppen?«, versuchte ich es in der Hoffnung, sie zum Lachen zu bringen und die Angst in ihren Augen zu vertreiben.

Doch sie sah mich nicht einmal richtig an. Sie starrte auf meine Flügel, die den halben Raum ausfüllten und das Ebenbild der Schwingen meines Dads waren.

»Was wird hier gespielt?«, fragte sie und dicke Tränen kullerten über ihre Wangen.

So war das bestimmt nicht geplant gewesen.

Kapitel 7

Valla

Glühende rote Augen sahen mir entgegen. Nichts war mehr von seinen schwarzen Pupillen zu sehen, stattdessen loderte ein Feuer in seinen Augäpfeln, das mir die Sprache verschlug. Seine Hände waren blutverschmiert und einzelne Tropfen liefen an den Fingern hinab. Sie hinterließen kleine Pfützen auf dem Boden.

Elijah strahlte eine Macht aus, die mir die Luft zum Atmen nahm. Doch es war nicht die Welle an Kraft, die von ihm ausging, die mich beunruhigte, sondern die markanten Züge, die perfekt zu einem Gesicht zu passen schienen, das sich in mein Gedächtnis gebrannt hatte. Und die Flügel, deren Federn die verschiedensten Schwarztöne miteinander vereinten. An den Spitzen schienen die Schwingen heller zu sein und je näher sie seinem Körper kamen, desto dunklerer wurden sie. Seine Lippen waren noch rot und geschwollen von unseren Küssen und seine schwarzen Haare ließen ihn im Zusammenspiel mit der blassen Haut wie einen Vampir wirken. Elijah war wunderschön. Keine Frage. Aber gleichzeitig machte er mir Angst, weil die Ähnlichkeit unverkennbar war.

Ich kannte die scharfe Kinnpartie und die dunklen Schwingen. Sie waren Bestandteil vieler meiner Träume gewesen. Und nun sah ich sie direkt vor mir. So nah, dass ich nur die Hand hätte ausstrecken brauchen, um sie zu berühren.

Was war hier los? Und warum fiel es mir erst jetzt auf? Ich hätte es wissen müssen, oder es zumindest erahnen. Die Antwort war die ganze Zeit vor meinen Augen gewesen und ich hatte sie nicht gesehen. Wie konnte ich so dumm sein?

»Ich spiele nicht. Schon gar nicht mit dir. Ich dachte, das wäre dir klar. Du bist mir unheimlich wichtig, Valla. Ich liebe ...« Nein! Alles in mir schrie, dass ich nicht hören wollte, was er zu sagen hatte. Er hatte nie etwas gesagt und mich lieber im Glauben gelassen, ich wäre für nichts gut genug. Unnütz für die Hölle. Er war ein Lügner. Ein Betrüger! Und ich war darauf reingefallen. Verdammt! Wie konnte ich so gutgläubig sein? Hatte ich nichts aus meinen Fehlern gelernt?

Schon einmal hatten wir uns geküsst, als gäbe es kein Morgen, und wenig später war unsere rosarote Blase zerplatzt. Ich hatte mir geschworen, dass mir das niemals wieder passieren würde. Schon gar nicht mit ihm. Ich konnte es nicht leugnen: Ich hätte Elijah alles mit mir machen lassen, bevor die Engel uns unterbrochen hatten. Egal, ob er mich geküsst oder angefasst hätte. Zu nichts hätte ich *nein* gesagt.

»Ich bin dir wichtig?«, unterbrach ich ihn und die Verwirrung in mir machte einer Wut Platz, die ich mit keinem Wort beschreiben konnte.

Wie konnte er auch nur daran denken, dass ich das hören wollte? Er hatte immer gelogen. Wie sollte ich ihm jetzt glauben, wenn es um so etwas Wichtiges wie seine Gefühle ging?

»Wem willst du das weismachen? Du hast mich angelogen. Du hast mir den wohl wichtigsten Teil deines Lebens verschwiegen. Sowas tut man nicht, wenn jemand einem wichtig ist.«

Mit jemandem, den man liebt. Tat er das denn? Liebte er mich? War das möglich? Bis vor ein paar Stunden hatten wir uns noch die Krätze an den Hals gewünscht und nun standen wir hier, halbnackt im Schein der brennenden Leichen. Und plötzlich fühlte ich mich schutzlos. Seinen Blicken ausgeliefert.

Zittrig griff ich nach meinem Shirt, das an vereinzelten Stellen noch feucht war, und zog es mir über den Kopf. Auch wenn die Kleidung kein Schutzpanzer war, half sie doch, mich besser zu fühlen. Es war, als könnte ich, indem ich mich anzog, ungeschehen machen, was zwischen uns passiert war. Aber wollte ich das überhaupt? Wollte ich wirklich, dass es niemals passiert war, obwohl es sich so gut angefühlt hatte? Und das hatte es. Es war umwerfend gewesen. Jede Stelle meines Körpers hatte gebrannt und mir war heiß gewesen, als wäre ich kurz davor, in Flammen aufzugehen.

»Du verstehst das nicht. Ich bin doch immer noch ich«, erwiderte Elijah und biss sich auf die Lippen.

Angespannt verzog er das Gesicht. Sein Kinn bebte, als würde er mit den Tränen kämpfen. Seine Stimme klang gequält, während er mir tief in die Augen sah. Ich versuchte, irgendwo die Lügen zu erkennen, um sie zu entlarven. Ich strengte mich wirklich an. Da war jedoch nichts. Offen starrten seine Seelenspiegel in meine und bettelten, dass ich ihm verzeihen oder zumindest zuhören würde.

»Und wer bist du? Ich dachte, ich würde dich kennen, aber ich weiß nichts von dir«, flüsterte ich, bevor meine Stimme brach und mir eine Träne aus dem Augenwinkel lief. Sie war einsam und allein, genau wie ich mich fühlte, aber sie blieb es nicht. Zu ihr gesellten sich Dutzende anderer Tränen, die wie Sturzbäche über meine Wangen liefen. Ich konnte nicht mehr stark sein. Und ich wollte es auch nicht mehr. Ich hatte Elijah die Tore zu meinem Herzen öffnen lassen und nun ließen sie sich nicht mehr schließen.

»Dann frag mich! Ich werde dir alles erzählen, was du wissen willst!«, schrie er verzweifelt und schlug gegen die Höhlenwand.

Überrascht von der Heftigkeit seiner Reaktion zuckte ich zusammen und erkannte, dass Schmerz in seinen Iriden aufblitzte. Beschwichtigend hob er die Hände und ging einen Schritt zurück, als befürchtete er, ich hätte Angst vor ihm. Trotz der neuen Entfernung konnte ich dank des Feuers erkennen, dass er sich verletzt hatte. Die Haut über den Knöcheln war unter der Wucht des Aufpralls gerissen und Blut tropfte aus den Wunden. Mit verschwommenem Blick beobachtete ich fasziniert die rote Farbe, die sein Handgelenk entlanglief. Es kostete mich meine ganze Kraft, mich davon loszueisen und mich nach meinen Socken zu bücken. Ich wollte ihn nicht ansehen, während ich die Frage stellte, deren Antwort ich schon kannte. Trotzdem. Ich musste es aus seinem Mund hören. Ich konnte mich schließlich irren, richtig?

»Wieso siehst du aus wie ...«

Ich stockte. Es wollte mir nicht über die Lippen kommen. Als wäre alles gut, wenn ich es nicht aussprach. Aber das würde nichts an der Tatsache ändern. Dennoch war es schwer, über meinen Schatten zu springen und die Frage zu vervollständigen. Fast als hätte ich einen Knoten in der Zunge, der mir das Sprechen unmöglich machte.

»*Er?*«, half Elijah mir auf die Sprünge und ich brachte ein zaghaftes Nicken zustande. »Ich bin sein Sohn.«

Ein Satz. Vier Wörter. Vierzehn Buchstaben. Es hieß, Menschen würden zehntausend Wörter am Tag sprechen. Im Vergleich dazu waren diese Zahlen also mickrig, doch sie zogen mir den Boden unter den Füßen weg und ließen mich sprachlos zurück. Wie ein Feuerwerk explodierten die Gefühle in meinem Inneren und der Raum um mich begann sich zu drehen.

Heftig atmend lehnte ich mich an die Höhlenwand und war plötzlich dankbar für die Kälte, die sie abgab. Mir war heiß. Mein Blutdruck schoss in die Höhe und ich überlegte fieberhaft, ob ich weglaufen oder mich auf die Knie sinken lassen sollte. Es in Betracht zu ziehen war etwas anderes, als den Verdacht bestätigt zu bekommen, und nun wusste ich nicht, wie ich damit umgehen sollte. Elijah war das Kind des Teufels.

»Sein einziger seit einer halben Ewigkeit«, ergänzte Elijah und ein krächzender Ton, wie das Klagelied einer sterbenden Krähe, stieg meine Kehle empor.

Er war sein Sohn.

»Warum?«, hauchte ich und war mir nicht sicher, auf was sich mein *Warum* bezog.

Es gab zu viele Fragen, die sich in meinem Kopf tummelten und nach Antworten verlangten. Warum hast du nie etwas gesagt? Wieso hatten die Meister es nie erwähnt oder wussten sie es gar nicht? Warum war Elijah in der Akademie und nicht bei seinem Dad, wenn er so wichtig und wertvoll für die Hölle war?

Das Chaos in meinem Inneren beherrschte mich und schnürte mir die Luft ab. Jede Bewegung war ein Kraftakt. Dennoch hob ich meine Hose vom Boden auf und schlüpfte hinein. Jede kleine Ablenkung war willkommen und wenn es nur so etwas Banales war wie das Anziehen. Auf keinen Fall wollte ich in die Versuchung kommen, ihn anzusehen. Ich schniefte, als ich bemerkte, dass der Bund meiner Jeans noch nass war. Großartig. Konnte irgendwas zur Abwechslung mal gut laufen?

»Er wollte keine Kinder mehr, weil sie ihm immer Ärger gemacht hatten. Du weißt schon, als sie zum Beispiel die Pest verbreiteten. Aber dann war da meine Mom und sie haben sich unsterblich ineinander verliebt.«

Elijah ließ die Hände sinken und ging wieder einen Schritt auf mich zu. Seine Augen nahmen einen schwärmerischen Ausdruck an, als er von der Liebe seiner Eltern zueinander sprach, und ich konnte nicht verhindern, dass mein Herz einen Satz machte und schneller schlug. Ich wollte das auch. Bis eben war es mir gar nicht klar gewesen. Für mich hatte es in Märchen immer kitschig geklungen. Bis ans Ende aller Zeit. Aber der Teufel hatte das in Elijahs Mom gefunden und deshalb hatte er nicht die Finger von ihr lassen können, auch wenn sein Verstand ihm riet, sich von ihr fernzuhalten. War es Zufall, dass mein ganzes Sein mich ebenfalls anflehte, mich in Elijahs Arme zu werfen, obwohl mein Kopf mir eine andere Richtung vorgab?

»Wieso weiß niemand davon?«, fragte ich und sah zum ersten Mal auf, nachdem ich den Knopf meiner Hose geschlossen hatte.

Elijah hatte die Hände vor der Brust verschränkt und schien sich nicht um die Verletzungen zu kümmern. Seine Augen waren unablässig auf mich gerichtet, als hätte er Angst, ich könnte verschwinden, sollte er blinzeln. Er hatte seine Stirn in Falten gelegt und eine Augenbraue angehoben, als müsste er über meine Frage nachdenken oder würde sie nicht verstehen. Lange war es still, doch ich schaffte es auch nicht, noch mehr zu sagen.

»Ich wollte nicht, dass mich alle wie etwas Besonderes behandeln«, begann Elijah und der Anflug eines Lächelns zeichnete sich auf seinen Zügen ab. Obwohl es der schönste Anblick war, den ich mir vorstellen konnte, passte diese Leichtigkeit nicht zu seinen Worten, die so viel bedeuteten. »Das taten sowieso schon alle, weil Mom die Direktorin war. Kannst du dir vorstellen, was los gewesen wäre, hätten sie gewusst, dass der zukünftige Teufel mit ihnen unterrichtet wird?«

Natürlich. Die sprichwörtliche Hölle wäre losgebrochen und Elijah hätte keine freie Minute mehr gehabt.

»Ständig hätte mich jemand angebettelt, Dad zu bitten, ihnen bessere Aufgaben zuzuteilen. Das ist nicht das Leben, das ich will.«

Und welches Leben wollte er dann? Denn zurzeit hatte er nichts anderes als eine Illusion, die aus Lügen gebildet war und die wie ein Kartenhaus in sich zusammenbrechen konnte.

»Zukünftiger Teufel?«, wiederholte ich, als ich mir seine Antwort durch den Kopf gehen ließ.

Es hatte in der Geschichte der Hölle viele Söhne des Teufels gegeben. Gerade in der Anfangszeit war dem Herrscher der Unterwelt nichts anderes in den Sinn gekommen, als Kinder zu zeugen, um sich eine Armee zusammenzustellen. Seine Nachkömmlinge hatten allerdings ohne die Zustimmung ihres Vaters gehandelt und das Gleichgewicht der Welt gestört. Deshalb mussten sie von der Bildfläche verschwinden – jeder Einzelne wurde ermordet, bis keiner mehr übrig gewesen war. Aber noch nie stand im Raum, dass einer von ihnen seinen Platz einnehmen würde. Sollte sich das geändert haben?

»Dad will aufhören. Er will sich mit Mom irgendwo in der Unterwelt zur Ruhe setzen. Jetzt, wo ihre Seele bei ihm ist, wird es wohl nicht mehr lange dauern.«

Es klang alles gut durchdacht. Elijahs Zukunft war geplant. Er wusste, was aus ihm werden würde. Und ich? Heute Morgen dachte ich noch, ich hätte es selbst in der Hand und könnte mit genug Fleiß etwas aus mir machen. Aber das stimmte nicht mehr. Jemand anderer zog die Strippen, wenn es um mein Leben ging. Ich war Teil eines größeren Plans, von dem ich keine Ahnung hatte. Nicht besser als eine Schachfigur, die verschoben wurde, wie es dem Spieler passte.

Erneut ergoss sich ein Schwall Tränen über mein Gesicht, aber diesmal wandte ich mich nicht von Elijah ab. Er sollte sehen, was er angerichtet hatte. Was er mir angetan hatte. Er hatte mich zerstört. Die kurze Hoffnung, dass alles besser werden und sich unser Verhältnis ins Positive verändern würde, hatte er mit seinen Lügen zerschlagen. Und er hatte mir die Macht genommen, selbst über mein Leben zu bestimmen. Aber so einfach würde ich nicht aufgeben. Wenn ich schon auserwählt worden war und mich wie ein Bauer für Elijah opfern sollte, wollte ich wenigstens wissen, welchem Zweck all das Leid diente. Sollte es mich stärker machen? Oder war es einfach zur Belustigung des Teufels gewesen? Hatten er und sein Sohn sich schlapp über das ahnungslose Mädchen gelacht, dass den Mann täglich niedergemacht hatte, den sie eigentlich beschützen sollte?

»Und welche Rolle spiele ich dabei? Warum soll gerade ich deine Beschützerin sein? Und warum schickt er mir diese Träume?«, schleuderte ich Elijah entgegen und wurde kontinuierlich lauter, bis ich zum Ende hin schrie.

Ich wischte mir die Tränen von den Wangen und hustete, als ich mich an meiner eigenen Spucke verschluckte.

Diesmal war es Elijah, der den Blick abwandte und ebenfalls nach seiner Kleidung griff, um sich anzuziehen. Ich ignorierte das Brennen im Hals und beobachtete, wie Elijah seine Flügel einzog und die Bauchmuskeln zuckten, bevor sie unter seinem Shirt verschwanden. Fahrig fuhr er sich durchs Haar und stieg in die Hose.

»Ich weiß es nicht«, antwortete er und hob seine Jacke auf.

Unsicher sah er mich an, dann auf den Stoff in seiner Hand und wieder zu mir, als wüsste er nicht, wie ich reagieren würde, wenn er sie mir reichte. Aber ich wusste es. Ich würde sie ihm ins Gesicht fetzen und ihm danach vor die Füße spucken. Wie konnte er es wagen? Hatte er nicht versprochen, mich nicht mehr zu belügen? Wie sollte ich ihm glauben, dass er keine Ahnung gehabt hatte? Er musste es doch wissen!

Wer, wenn nicht er?

»Ist das dein Ernst?«, zischte ich und verengte die Augen zu Schlitzen, als ich nach einem seiner Schuhe griff und ihn in Elijahs Richtung warf, während er nach seinen Socken fischte.

Reflexartig ließ er sich auf den Boden fallen, sodass der Schuh über ihn flog und an die Wand der Höhle prallte. Irritiert suchte er nach dem Ausgangspunkt und schaute mich perplex an, als ihm klar wurde, dass ich ihn mit dem Schuh treffen wollte.

»Weißt du was? Vergiss es! Ich brauche deine Hilfe nicht. Dann finde ich es eben allein raus.«

»Ich weiß es wirklich nicht, Valla. Ich habe keine Ahnung, warum ausgerechnet du«, verteidigte er sich, aber das Glitzern in seinen Augen und der gehetzte Ausdruck auf dem markanten Gesicht straften seine Worte Lügen.

Wieso tat er mir das an? Warum sagte er es mir nicht einfach?

Ein Stich zog sich durch mein Herz, doch ich machte mir nicht mehr die Mühe, die Tränen wegzuwischen. Es wäre leichter, wenn ich nur wütend auf ihn sein könnte, aber das schaffte ich nicht. Auf eine verschrobene Weise verstand ich, weshalb er es niemandem gebeichtet hatte. Doch hätte nicht wenigstens ich es verdient, zu wissen, was aus mir werden würde?

»Du lügst!«, fauchte ich, wollte nach seinem Schienbein treten, obwohl er zu weit von mir entfernt stand, und verlor beinahe das Gleichgewicht.

Ich benahm mich wie ein trotziges Kind. Das war mir bewusst, allerdings half es. Ich wollte ihn verletzen, ihn zerstören. So, wie er es bei mir getan hatte. Und ich wollte weg. So weit wie möglich. Ich konnte nicht mehr in sein Gesicht sehen. Ich ertrug es nicht.

Das Gefühl, keine Luft mehr zu bekommen, wurde immer stärker und ich biss mir schmerzhaft in die Zunge, um nichts mehr zu sagen. Ohne Erklärung ließ ich mich auf den Boden fallen und zog meine Schuhe zu mir. Ich brauchte frische Luft, selbst wenn ich im kalten Sturm sterben würde. Ich musste aus dieser Höhle raus, die mich einzuengen drohte. Die Wände schienen näher zu kommen und mich zerquetschen zu wollen. Hektisch versuchte ich, meine Schuhe zu schließen, doch ich hatte das Gefühl in meinen Fingern verloren. Ich spürte sie nicht mehr. Und jede Bewegung kostete mich meine ganze Konzentration, sodass ich nicht merkte, wie Elijah sich mir näherte. Erst als er mir den Schuh gewaltsam aus der Hand riss, sah ich zu ihm auf.

»Nein! Warte, Valla! Ich kann es mir denken, aber ich bin nicht sicher«, verkündete er und der flehende Unterton offenbarte mir, was er eigentlich damit meinte. *Bitte, geh nicht weg. Bitte, hör mir zu. Bitte, verlass mich nicht.* Trotzdem durfte ich nicht einknicken. Nicht jetzt. Hier ging es um mein Leben, das in Gefahr schwebte. Diese Engel hatten uns verfolgt und hätten uns getötet, wenn Elijah sie nicht aufgehalten hätte.

»Spuck es schon aus! Worauf wartest du?«, schrie ich und verschränkte die Arme vor der Brust.

»Vielleicht liegt es an meinen Gefühlen für dich.«

Ich erstarrte in der Bewegung, schluckte und atmete tief durch. Wie ein Dolch trafen mich seine Worte ins Herz und erneut schrie eine Stimme in meinem Kopf, dass ich gleich empfand. Dass ich mich nicht so anstellen und mit ihm glücklich sein könnte. Aber nur weil man etwas sagte, hieß das nicht, dass es der Wahrheit entsprach. *Schatz, ich trinke nie wieder. Ich habe dich nicht betrogen. Nein, die zehn Kilo mehr auf deinen Hüften stören mich nicht. Wir werden immer zusammenbleiben. Ich liebe dich* – alles Sätze, die Menschen sagten, ohne sie so zu meinen. Sie hatten keine Bedeutung und fungierten als Lückenbüßer, wenn man nicht wusste, was man sonst erwidern sollte, wenn das Leben auseinanderbrach.

»Oh meinst du die, die du gerade erst entdeckt hast?«, höhnte ich und schüttelte frustriert den Kopf.

Ich wollte, dass es der Wahrheit entsprach. Keine verschwundene beste Freundin, die einen anlog, kein Teufel, der mit einem spielte, keine Engel, die mich in Angst versetzten. Und Elijah, der zu mir gehören wollte.

War das so schwer? Verlangte ich zu viel? Hatte ich es nicht verdient, glücklich zu sein?

»Nur weil ich es mir jetzt erst eingestehe, heißt das nicht, dass sie davor nicht da waren. Und so konnte Dad sicherstellen, dass wir uns nicht trennen würden. Dass du mich nicht verlassen würdest, wenn ich Scheiße baue.«

Elijah nahm mir auch noch den zweiten Schuh ab, stellte ihn zurück auf den Boden und legte seine Jacke dazu. Noch war es in der Höhle warm genug, sodass wir sie nicht brauchen würden. Irgendwann wären die Leichen der Engel abgebrannt und die Hitze würde sich verflüchtigen.

»Also rechnet dein Daddy schon damit, dass du es mit mir verbockst? Er sollte Lotto spielen, dann wäre er bald ein reicher Mann«, spottete ich, fühlte mich aber sofort schlecht.

Ich dachte daran, dass ich mich gerade über den Herrscher der Hölle lustig machte, den ich immer bewundert hatte. Und weiterhin bejubelte, oder nicht? Keine Ahnung. Selbst die Anbetung des Teufels kam mir mit einem Mal falsch vor. Wie hatte sich mein Leben nur in wenigen Minuten derart ändern können?

»Es tut mir leid«, flüsterte Elijah in die aufkommende Stille und setzte sich neben mich.

Obwohl es besser gewesen wäre, von ihm abzurücken, blieb ich an Ort und Stelle und genoss die Berührung seiner Schulter an meiner. Es fühlte sich gut an. Beruhigend. Als würde man nach einem stressigen Tag nachhause kommen, seine Schuhe in die Ecke werfen und sich auf die Couch fallenlassen.

Meine Wut verrauchte, als hätte ich sie mir von der Seele geschrien. Stattdessen breitete sich ein wohliges

Gefühl in meinem Inneren aus, als ich erkannte, dass es nicht seine Schuld war. Nicht nur. Ja, er hatte nichts gesagt, aber er hatte nicht veranlasst, dass ich die Aufgabe bekam, ihn zu beschützen. Und er hatte seinen Dad nicht gebeten, mir irgendwelche verwirrenden Träume zu schicken. Es war nicht richtig, ihn fertigzumachen, nur weil er der Einzige war, der gerade zur Verfügung stand.

»Und was haben die Engel damit zu tun? Was wollen die von mir?«, fragte ich ruhig und wischte mir die letzten Tränenspuren aus dem Gesicht.

Ich winkelte die Beine an und umschlang meine Knie mit den Armen. Obwohl Elijah zum Greifen nahe war, fühlte ich mich einsam. Allein. Als könnte niemand mir helfen. Ich konnte mich nicht erinnern, dass ich mir jemals so machtlos vorgekommen war. Selbst damals, als die Gerüchte um mich laut wurden, hatte ich eine Aufgabe darin gefunden, mich nicht unterkriegen zu lassen. Ich hatte gekämpft, um mich geschlagen und versucht, das Beste aus der Situation zu machen. Jetzt hatte ich die Befürchtung, dass es keinen Unterschied machen würde, egal, was ich auch tat.

»Auch dabei kann ich nur spekulieren. Ich schätze, sie wollen dich töten, damit sie mich schwächen. Somit würden sie auch meinem Dad schaden und das hätte Auswirkungen auf die Hölle«, murmelte Elijah, zog die Jacke heran und legte sie mir um die Schultern. Es war die gleiche Geste wie vor wenigen Stunden draußen in der Kälte und dennoch kam es mir vor, als wären seitdem Jahre vergangen.

Ich hatte mich verändert, war ich selbst und gleichzeitig auch nicht. Ich war eine ängstlichere Version, aber auch eine stärkere. Es interessierte mich nicht, was alle anderen sagen würden, wenn wir zurückkamen. Schon lange war es nicht mehr mein Ziel, meine Familie auf dieser Mission stolz zu machen. Zurückkommen. Das war das neue Ziel. Das Einzige, das wirklich zählte. Aber das würde noch komplizierter werden als angenommen.

»Fantastisch! Das heißt, dass nicht nur meine eigenen Leute mich hassen, nein, jetzt habe ich zudem eine Zielscheibe auf dem Rücken, sodass mich auch der Himmel jagt.«

Meine Stimme klang belegt, als wäre sie weit weg und würde gar nicht richtig zu mir gehören. Von meinem früheren Feuer war kaum noch etwas übrig. Ich fühlte mich ausgelaugt, müde. Und das versetzte mich in Panik. Mein großes Mundwerk, das unschlagbare Temperament – das waren meine Waffen gewesen.

Wann hatte ich sie verloren?

»Es tut mir wirklich leid, Valla«, wiederholte Elijah, kräuselte die Lippen und vergrub das Gesicht in den Händen.

›Er ist ein Lügner.‹ Immer noch kreiste dieser Satz wie ein Ohrwurm in meinem Kopf, den ich nicht loswurde.

Aber wenn ich ehrlich zu mir selbst war, hätte ich es an seiner Stelle nicht anders gemacht. Bei mir musste erst ein Gerücht mein Leben zerstören, bevor ich erkannt hatte, wer wirklich in harten Zeiten zu mir stand. Es war für mich ein Schock gewesen, wie viele nur mit mir befreundet gewesen waren, weil ich ihrem Image geholfen hatte. Ich war eigentlich niemand Bedeutendes in der Hölle gewesen. Sicher, meine Familie hatte einen tadellosen Ruf genossen, aber das war etwas anderes, als der Sohn des Teufels zu sein. Er hätte sich nie sicher sein können, ob jemand seine Nähe um seinetwillen suchte oder wegen seines Status. Egal, ob es um seinen besten Freund, seine Liebschaften oder die große Liebe ging.

Liebe. Das war das Stichwort.

»Ich liebe dich, Valla«, hauchte Elijah und sah in meine Richtung, als würde er auf eine Antwort hoffen. Doch die kam nicht. Was sollte ich auch sagen? Dass ich genauso fühlte? Wie könnte ich, wenn ich es selbst nicht wusste? »Das tue ich wirklich.«

»Wir sollten schlafen. Mit etwas Glück finden wir morgen Silvania«, sagte ich ausweichend und sah Schmerz in Elijahs Augen aufblitzen.

Ich konnte mir nicht vorstellen, was in ihm vorgehen musste, doch ich konnte es nicht erwidern. Vielleicht, wenn er mich vor einer Stunde gefragt hätte, wäre ich ihm um den Hals gefallen, aber nun war alles anders und meine Ängste verschluckten alle positiven Gefühle, sodass ich mich in einem Strudel aus Angst, Verzweiflung und Trauer wiederfand. Erschöpft ließ ich mich zur Seite fallen und bettete den Kopf auf meine Arme. Es war unbequem und ich sehnte mich nach meinem Bett, doch eine andere Möglichkeit hatte ich nicht. Schlaf würde mir guttun. Vielleicht schaffte ich es dann, die Eindrücke der vergangenen Stunden zu verarbeiten, ohne verrückt zu werden.

Wie von selbst fielen meine Augen zu und mein rasselnder Atem beruhigte sich langsam. Ich spürte, dass auch Elijah sich hinlegte. Nicht weit von mir entfernt. Ich konnte die Wärme, die von ihm ausging, immer noch hinter mir wahrnehmen und ein Arm legte sich um meine Hüfte. Zuerst zaghaft, als wäre er sich nicht sicher, ob er es verkraften würde, wenn ich ihn von mir stieß. Das lag nicht in meiner Absicht. Ich brauchte seinen Halt. Nun mehr denn je.

»Es tut mir leid. Bitte, vergiss das nicht«, murmelte er in mein Haar und drückte mich näher an sich.

Sein Geruch nach verbrannten Kohlen hüllte mich ein und gab mir in der fremden Umgebung Sicherheit. Tief sog ich den Duft ein, bevor sich meine Sinne verabschiedeten.

›Ich werde es nicht vergessen‹, war mein letzter Gedanke, bevor meine Augen zufielen und ich in einen unruhigen Schlaf abdriftete.

Kapitel 8

Valla

Master? Seid Ihr sicher, dass sie die Richtige ist?«, erkundigte sich Septer, als er auf das schlafende Mädchen starrte, das sich in die Arme des Teufelssohns kuschelte.

Ihre Augen waren vom Weinen noch verquollen und rot umrandet. Sie zitterte leicht im Schlaf und wälzte sich auf dem Höhlenboden. Neben dem jungen Master sah sie klein aus. Winzig. Wie eine Fliege, die Septer zwischen den Fingern zerquetschen konnte. Gar nicht wie das starke, selbstbewusste Ding aus der Akademie, das mit den Füßen aufstampfte, wenn ihr etwas nicht passte. Und sie sollte die Zukunft des Universums in ihren Händen halten? Schwer vorstellbar.

»Geduld ist eine Tugend, die du nie vervollständigen wirst«, tadelte der Teufel und sah wohlwollend auf das Bild, das sich ihm bot, auch wenn es nicht das war, was er erwartet hatte. Er hatte mit mehr Gegenwehr gerechnet. Mehr Geschrei, roher Gewalt und drakonischen Verfluchungen. Doch sie waren ausgeblieben. Valla hatte einigermaßen Ruhe bewahrt. Sie hatte ihr Schicksal akzeptiert, obwohl sie ihren Platz noch nicht gefunden hatte. »Es ist bisher nichts Besorgniserregendes passiert. Alles läuft bestens.«

»Master! Ich bitte Euch! Die beiden wären beinahe gestorben. Mehrfach. Und nun sind auch noch Engel in die Hölle eingebrochen und wollen Euch schaden«, begehrte Septer auf und ließ sich im Schneidersitz neben seinen Gebieter nieder, sodass er an der Seite der zwei Leichen saß, die wie Müll auf dem Saalboden vergammelten. Es war ein Paar. Ein Mann und eine Frau. Beide waren abgemagert und man hatte ihnen die Haare abrasiert. Sie waren splitternackt, weshalb ihr Geschlecht leicht zu erkennen war. Die Finger der Toten waren miteinander verflochten und ihre Gesichter hatten sie einander zugewandt. Die Augen waren weit aufgerissen, als würden sie sich ansehen. Diese Geste hatte etwas Liebevolles und die Szene wirkte beinahe romantisch, wenn man über das Blut hinwegsah, das ihre Körper bedeckte und bis zum Kinn reichte.

»Du siehst das falsch, mein alter Freund. Meine Brüder sind nicht gekommen, um unsere Pläne zu vereiteln. Sie denken, dass sie Anspruch auf etwas hätten, das sie schon vor langer Zeit verloren haben«, erklärte der Teufel und sah mit einem Lächeln zu Septer, der seinen Blick nicht von den Leichen abwenden konnte.

Im Brustkorb der Frau steckte noch das Messer, das verwendet worden war, um den Magen des Mannes zu öffnen, und seine Gedärme waren auf der Haut seiner Liebsten verteilt. Sein Herz lag nun buchstäblich über ihrem. Der Muskel zuckte noch und hellrotes Blut floss aus den durchtrennten Arterien, während aus dem Gesicht der Frau langsam die Farbe wich. Es würde nicht mehr lange dauern, bis die Toten erkaltet waren. Doch solange würden sie hier liegen und den Geruch nach Eisen im Raum verströmen. Sie hatten gemeinsam gelebt und gemeinsam unzählige Menschen betrogen. Nun waren sie gemeinsam gestorben.

»Und die Dämonin besitzt es zurzeit?«, hinterfragte Septer und schluckte, als er die Male von Bissen auf der Schulter der Frau sah.

Oben am Hals waren es nur kleine Abbildungen, die kaum als Zahnabdrücke zu identifizieren waren, während man von ihrem Oberarm ganze Stücke Fleisch herausgerissen hatte. Der Diener brauchte nicht lange, um zu verstehen, dass der blutverschmierte Mund des Mannes etwas damit zu tun haben musste. Arme, widerliche Kreaturen waren die Menschen. Behaupteten, sich zu lieben, und wenn es darauf ankam, verletzten sie sich gegenseitig, um nicht sterben zu müssen. Wie weit hätte er seine Liebste bei lebendigem Leibe verspeist, wenn sein Leiden davor nicht beendet worden wäre?

»Ein kluger Gedanke«, erwiderte der Teufel, stockte und rieb sich nachdenklich das Kinn, als wäre er bis eben nicht auf diese Erklärung gekommen, »aber nein. Ganz richtig ist das nicht.«

Ein verwirrter Ausdruck trat in Septers Gesicht, während der Teufel den Leichen einen letzten Blick zuwarf und seine Aufmerksamkeit zurück auf das zweite Paar richtete, das nebeneinanderlag. Eng umschlungen. Elijah küsste im Schlaf sanft Vallas Haaransatz und vergrub die Nase in ihren Strähnen.

»Ich verstehe nicht, Master.«

»Das tust du nie. Niemand tut das je gänzlich, der nicht alle Informationen hat. Aber du wirst sehen, das Warten wird sich lohnen. Die beiden sind nicht mehr weit von dem entfernt, was sie suchen«, gab der Teufel geduldig Auskunft und fuhr zärtlich über den Rubin, der das Bild seines Sohnes abzeichnete. Seine langen Fingernägel kratzen an dem Stein, der rot aufleuchtete.

»Die Vermissten sind in ihrer Nähe?« Ungläubig riss Septer seine Augen auf und sah seinen Meister aufmerksam an, als würde er die Antwort in dessen Gesichtszügen finden. Da war jedoch nichts außer das Lächeln, das nicht verschwinden wollte.

»Gewiss. Bald ist es soweit. Ich kann es fühlen, Septer. Endlich. Nach all den Jahren.«

Sehnsucht lag in der Stimme des Teufels und zum ersten Mal seit langer Zeit empfand Septer etwas anderes für seinen Meister als Ehrfurcht. Mitleid. Jetzt konnte auch Septer erkennen, was ihm all die Jahre entgangen war. Es war schleichend gekommen, kaum wahrzunehmen, aber nun traf es ihn unvorbereitet wie ein Schlag. Der Fürst der Finsternis wirkte müde. Seine Stimme war ruhiger, er bewegte sich kaum auf dem Thron und seine Flügel hatten den alten Glanz verloren, der früher den Raum mit Licht erstrahlen ließ.

»Was kommt, Master?«, fragte Septer, als Valla begann, ihren Kopf wild hin und her zu drehen, und der Teufel fester über den Rubin kratzte, sodass eine Kerbe entstand.

»Das Ende, Septer. Das Ende von allem.«

***

»Valla! Es ist alles in Ordnung. Beruhige dich, Valla!«, schrie Elijah, als sich die Schwärze verflüchtigte und ich aus meinem Traum erwachte.

Seine Wange war gerötet und er hielt meinen Arm fest, der erhoben in der Luft schwebte.

»Hör auf, um dich zu schlagen!«, bat er und sein Kopf senkte sich zurück zu Boden, als wollte er wieder einschlafen. Das durfte er nicht.

Plötzlich war ich hellwach. Die Bilder aus meinem Traum setzten sich wie ein Mosaik zusammen und bereiteten mir Kopfschmerzen.

»Was zum Teufel?«, fluchte ich und hielt mir meinen brummenden Schädel, während ich versuchte, meine Gedanken zu ordnen und mich zu konzentrieren. Doch das war gar nicht notwendig. Ich brauchte nur eine Gewissheit: Wir mussten sofort los.

»Du hast auf einmal um dich geschlagen«, murrte Elijah erklärend, richtete sich erneut auf und sah mich an. Ich machte mir gar nicht erst die Mühe, meinen Gesichtsausdruck unter Kontrolle zu bringen, sodass ich mich nicht wunderte, als Elijah die Lippen schürzte. Er legte den Kopf leicht schief, entfernte sich ein Stück, um mich besser betrachten zu können, und fragte: »Stimmt etwas nicht?«

»Wir sind in der Nähe«, sagte ich zusammenhanglos, streckte meine Glieder, die unnatürlich knackten, und erhob mich vom Höhlenboden. Lange konnten wir nicht geschlafen haben. Noch brannten die Leichen um uns herum, meine Kleidung war inzwischen getrocknet und die Müdigkeit wie weggewischt.

»Wir müssen weiter«, forderte ich Elijah auf, der mich verwirrt beäugte, als würde ich eine andere Sprache sprechen. Er bewegte sich nicht. Merkte er nicht, dass wir es eilig hatten?

»Weiter? Wohin? Was ist überhaupt los, Valla?«, fragte er, während ich mir meine Schuhe schnappte und hineinschlüpfte. Auch seine hob ich auf und schmiss sie ihm vor die Füße.

»Dein Dad! Ich habe ihn wiedergesehen. Er meinte, dass wir nah dran sind«, erklärte ich und zog Elijahs Jacke über meine Schultern.

Mein Verhalten war absolut irrational, das war mir bewusst. Noch immer blieb ungewiss, ob meine Träume überhaupt etwas bedeuteten, aber wir hatten keine andere Wahl. Wir mussten nach dem letzten Strohhalm greifen, den wir hatten, und es versuchen. Zumindest das Wetter schien es gut mit uns zu meinen. Der Sturm hatte sich gelegt und aus dem strömenden Regen war ein Nieseln geworden. Es würde verdammt kalt werden, aber eine bessere Chance gab es vielleicht nicht.

»Gut, dann los«, stammelte Elijah verschlafen, zog sich die Schuhe an und folgte mir aus dem Schutz der Höhle.

Ich wusste nicht, in welche Richtung wir gehen mussten. Nah war keine gute Wegbeschreibung. Aber ich beschloss, mich von meinen Instinkten leiten zu lassen. Der Teufel wollte, dass wir die Vermissten fanden. Er würde uns leiten, oder? Ich hoffte es und setzte einen Schritt vor den anderen.

Der Grund unter mir war rutschig und ich musste mich an der Höhlenwand festhalten, um nicht auf dem Hintern zu landen. Es war nicht so schlimm wie das Eis am Anfang des Fegefeuers, trotzdem hätte ich mich mit festem Boden unter den Füßen wohler gefühlt. Bei jedem Schritt schlitterte ich ein wenig weiter, als geplant, aber ich riss mich zusammen, starrte auf meine Füße und drückte bei jeder Bewegung mein Gewicht nach unten. In Zeiten wie diesen bereute ich es, mir nicht jeden Tag einen Becher Eis in den Rachen gestopft zu haben. Wenn ich mehr wiegen würde, hätte ich es nun leichter.

»Wohin?«, wollte Elijah wissen und blickte sich desorientiert um.

Es war immer noch stockdunkel. Jede Richtung sah gleich aus. Verdammt! Dazu hatte der Teufel nichts gesagt. Wohin mussten wir? Frustriert fuhr ich mir mit der Hand übers Gesicht und dachte angestrengt darüber nach, ob mein Traum mir helfen könnte. Hatte ich etwas übersehen? Oder nicht genug zugehört? Nein. Das konnte es nicht sein. Elijahs Dad hatte sich nicht dazu geäußert. Aber wie konnte er dann glauben, dass wir Silvania in Kürze finden würden? Es war zum Haareraufen. Schlussendlich blieb mir nichts anderes übrig, als auf mein Bauchgefühl zu hören und mich zu entscheiden.

Aus einer Richtung kam der Wind, der unaufhörlich wütete, weshalb ich diesen Weg ausschloss. Die Entführer hätten es nie gegen die Stürme geschafft. Wenn ich mich weiterdrehte, sah ich keinen richtigen Pfad, nicht einmal einen festen Grund. Dort gab es kleine Hügel, die als Stolperfallen dienten und insgesamt immer weiter nach oben führten. Der Aufstieg war ohne passende Ausrüstung geradezu unmöglich.

Blieben noch zwei weitere Möglichkeiten. Doch diese unterschieden sich nicht voneinander. Kalt, feucht, windig, kein Licht – damit konnte man sie am besten beschreiben. Am liebsten hätte ich mich zu Elijah gedreht und ihn gefragt, welchen er nehmen würde. Ich ließ mein Bauchgefühl entscheiden. Wir verloren kostbare Zeit. Ich war nicht gewillt, länger zu warten. Der Teufel wollte, dass wir Erfolg hatten. Er würde eingreifen, wenn wir etwas Falsches täten. Und wenn nicht, musste ich mit dieser Entscheidung leben.

Oder sterben. Je nachdem, was sich hinter dem Pfad versteckte.

»Da entlang«, verkündete ich entschieden, stieß mich von der Mauer ab und ging auf wackeligen Beinen los, bis Elijah mich von hinten an der Schulter festhielt.

»Aus der Richtung sind wir gekommen«, widersprach er und ich stellte mit Erschrecken fest, dass er Recht hatte.

Vor wenigen Stunden waren wir diesen Weg hochgehechtet, um Schutz in der Höhle zu suchen, weil uns sonst der Wind mitgerissen hätte. Aber war vielleicht das unser Problem gewesen? Wir waren gehetzt, mussten unsere Leben retten, aber hatten uns nicht um die Umgebung gekümmert. Selbst wenn Silvania irgendwo an einen Baum gekettet gewesen wäre, hätten wir sie überhaupt gesehen?

»Trotzdem«, beharrte ich, strich mir mit dem Handrücken die Stirnfransen aus dem Gesicht und schüttelte Elijahs Finger ab. »Das ist der richtige Weg.«

Ich wusste nicht, weshalb ich mir plötzlich so sicher war.

»Das ergibt keinen Sinn. Wenn dort etwas gewesen wäre, dann hätten wir das gesehen.« Elijah schüttelte den Kopf, stellte sich neben mich und versuchte zu ergründen, was in mir vorging. Zumindest sah er so aus, als würde er meine Gesichtszüge studieren.

Ob er mich für verrückt hielt? Dachte er, ich hätte den Verstand verloren? Und wenn ja, wer könnte es mir verübeln? Wir waren irgendwo im nirgendwo. Kein Essen, kein Wasser und jede Menge Kälte. Dass ich noch in der Lage war, klar zu denken, grenzte an ein Wunder.

»Eigentlich ergibt das sogar Sinn. Durch den Regen hätten wir beinahe die Höhle übersehen. Was ist, wenn wir bereits an einem Unterschlupf vorbeigelaufen sind? Außerdem hätten die Entführer weitere Tote riskiert, wenn sie tiefer ins Fegefeuer gegangen wären. Es ist erstaunlich, dass sie es mit den Opfern bis hierher geschafft haben.«

Als würde das reichen, um ihn umzustimmen, marschierte ich los. Elijah folgte mir. Schon nach wenigen Metern fror ich wieder, doch die unmenschliche Angst, die mich das erste Mal auf diesem Weg befallen hatte, war verschwunden. Erfrieren würde ich an diesem Ort auf keinen Fall. Da war ich mir inzwischen sicher. Es wäre zu einfach. Stattdessen würden mich Engel foltern, wenn sie mich in die Finger bekämen, Entführer würden mich töten oder irgendwelche Monster mich zerfleischen. Da war die Kälte mein kleinstes Problem. Oder der glatte Weg, obwohl er lästig war. Und als hätte ich es geahnt, setzte ich meinen Fuß an eine falsche Stelle, rutschte aus und knallte mit den Schienbeinen voran auf den Grund.

»Verdammt«, fluchte ich und begutachtete meine Knie.

Die Hose war leicht eingerissen und vereinzelt sah ich Blut, jedoch nicht viel. Eine Schürfwunde. Sie brannte höllisch, war aber nicht gefährlich. Gerade als ich mich aufrichten und weitergehen wollte, verlor ich das Gefühl in den Armen und meine Ellbogen brachen unter mir weg, sodass ich erneut zu Boden sank. Ich hatte nur einen kurzen Blick erhascht, aber es hatte gereicht, um die blauen Haare zu erkennen. Hier lag etwas. Nicht etwas, *jemand*.

»Elijah? Ist das ...«, flüsterte ich, während mir Tränen in die Augen schossen.

Nein! NEIN! Das konnte nicht sein. Das durfte es nicht. Aber ich traute mich nicht, genauer hinzusehen. Es reichte mir, das Logo der Akademie auf ihrer Kleidung zu sehen und die Haarfarbe, die nur wenigen Mädchen wirklich stand.

»Nein! Das ist sie nicht.«

Seine Antwort kam schnell. Zu schnell. Er hatte sie sich noch nicht einmal angesehen. Das konnte er in dem kurzen Augenblick gar nicht. Trotzdem wollte ich ihm glauben. Einfach, weil es das Ende wäre. Nicht nur für Silvania, sondern auch für mich.

Ich hatte mich nicht auf den Fall vorbereitet, sie tot zu finden. Hatte mir nicht einmal Gedanken darüber gemacht. Für mich war die ganze Zeit über klar gewesen, dass sie noch lebte und wir sie zurückbringen würden. Aber was war, wenn ich damit falschlag? Wenn das ihre Leiche wäre, würden Elijah und ich dann weitermachen und nach den anderen suchen oder würden wir mit leeren Händen zurückkehren und hätten unsere Leben umsonst in Gefahr gebracht?

Mein Herzschlag beschleunigte sich und jeder Atemzug wurde zum Kraftakt, als ich spürte, wie die Panik von mir Besitz ergriff. In meiner Hysterie bemerkte ich kaum, wie Elijah sich über die Leiche beugte und sie umdrehte, sodass er ihr Gesicht begutachten konnte. Ich war damit beschäftigt, meine Hände am Zittern zu hindern und die Vorstellungen zu unterdrücken, die sich mein Gehirn zusammenspann. Silvanias Kopf im Maul eines Höllenhundes. Ihr Körper, der von den Zähnen der Seeungeheuer durchlöchert wurde. Einer ihrer Finger, der aufgrund der Kälte abbrach. Oder etwas Banales wie ein Entführer, der ihr ein Messer in die Brust rammte, weil sie zur falschen Zeit den Mund aufmachte.

»Sie ist es nicht«, wiederholte Elijah mit Nachdruck, kam zu mir und nahm mein Gesicht in die Hand, sodass ich zu ihm aufsehen musste. »Sie sieht ihr ähnlich, aber sie ist es nicht.«

Wie durch einen Nebel drangen seine Worte zu mir durch, doch es reichte, damit ich zur Leiche sah und sie eingehender betrachtete. Die Augen des Mädchens waren geöffnet, ihr Haar hatte mehr Ähnlichkeit mit einem Vogelnest als mit einer Frisur und ihr Körper war stellenweise von gefrorenem Wasser bedeckt, das ihre Haut glitzern ließ. *Lebender Eiszapfen* war das Erste, das mir dazu einfiel. Ihre Kleidung war unversehrt, wenn man von dem Saum absah, der begann, sich aufzulösen. Es war kein Blut zu sehen.

Hatte man sie einfach im nassen Sturm abgelegt und ihrem Schicksal überlassen? Es war traurig. Die junge Frau hätte ihr Leben noch vor sich gehabt. Dennoch konnte ich nicht verhindern, dass mich Erleichterung durchflutete. Es war nicht Silvania. Elijah hatte Recht. Das Gesicht der Toten war breiter, ihre Stirn höher und die Augen größer als die meiner Freundin. Ich war unendlich froh und fühlte mich gleichzeitig schlecht. Ich war ein Monster. Wie konnte ich glücklich darüber sein, dass ein Mädchen, das kaum älter sein konnte als ich, gestorben war?

»Teufel sei Dank!«, schluchzte ich, richtete mich auf und biss mir auf die Unterlippe, damit der Schmerz die Trauer vertrieb und die Tränen versiegten.

So standen wir uns gegenüber. Elijahs Hände umfassten immer noch mein Kinn und er wischte mir mit dem Daumen einen Tropfen vom Wangenknochen. Seine Augen glitzerten und er leckte sich über die Lippen. Er lächelte. Auch wenn es nicht zur Situation passte, beruhigte es mich und meinen Puls.

»Hast du dich verletzt?«, erkundigte er sich und fuhr mit dem Daumen über meine Oberlippe.

Meinem Instinkt folgend küsste ich die Fingerkuppe und lehnte mich ihm entgegen. Seine Wärme hüllte mich ein und verjagte für einen Augenblick die Kälte, die sich in mir eingenistet hatte. Es war nicht Silvania. Aber eine Garantie dafür, dass sie noch lebte, gab es ebenfalls nicht.

»Ist nicht schlimm«, wisperte ich in der Hoffnung, die düsteren Gedanken zu vertreiben.

Ich fühlte zwar noch das Kribbeln am Knie und durch das Loch in meiner Hose drang die kalte Luft, aber es tat nicht weh.

»Dem Teufel sei Dank!«, wiederholte er meine Worte und brachte mich zum Schmunzeln, als er eine Grimasse riss. Es musste eigenartig für ihn sein, so von seinem Dad zu sprechen. Jetzt verstand ich endlich, warum er sich auch im Unterricht nie die Mühe gemacht hatte, mitzuarbeiten. Er wusste alles, was es über die Hölle zu wissen gab. Wie schlimm musste es für ihn sein, wenn wir Gerüchte über seinen Dad breitgetreten oder den Führungsstil der Hölle kritisiert hatten?

»Der Teufel hat damit nichts zu tun«, mischte sich eine fremde Stimme ein, riss mich aus dem Moment und ließ mich zusammenzucken. Meine Mundwinkel zogen sich selbstständig nach unten und Elijah ließ mich los, um mich hinter sich zu ziehen. »Zumindest nicht der, den ihr meint.«

Mitten aus dem Nichts war ein junger Mann aufgetaucht und beäugte uns mit einem Grinsen, das mir Angst machte. Sein schwarzes Haar lag wie abgeschleckt über dem eierförmigen Kopf. Er trug einen Anzug. Schwarzes Sakko, weißes Hemd. Und eine Krawatte, die die Farbe von Blut hatte. Geschmacklos. Und unpassend für diesen Ort. Neben ihm im Boden war eine lange Stange eingelassen, in die er eine Fackel steckte, sodass seine Silhouette beleuchtet wurde.

»Wer bist du?«, schrie ich und krallte mich an Elijahs Hand fest.

Ich wollte ihn daran hindern, loszustürmen, um uns vor dem Neuankömmling zu verteidigen. Ich konnte seinen Drang verstehen. Von dem Typen ging eine dunkle Aura aus, die in mir den Wunsch aufkommen ließ, wegzulaufen. Noch stand nicht fest, ob er wirklich gefährlich war. Vielleicht wusste er mehr und konnte uns helfen, Silvania zu finden. Trotzdem ging ich einen Schritt zurück und zog Elijah mit mir. Sollte es zum Kampf kommen, würden wir den zusätzlichen Platz gut gebrauchen können, auch wenn es unwahrscheinlich war, dass unser Gegenüber uns angreifen würde, solange er in der Unterzahl war.

»Die Frage ist doch eher, wen du mitgebracht hast, Teufelssohn, und warum du hier bist«, schnarrte der Anzugträger und sah auf die Leiche, die neben uns lag. Sein Blick löste in mir das Gefühl aus, mich übergeben zu müssen. Ekel stand ihm ins Gesicht geschrieben, als würde er ein geschlachtetes Schwein ansehen und kein Mädchen, das elendig erfroren war. Wo war sein Mitgefühl? »Du hast hier nichts zu suchen.«

»Ach, aber du? Ein Teufelsanwärter im Fegefeuer. Ich kann mich nicht daran erinnern, dass Dad das erlaubt hätte«, entgegnete Elijah mit gefletschten Zähnen und spiegelte das Verhalten des Störenfrieds wider.

Er war auf Angriff aus, auf Kampf. Und in mir schwand die Hoffnung, dass wir nützliche Informationen von ihm erhalten würden. Der Typ wusste, wer Elijah war, und war offensichtlich nicht gut auf ihn zu sprechen. Ob es uns einen taktischen Vorteil bot, wenn wir die Plätze tauschten? Sicher, ich wusste nicht, welche Kräfte ich bekommen hatte, um auf Elijah aufzupassen, aber mich schien der Mann nicht so sehr zu hassen. Vielleicht würde uns das Zeit verschaffen, um zu überlegen, was wir als Nächstes tun könnten.

»Es interessiert mich nicht, was dein Alter dazu zu sagen hat. Niemanden von uns kümmert noch seine Meinung.«

Um seine Worte zu unterstreichen, hob er die Arme und hinter ihm kamen mehrere Gestalten zum Vorschein. Zuerst zwei, dann vier, bis sie am Ende zu neunt vor uns standen und uns misstrauisch beäugten. Das war es mit unserem Vorteil. Sie waren in der Überzahl.

»Wie bitte?«, zischte ich ungläubig und verschluckte mich beinahe an meiner eigenen Spucke.

Das konnte nicht sein Ernst sein. Ich musste mich verhört haben, richtig? Niemand wagte es, am Teufel zu zweifeln. Nicht so. Wie konnte er nur? Hatte er keinen Respekt? Selbst in meiner Situation – und ich hätte genug Gründe, um dem Teufel den Rücken zuzukehren – hatte ich nicht einmal darüber nachgedacht.

»Er ist zu alt geworden, um über die Hölle zu herrschen. Zu weich und emotional«, meldete sich eine weitere Stimme zu Wort und ich riss überrascht die Augen auf. Rot lackierte Fingernägel, langes dunkles Haar. Das Kleid war einem Jumpsuit gewichen, aber sie war es. Da gab es keinen Zweifel. Elijahs Sexualpartnerinnen waren überall. »Plötzlich sollen Dämonen und Teufelsanwärter gleichgestellt sein und wir alle dienen dem höheren Wohl, womit wir nicht besser sind als die Engel, die sich um das Gleichgewicht der Welt kümmern.« Sie trat aus der Reihe und stellte sich neben den Anzugträger, als würden sie zusammengehören, doch sie berührten sich nicht. Die beiden schienen sogar die Nähe des anderen zu meiden. Als wäre eine unsichtbare Wand zwischen ihnen aufgebaut, die niemand übertreten durfte. »Es wird Zeit für eine neue Ära. Eine, in der die Stärksten regieren.«

Wie aufs Stichwort kamen zwei weitere Männer hinter den Verrückten hervor. Mein Atem stockte. Ich schluckte. Mein Herz setzte einen Schlag aus. Sie waren nicht allein. Gewaltsam rissen sie an drei Körpern, die sich trotz verbundener Hände zur Wehr setzten und um sich schlugen. Die Vermissten. Silvania! Diesmal war sie es wirklich. Jemand hatte ihre Haare abgeschnitten und in ihrem Gesicht klebte getrocknetes Blut, das aus ihrer Nase gelaufen war, aber sie war es.

»Und wer sind die Stärksten?«, brüllte Elijah und ich fühlte, wie sich seine Haut unter meinen Fingerspitzen erwärmte. Auch ihn schien der Anblick, der sich ihm bot, wütend zu machen. Silvania wurde von einem Mann zu Boden geschlagen, sodass sie auf die Knie fiel. Ihr Kopf wurde an den Haaren gewaltsam zurückgerissen. Sie stöhnte vor Schmerz und bewegte ihn hektisch, um sich loszureißen. Ohne Erfolg. Auch ihre Mitstreiter bemühten sich. Ich kannte keinen von ihnen. Sie waren alle jünger oder älter als ich. Niemand außer Sil schien in meiner Klasse zu sein. Sie hatten alle unterschiedliche Haarfarben, waren nicht gleich groß und wiesen auch sonst keine gemeinsamen Merkmale auf, bis auf ihre Augen, in denen ein müder Ausdruck lag. Doch sie hatten Kampfgeist.

Einer von ihnen biss seinem Entführer sogar in die Hand, wofür er einen weiteren Schlag kassierte, allerdings schaffte es niemand, sich zu befreien. Der Anzugträger grinste hinterhältig, als er den Hass sah, der sich auf unseren Mienen abzeichnete. Und dann wurde es mir klar. Das war geplant.

Es konnte kein Zufall sein. Sie hatten damit gerechnet, dass wir kommen würden. Diese Bastarde hatten uns beobachtet und auf den richtigen Moment gewartet, um uns zu überraschen. All das war inszeniert.

Gleichzeitig verrieten sie uns vieles, was sie nicht bedacht hatten. Niemand von ihnen trug wintergerechte Kleidung, das hieß, dass sie mehr Fackeln in ihrer Höhle gebunkert hatten, die sie und die Gefangenen warmhielten. Also war die Erfrorene, deren Leiche wir gefunden hatten, mit Absicht der Kälte ausgesetzt worden. Außerdem schien niemandem kalt zu sein. Keiner zitterte oder hatte gerötete Finger, weshalb die Höhle nicht weit entfernt sein dürfte. Aber warum das alles? Wieso die Entführung und diese Show? In meinen Gedanken häuften sich die Fragen und die Antworten schienen zum Greifen nah, doch ich kam einfach nicht darauf.

»Das wird sich noch zeigen«, meinte der Anzugträger und lachte gehässig, als einer der Vermissten erneut eine Ohrfeige bekam, weil er in die Richtung des Grobians spuckte, der ihn festhielt. »Aurelio! Nicht so brutal.«

Die Zurechtweisung war halbherzig und wurde nicht ernstgenommen. Aurelio trat wieder auf sein Opfer ein, dessen Blick abwesend wurde, als die Stirn aufplatzte und Blut zum Vorschein trat. Elijahs frühere Bettgefährtin kicherte. Der Ton war zu laut und löste in mir den Drang aus, mir die Ohren zuzuhalten. Dessen ungeachtet erkannte ich die Wehmut in ihrer gekünstelten Fröhlichkeit, als sie zu Elijah schaute, der sie nicht beachtete.

»Du meinst, dass wir sehen werden, von welcher Rasse am Ende noch am meisten leben, wenn der Krieg, den ihr mit eurem Tun auslöst, vorbei ist«, überlegte ich laut und starrte Silvania an, die meinen Blick suchte.

Schmerz flackerte in ihren Augen auf.

»Es tut mir leid«, formte sie mit den Lippen, aber ich erkannte es dennoch.

Doch es gab nichts zu verzeihen. Ich verstand sie. Besser denn je. Wenn ich an ihrer Stelle gewesen wäre, hätte ich es auch so gemacht. Sie liebte Nik, daran hatte ich keine Zweifel mehr. Und mir war klar, dass sie alles getan hätte, um ihre Beziehung vor äußeren Einflüssen zu schützen.

»Was?« Elijah drehte sich zu mir um, sodass ich seinen Arm loslassen musste und er meinen Blickkontakt mit Silvania unterbrach. Unverständnis war in seiner Miene abzulesen. Er hatte es noch nicht begriffen, mir war es allerdings inzwischen klar geworden.

»Deine kleine Schlampe ist also nicht nur gut aussehend. Richtig erkannt, Miss Neunmalklug«, lobte mich der Anzugträger und schenkte mir ein anzügliches Grinsen. Ekelhaft.

»Wovon redet er?«, fragte Elijah und sah zwischen mir und dem Widerling hin und her.

Eine Falte hatte sich auf seiner Stirn gebildet und von seinen Händen stiegen Dampfschwaden auf. Er war wütend, doch seine Gefühle blendeten ihn, sodass er das große Ganze nicht erkennen konnte.

»Sie wollen einen Krieg auslösen«, erklärte ich zwischen zusammengebissenen Zähnen. Ich wandte den Blick von Elijah ab und starrte den Anzugträger an, um keine seiner Reaktionen zu verpassen. Obwohl ich im tiefsten Innern schon wusste, dass es stimmte, hoffte ich, dass der Widerling mich aufgrund meiner blühenden Fantasie auslachte. »Zwischen Dämonen und Teufelsanwärtern. Deshalb nahmen sie die Opfer mit. Sie hätten nach und nach immer wieder einen Toten in der Akademie abgeladen und so Misstrauen unter den Schülern gesät, bis wir uns gegen euch gewandt hätten und umgekehrt.«

»Das hätte nie funktioniert«, hielt Elijah dagegen, dessen Pupillen mit jeder Sekunde größer wurden. Als wollte er es nicht wahrhaben, schüttelte er den Kopf. Er log. Es hätte funktioniert. Natürlich hätte es das. Weniger hatte gereicht, damit er und ich uns gegenseitig das Leben schwer gemacht hatten.

»Ach echt? Gerade du behauptest, du hättest keinen Dämon verdächtigt, wenn plötzlich ein paar ermordete Teufelsanwärter aufgetaucht wären?«, sprach der Anzugträger meine Bedenken laut aus. »Du hättest ihnen Eifersucht unterstellt, weil sie weniger Verantwortung bekommen oder sich nicht genug wertgeschätzt fühlen. Der Fall wäre für dich glasklar gewesen.«

»Das ist Irrsinn.« Elijah verzog gepeinigt das Gesicht, als ich ihn wieder ansah.

Auch er hatte die Aufmerksamkeit auf mich gerichtet und der Blick schien mir entgegen zu schreien, dass ich nicht wütend auf ihn sein sollte und dass es ihm leidtat. Aber auch hier gab es nichts zu verzeihen. Ich war genauso gewesen, hatte mich von meinen Ängsten und dem Zorn leiten lassen.

»Nein, ist es nicht. Es ist die Wahrheit.« Mein Ton klang endgültig. Und traurig. Aber es stimmte. Damals hätten wir uns gegenseitig die Schuld zugeschoben, bis niemand mehr dem anderen vertraut hätte. Und irgendwann wären aus den Beleidigungen Handgreiflichkeiten geworden, bis jemand zum Messer gegriffen hätte.

»Früher mag das so gewesen sein, aber jetzt ist es anders«, entkräftete Elijah, verschlang seine Hand mit meiner und bat mich stumm, ihn nicht wegzustoßen. Daran dachte ich auch nicht. Wir mussten zusammenstehen, ein Team sein, wenn wir das Fegefeuer lebend verlassen wollten. Danach konnte ich immer noch überlegen, ob ich ihm seine Lügen vergeben konnte.

»Nichts hat sich verändert«, kreischte Elijahs One-Night-Stand, um den Moment zu unterbrechen. »Die Rassen sind nicht dazu geschaffen, einander zu vertrauen und sich den Rücken zu stärken. Das ist wider die Natur. Es heißt jeder gegen jeden.«

Immer lauter schrie sie, während sie sich in Bewegung setzte und auf uns zukam. Keinen Meter entfernt blieb sie stehen und zog ein Messer hervor, von dem ich gar nicht wissen wollte, wo sie es versteckt hatte. Obwohl ich sie gestern als schön betitelt hatte, fand ich nun nichts Hübsches mehr an ihr. Das Gesicht zu einer hässlichen Fratze verzogen, hielt sie arrogant das Kinn gereckt. Ihre Haut wirkte fahl und hatte das glückliche Strahlen verloren, ihre Augen waren hasserfüllt.

Elijah drückte meine Hand, um mir Mut zu machen, aber ich bekam es kaum mit. Zu sehr war ich in das Antlitz der Schwarzhaarigen vertieft, das mich erschreckend an das im Brunnen lebende Mädchen aus einem Horrorfilm erinnerte. Auch sie hatte langes, dunkles Haar gehabt, das über ihr Gesicht fiel und ihr die Sicht nahm, sie war blass und Gefahr ging von ihr aus. Die Gestalt hatte ihre Opfer gejagt und sie gezwungen, an ihrem Schmerz teilzuhaben. So wirkte auch unsere Angreiferin auf mich. Dieses Biest wollte, dass es allen anderen auch schlecht ging, weil sie litt. Sie wollte raus aus dieser Welt, in der sie keinen Anschluss fand. Ob sie schon länger in die Sache verwickelt war? Oder hatte sie sich erst nach der Schmach, von Elijah gedemütigt und sitzengelassen worden zu sein, dazu entschlossen, die Welt ins Chaos zu stürzen?

»Und deshalb arbeitest du auch mit Teufelsanwärtern zusammen, um einen Krieg anzuzetteln? Dir ist klar, wie das klingt?«, konterte ich und erwiderte Elijahs Händedruck, um ihm zu zeigen, dass ich zu ihm stehen und ihn unterstützen würde.

Es lief nicht alles glatt zwischen uns, aber auf keinen Fall wollte ich dorthin zurück, wo wir am Anfang gestanden hatten. Ich hatte keine Lust mehr dazu, die Teufelsanwärter zu hassen. Sie verdienten es nicht, genauso wenig wie die Dämonen. Niemand sollte aufgrund seiner Rasse verurteilt werden. Ich hatte lange genug gebraucht, das zu verstehen, und ich wollte es mir nicht von irgendwelchen zurückgebliebenen Mitschülern kaputtmachen lassen. Wir alle waren Lebewesen und davon gab es gute und schlechte Exemplare. Und Verdorbene. Zur letzten Kategorie zählte ich die messerschwingende Kamikazebraut, die sich einzubilden schien, dass sie mit einer Klinge gegen Elijah und mich ankam.

»Das ist ein notwendiges Übel. Allein hätten wir es nicht geschafft«, begann sie und holte zu einer langen Erklärung aus, weshalb es unter diesen Umständen vertretbar war, sich mit dem Feind zusammenzuschließen. Aber ich wollte es nicht hören. Sie stellten die Entscheidungen des Teufels infrage, taten aber dasselbe wie er, und erwarteten, dass wir es nachvollziehen konnten? Darauf konnten sie lange warten!

»Aber gemeinsam schon?«, fragte ich und musste ein Grinsen unterdrücken, als ihr die Gesichtszüge entglitten. »Schon mal daran gedacht, dass der Teufel sich dasselbe dachte, als er die Dämonen und Teufelsanwärter in eine Schule gesteckt hat?«

Ich ließ Elijahs Hand los und machte einen halben Schritt nach vorne. Für den Fall der Fälle, dass sie das Messer benutzen wollte. Doch sie spielte lieber damit, als wäre es ein Zahnstocher.

Worauf wartete sie?

»Du musst das verstehen, Elijah. Es wäre alles leichter, wenn ...«, bettelte sie plötzlich.

Ihre Stimme glich dem Schnurren einer Katze und löste bei mir den Wunsch aus, mich zu übergeben. Genervt rollte ich mit den Augen und seufzte gequält, während ich den Rest ihrer Worte ignorierte. Daher wehte also der Wind. Sie war in Elijah verschossen und hoffte immer noch, dass er ihr Recht geben und sich ihnen anschließen würde. Merkte sie nicht, dass er seinem Dad verpflichtet war? Und selbst wenn nicht, war ihre Hoffnung zum Scheitern verurteilt. Würde er ihnen zustimmen, gab er zu, dass er Dämonen hasste und ihnen am liebsten den Tod wünschte. Damit hätte sie ebenfalls keine Chance mehr auf ein Leben mit ihm, ohne irgendwann hinterrücks von ihm ermordet zu werden. Verstand sie das nicht? War sie derart dem Irrsinn erlegen, dass sie keine logischen Schlüsse mehr ziehen konnte?

»Eine Welt ohne Dämonen? Das wäre zu schön, um wahr zu sein, Marissa«, antwortete Elijah hingegen meiner Erwartungen und ich konnte nur mit Müh und Not meinen Mund daran hindern aufzuklappen.

Überrascht riss ich dennoch die Augen auf. Was? Das konnte nicht sein Ernst sein! So viel dazu, dass er mich mochte, mich liebte! Dieser Wichser!

Missmutig beobachtete ich, wie er auf Marissa zuging und ihr einen Kuss auf die Wange hauchte. Er umrundete sie, stellte sich hinter das Miststück und schlang einen Arm um ihre Hüfte. Ich wartete darauf, dass er ihr einen Stoß gab, sodass sie nach vorne auf den Boden fiel. Und ich ersehnte sein gehässiges Lachen, während er ihr sagte, dass sie zum Teufel gehen sollte. Aber nichts geschah. Er blieb einfach stehen und schenkte mir ein sanftes Lächeln, als hätte er mich nicht gerade verraten.

»Du siehst gut aus«, flüsterte er ihr ins Ohr.

Ich stand nah genug, um es hören zu können. Tränen schossen mir in die Augen, doch ich wollte mir nicht die Blöße geben und zu heulen beginnen. Schlimm genug, dass ich nun allein dastand und einen Weg finden musste, um mit Silvania hier wegzukommen. Er war ein Lügner. Wie hatte ich daran zweifeln können? Hatte ich wirklich geglaubt, dass er mich mögen könnte?

»Und du hast richtig gehandelt. So darf es mit der Hölle nicht weitergehen. All die Beziehungen zwischen Dämonen und Teufelsanwärtern. Freundschaften, Liebesspiele, Geschäftsvereinbarungen – widerlich. Ich bin froh, dass du die Ausnahme bildest, Marissa.« Seine Stimme nahm einen lasziven Unterton an, der mir eine Gänsehaut bescherte, obwohl er nicht für mich bestimmt war. »Du bist doch *anders*, oder? Du siehst, dass der Teufel nach vielen Jahrhunderten müde geworden ist. Seine Bestrafungen sind nicht mehr so hart, in der Menschenwelt verbreitet er kaum Angst und Schrecken. Die wenigsten glauben noch daran, dass es ihn überhaupt gibt.«

Elijah fuhr mit den Fingern Marissas Schlüsselbein nach und ihre Arme entlang. Sie erschauderte, lehnte sich an ihn und stöhnte. Ihr Kopf fiel entspannt nach hinten und sie schloss die Augen, um den Klang von Elijahs Worten zu lauschen. Jeder wohlige Ton aus ihrem Mund rammte sich wie ein Pfeil in mein Herz.

»Aber weißt du was, Marissa? Er muss auch nicht mehr so grausam sein, hat es nicht nötig, sich so zu verhalten wie an dem Tag, an dem er in die Hölle verbannt wurde. Dafür hat er mich.« Seine Stimme schnitt durch die Stille. Kalt und hart. Der verführerische Ton wich einem Meer aus Zorn und Hass. Und es dauerte einen Augenblick, bis ich realisierte, was er gesagt hatte, nur um ihn anschließend verständnislos anzusehen.

›Was?‹ Ich dachte, er wäre auf ihrer Seite. Hatte ich mich getäuscht? Ich studierte Elijahs Gesicht, versuchte, ein Indiz dafür zu finden, was er dachte. Doch da war nichts. Sein Blick war starr und konzentriert.

Während auch Marissa die Änderungen bemerkte und die Augen aufriss, schlug Elijah ihr das Messer aus der Hand, trat ihr in die Kniekehlen und zog den Kopf des Miststücks an den Haaren zurück, sodass sie in die gleiche Position gezwungen wurde wie die Gefangenen. Dann fiel es mir wie Schuppen von den Augen. Natürlich. Es war nur gespielt gewesen. Er hatte näher zu ihr gemusst, um ihr die Waffe zu entreißen. Sie wurde vor meine Füße geworfen. Marissa keuchte vor Schmerz auf und sie suchte verzweifelt nach Elijahs Blick, der ihr jedoch aufgrund ihrer Position verwehrt blieb.

»Was zum«, fluchte sie, doch Elijah hielt ihr den Mund zu.

Dankbar blinzelte ich die Tränen weg, griff nach der Klinge vor mir und ging die wenigen Schritte auf die beiden zu, um Elijah vor möglichen Angriffen von Marissas Anhängern zu schützen, die die Szene gebannt verfolgten. Fassungslosigkeit zeichnete sich auf ihren Mienen ab, gefolgt von blinder Wut. Aber keiner eilte Marissa zur Hilfe. Niemand schrie, um sie zu warnen. Als wäre es für sie in Ordnung, dass sie sich in Gefahr begab. Wir hätten ihr im Bruchteil einer Sekunde die Kehle aufschlitzen können und keiner hätte uns aufgehalten.

»Du hast genug gesagt, dumme Göre. Heul dich bei jemand anderem aus. Bei mir hast du schlechte Karten. In der Hölle haben wir etwas, von dem du vermutlich noch nie etwas gehört hast: Ehre. Denk das nächste Mal daran, bevor du Dad verunglimpfst, der jahrhundertelang die schlimmsten Verbrecher der Menschheit richtete.«

Mit Absicht zog Elijah fester an Marissas Haarschopf, woraufhin ihr eine Träne aus dem Augenwinkel lief. Ihr Körper verspannte sich und sie wollte, sich gegen den Griff zur Wehr setzen. Elijah war stärker als sie.

»Und wenigstens musste der Teufel sich nicht mit Engeln zusammenschließen, um etwas zu erreichen«, trat ich verbal nach, als Marissa am Boden lag.

Ich lächelte Elijah an, der dies mit einem Grinsen erwiderte. Erleichterung befiel mich und meine Muskeln lockerten sich. Ich hatte nicht bemerkt, dass ich mich versteift hatte. Mein Rückgrat knackste, als sich meine Wirbelsäule entspannte.

»Alles gut bei dir? Du siehst blass aus«, sagte Elijah, als meine Mundwinkel wieder nach unten wanderten.

Obwohl die Erkenntnis, dass Elijah nichts von seinen Worten ernst gemeint hatte, mich durchflutete, blieb ein fahler Nachgeschmack in meinem Mund. Ohne näher darüber nachzudenken hatte ich ihm unterstellt, dass er mich hinterging. Keine Sekunde hatte ich gezögert und meinen Kopf benutzt. Dabei wollte er mich beschützen, mich retten. Wie konnte ich nur? Ich fühlte mich furchtbar. Und hatte es auch nicht anders verdient.

»Ich dachte, du ...«, gab ich zu und atmete tief durch, weil ich nicht wusste, was ich sagen sollte.

Er hatte mir gestanden, dass er mich liebte. Noch nie hatte Elijah zu einem Mädchen diese magischen Worte gesagt, auch wenn viele wie Marissa hart daran gearbeitet hatten, sie zu hören. Und ich? Ich tat so, als wäre es nichts Besonderes. Schlimmer noch: Als wäre es ein Verbrechen. Dabei wusste ich genau, wie es war, wenn tausende Schmetterlinge Magenschmerzen bereiteten, weil das Kribbeln so stark war.

»Niemals«, sagte er fest und klang dabei so endgültig, dass mein Herz zu flattern begann.

Ein Wort. Doch es hörte sich wie ein seitenlanges Versprechen an. Eine Zusicherung dafür, dass er immer das Beste für mich wollte und alles tun würde, damit ich es auch bekam.

»Das sagst gerade du? Du bist doch schuld an allem, Valla! Hätte dein Dad seinen Schwanz in der Hose behalten, hätten wir das Problem gar nicht«, schnauzte mich der Anzugträger an und knurrte, als wäre er ein Hund, der mich beißen wollte.

Ich ignorierte die Aggression, die er mir entgegenbrachte, und zog irritiert die Augenbrauen zusammen. Was hatte mein Dad damit zu tun? Oder hatte er Elijah gemeint? Wieso bohrte sich sein Blick in meinen?

»Was?«, zischte Elijah und lachte freudlos. »Verlierst du gerade den Verstand? Wovon redest du?«

Ich hörte Marissa wimmern, als Elijah fester zudrückte, bevor er sie nach oben zog und von uns wegschleuderte, sodass sie einem Meter von uns entfernt liegenblieb. Mit Tränen in den Augen sah sie zu Elijah auf, bevor sie sich aufrappelte und ihre Kleider zurechtzupfte. Ich beobachtete, wie sie schluckte, während sie sich umdrehte und zum Anzugträger zurücklief.

»Sie weiß es nicht«, mischte sich Aurelio ein und lockerte den Griff in Silvanias Haar. »Erstaunlich.«

Fasziniert starrte er mich an, während er gegen den Rücken meiner Freundin trat, die wie ein steifes Brett mit einem dumpfen Ton auf den Boden knallte und liegen blieb.

»Silvania!«, schrie ich, doch meine Worte gingen in Aurelios Lachen unter.

Silvanias Brustkorb hob und senkte sich, doch sie bewegte sich nicht. Ängstlich wollte ich auf sie zugehen und an ihr rütteln, aber Elijah hielt mich zurück. Was war, wenn sie Hilfe brauchte? Der Sturz war hart gewesen. Vielleicht hatte sie sich etwas gebrochen. Eine Rippe oder zwei, die nun in ihren Lungenflügel stachen und ihr das Atmen erschwerten. Verstand er nicht, dass ich zu ihr musste? Gleichzeitig konnte ich ihm nicht böse sein. Für ihn musste es wirken, als würde ich mich mit Absicht in potenzielle Gefahr begeben. Wer wusste schon, ob Marissa die Einzige war, die an eine Waffe gedacht hatte?

»Haben sie es doch tatsächlich geschafft, dass nicht einmal sie selbst weiß, was für eine Missgeburt sie ist.« Aurelio stieg über Silvania, als wäre sie eine vergammelte Bananenschale und legte den Kopf schief. Erneut lachte er, diesmal löste der Ton jedoch ein Rauschen in meinen Ohren aus.

Was war hier los? Irgendetwas stimmte nicht. Das war nicht der höhnische, ignorierende Blick, den mir meine Mitschüler sonst zuwarfen. Er wirkte auch nicht arrogant oder gefährlich. Sondern eher als würde er mich am liebsten aufschneiden und mein Innerstes betrachten.

»Wie hast du sie gerade genannt?«, zischte Elijah und verengte die Augen zu Schlitzen.

Seine Finger wurden heiß und die Stelle, an der er mich berührte, schmerzte. Es fühlte sich an, als würde die Haut in Salzsäure baden. Zuerst war es nur ein Kribbeln, gefolgt von einem Stechen, woraufhin der Schmerz in meinem Ellbogen explodierte und sich über den Arm ausbreitete.

»Elijah«, keuchte ich und biss mir auf die Unterlippen, um einen gequälten Schrei zu unterdrücken.

Es tat weh. Ich hatte das Gefühl zu brennen. Und es stank nach versengtem Fleisch. In der nächsten Sekunde war es jedoch vorbei. Elijahs Hand löste sich von meiner Haut und die kühle Luft verschaffte der Verbrennung Linderung.

»Ich ... Ich wollte nicht ...«, stotterte Elijah atemlos, wurde aber von Marissa unterbrochen, bevor er sich entschuldigen konnte. Trotzdem sah ich das Leid in seinen Augen, als er auf die gerötete Stelle schaute, die mein Fleisch umspannte.

»Eine Missgeburt! Und das ist sie auch. Dass sie überhaupt in der Hölle sein darf, ist eine Zumutung für uns alle. Und Moment mal! Was meinst du damit? Wir haben keine Engel mit ins Boot geholt. Wir würden niemals mit denen arbeiten.«

Sprach sie von mir? Was hatte ich getan? Hass war ich gewohnt und seit Neuestem konnte ich auch gut damit umgehen. Allerdings war ich noch nie derart verunglimpft und offen angefeindet worden. Und das alles, weil ich nicht gut genug auf einen blöden Stein aufgepasst hatte? Was stellten die sich so an? Elijah hatte ihn ja wiederbekommen!

Noch während ich mich fragte, was in den Köpfen unserer Gegner vorging, hörte ich einen Knall. Ein Schuss. Eine Kugel, die an mir vorbeizog. Haarscharf. Ich fühlte den Wind, den sie erzeugte, und sah, wie sich Marissas Pupillen weiteten. Das breite Grinsen in ihrem Gesicht erstarrte. Ihr Blick wurde ausdruckslos. Ein einzelner Tropfen Blut floss aus der Wunde und lief ihre Nase entlang. Ihr Körper wurde steif und sie ging, wie Silvania zuvor, zu Boden. Bei ihr wusste ich, noch bevor sie den Grund berührte, dass sie nicht mehr aufstehen würde. Silvania hatte sich in der Zwischenzeit geregt und aufgerichtet. Noch immer war sie gefesselt, aber niemand achtete wirklich auf sie. Zu sehr wurden alle von den Neuankömmlingen abgelenkt, die einen großen Schatten auf Elijah und mich warfen. Ich sah die Konturen von Schwingen, noch bevor ich das Geräusch der flatternden Flügel vernahm.

»So ein Pech! Und ich dachte, dass wir alle Freunde werden könnten«, brüllte ein Engel über den Platz und lachte, als der Anzugträger auf die Leiche zustürzte.

»Fuck! Marissa! Scheiße, sie atmet nicht mehr.«

Gerne hätte ich geglaubt, dass er wirklich um die Tote trauerte, aber das wäre gelogen gewesen. Seine Hände zitterten, als er ihren Kopf unnatürlich verdrehte, um sich das Loch in ihrer Schädeldecke genauer anzusehen. Sein Adamsapfel sprang nervös auf und ab. Seine Schultern bebten. Er hatte Angst um sein eigenes Leben. Wenn die Pistole Marissa töten konnte, würde er vielleicht der nächste sein. Sein Gesicht wurde bleich, als er zu der selben Erkenntnis gelangte.

»Zurück mit dir!«, herrschte einer der drei Engel ihn an, landete mit einem stumpfen Ton hinter uns und beäugte Elijah, während er an uns vorbeilief. Ob er in ihm eine Gefahr sah? »Schon lustig, diese menschlichen Schusswaffen. Ein Schuss und eine Existenz ist für immer ausradiert. Egal wie mächtig sie sein mag.« Wieder ein Seitenblick auf Elijah. »Aber keine Sorge: Wenn alle das tun, was wir sagen, kann der Großteil von euch mit dem weitermachen, was er gerade tut. Verstanden?«

Er pausierte, sah sich in der Runde um und grinste, als er sich zusammengereimt hatte, was hier los war.

»Wir wollen nur das Mädchen«, verkündete er und schwenkte die Waffe in seiner Hand. Ein Klicken war zu hören und das Geräusch, als würde etwas einrasten. Ich hielt den Atem an. Verdammt! Ich hatte noch nie eine Pistole gesehen. Naja, abgebildet in Büchern, aber niemals in echt. Und ich hätte auch jetzt darauf verzichten können.

»Nur über meine Asche«, reagierte Elijah sofort, während mein Gehirn länger brauchte, um zu verstehen, dass ich mit *das Mädchen* gemeint war. Er zog sein Taschenmesser aus seiner Hosentasche und stellte sich vor mich. Erneut. Schon wieder beschützte er mich, obwohl es umgekehrt hätte sein sollen.

»Das lässt sich einrichten, Teufelssohn. Aber bevor du deine kostbare Existenz und damit den Erben deines Vaters aufs Spiel setzt und mich angreifst, solltest du dich fragen, ob es das wert ist. Ob *sie* es wert ist.«

Die Stimme des Engels hatte einen drohenden Unterton angenommen und der Anzugträger lachte wieder gehässig, als wüsste er, wovon unser Todfeind sprach. Vielleicht war es auch so. Irgendwas entging

Elijah und mir. Aber tief in meinem Inneren versuchte ich, die Hinweise zusammenzuführen. Ohne Erfolg. Wie konnte ich es nicht wissen, wenn es mich betraf? Und warum waren alle scharf darauf, mich tot zu sehen? Was hatte mein Dad getan?

»Ist sie, Arschloch!«, fluchte Elijah, ließ mich los und rannte impulsiv auf den Engel zu.

Er war gnadenlos in der Unterzahl. Drei gegen einen. Und da hatte ich den Anzugträger und seine Schergen noch nicht mitgerechnet. Doch er wollte es mit allen aufnehmen, ohne darüber nachzudenken. Stolz stieg in mir auf, zusammen mit gewaltiger Angst. Aber ich war nicht die Einzige, die sich sorgte. Im Blick des Engels flackerte Unsicherheit auf.

»Bei allem, was mir heilig ist! Ich glaube es nicht, der Teufelssohn ist in den Halbengel verliebt!«, schrie der Engel gehässig und Elijah stockte in der Bewegung.

Mir ging es nicht anders. Mein Herz setzte aus. Einen Schlag. Dann noch einen. Bis es langsam wieder anfing zu pochen. Schneller diesmal als jemals zuvor. Ich verlor die Kontrolle über meinen Körper, über mich selbst. Meine Lippen zitterten, die Knie wackelten unter mir, als wären sie Stelzen und meine Sicht verschwamm. Es wurde dunkel. Meine Gefühle waren wie weggefegt. Ich war leer. Ein Gefäß ohne Inhalt. Nur eine Hülle.

»Was? Liebst du sie etwa nicht?«, höhnte der Engel weiter, hob den Arm und zielte mit der Waffe auf Elijahs Brust. Nicht ernsthaft, eher spielerisch. »Oder spreche ich eine Sprache, die du nicht verstehst, kleiner Teufel? Sie gehört nicht zu euch. Hat sie nie und wird sie nie. Ein Teil von ihr ist unser Eigentum und das holen wir uns jetzt zurück.«

Mit diesen Worten wurde meine Welt in Schutt und Asche gelegt, als hätte es sie nie gegeben. Und mir wurde klar, dass dem auch so war.

Es gab sie nicht.

Genauso wenig wie mich.

Kapitel 9

Elijah

Es fühlte sich an, als würde mein Verstand bersten. Er verfiel in hunderttausende Einzelteile. In Splitter, die so klein waren, dass sie meinen Körper verletzten und mich innerlich verbluten ließen. Physisch blieb ich unversehrt, auch wenn mich unvorstellbare Schmerzen peinigten. *Halbengel.* Das Wort zerschnitt meine Gedanken und ließ ein Schlachtfeld aus Fragen zurück. Vor meinem Auge zogen alle Momente, die ich mit Valla erlebt hatte, vorbei.

Unsere erste Unterhaltung, unser erster Kuss, den Angriff, der erste Streit, gefolgt von unendlich vielen. Gefolgt von Bildern, die nur einzelne Segmente von Augenblicken waren. Valla, wie sie vor dem Meister stand und für Silvania kämpfte. Valla, wie sie in der Höhle meine Brust entlangstrich. Valla, wie sie lächelte. Und dieses Lächeln war es, das mich aus meiner Starre löste. Obwohl Menschen die Engel als die Guten darstellten, waren sie es nicht. Aber an diesem Lächeln war nichts Böses. Wie sollte sie also zu denen gehören, wenn sie so war, wie sie war?

»Das ist doch lächerlich«, sagte ich betont ruhig und ignorierte den Lauf der Schusswaffe, die in unsere Richtung zielte.

Der Schütze hatte platinblondes Haar, das seltsam silbern schimmerte, durchdringend blaue Augen und seine Flügel erstrahlten in reinem Weiß. Er war nicht alt, höchstens ein paar Jahre älter als ich, doch er schien mehr Erfahrung mit Situationen wie diesen zu haben. Er hatte die Augenbraue spöttisch erhoben und ließ mich keine Sekunde aus den Augen. Noch während ich ihn musterte, erkannte ich, dass ich ihm schon einmal begegnet war. Es war lange her. Aber nicht lange genug, dass ich es hätte vergessen können.

Damals hatten seine großen Pranken Vallas Kette entrissen und sie zu Boden gestoßen. Er war über sie gebeugt gewesen und hatte sich erst von ihr abgewandt, als er mich hatte schreien hören. Schlagartig wurde mir klar, dass ich die Situation missverstanden hatte. Er hatte nicht den Stein gewollt. Nicht nur. Valla war sein Ziel gewesen. Der Stein war nur eine willkommene Ausrede, als die Mission fehlschlug. Es ergab Sinn. Es passte alles zusammen. Aber wie war das möglich?

»Jeder kennt ihre Eltern. Gideon, deine Mom selbst hat sie entbunden. Sag ihnen, dass das schwachsinnig ist«, flehte ich meinen Mitschüler an. Ich bettelte richtig. Er müsste nur sagen, dass sie sich geirrt hatten und Valla das falsche Mädchen war. Dann wäre der Spuk vorbei und die Engel würden abziehen. Mein Wunsch wurde jedoch nicht erfüllt.

»Ist es wichtig, was ich sage? Du kennst die Wahrheit doch bereits. Als wir sie mitnehmen wollten, hat sie geglüht, genau wie du jetzt. Sie kann es nicht so gut kontrollieren, wie du aber das göttliche Licht wohnt in ihr!«, schrie er mir entgegen.

Ich bemerkte, den Schalk in seinen Augen, ansonsten blieb er stumm. Er wollte noch mehr sagen, uns verhöhnen und in offenen Wunden bohren, aber er traute sich nicht. Auch ihm machten die Engel Angst.

Und ich konnte ihn verstehen. Egal wo sie auftauchten, danach waren immer viele von uns tot.

»Das glaube ich nicht«, wollte ich brüllen, doch mehr als ein Flüstern wurde es nicht.

Ein Kloß bildete sich in meinem Hals, der selbst nach mehrmaligem Schlucken nicht verschwand. Er verklebte meine Stimmbänder und entzog meinem Rachen Flüssigkeit, bis mein Mund staubtrocken war. Valla schien es neben mir ähnlich zu gehen. Sie bewegte sich nicht. Ihr Brustkorb hob und senkte sich rasch und sie starrte auf den Engel, als wäre er der Geist eines Toten.

Ob sie Angst hatte? Ich wusste es nicht. Aber ich war mir inzwischen sicher, dass es stimmte. Das war keine Geschichte, die man sich ausdachte. Niemand hatte so viel Fantasie. Und niemand würde sich etwas Derartiges zusammenreimen. Wieder schluckte ich.

»Du kannst glauben, was du willst. Es ändert nichts an der Wahrheit. Was glaubst du, weshalb meine Familie in den letzten Jahren gesellschaftlich aufgestiegen ist? Irgendwas musste der Teufel meiner Mom bieten, damit sie den Mund hält. Tja, aber ihre Aufzeichnungen lügen nicht und sie sperrt ihr Arbeitszimmer kaum ab. Manchmal vergisst sie es.« Gideon verschränkte überlegen die Arme vor der Brust. »Und da gäbe es viel, was lieber hinter verschlossener Tür hätte bleiben sollen. Beispielsweise, dass Valla nach nicht mal zehn von dreizehn Monaten aus dem Körper eines weiblichen Engels geholt wurde, die in die Hölle geflüchtet war, weil sie von ihrer Spezies tot geprügelt worden wäre. Als Mom ihren Unterleib öffnete, hatte sie nicht mal mehr einen Puls.«

Er pausierte theatralisch, aber in seiner Miene war kein Mitleid zu erkennen, während ich mich gerne übergeben hätte. Es ging um Vallas Mom. Valla hatte sie nie kennengelernt und sie hatte eine andere im Austausch bekommen, was nichts an der Tatsache änderte, dass Valla dem Engel ihr Leben verdankte. Und nun musste sie zuhören, während Gideon lachend berichtete, wie übel der Frau mitgespielt worden war, weil sie sich in einen Dämon verliebt hatte. So sehr, dass sie ihre Existenz aufs Spiel gesetzt hatte. Und wofür?

Schlussendlich war sie gestorben. Allein. Mit einer Dämonin, die ihr das Kind, das sie unterm Herzen getragen hatte, entriss und es einer anderen Frau gab, die es als ihres großzog und sie Jahre später wegen eines Gerüchts im Stich ließ. Oder war das der Grund, weshalb Vallas Familie sich so schnell mit der Zerstörung ihres Images angefreundet und kampflos aufgegeben hatte? Weil sie Angst gehabt hatte, was ans Licht kommen würde, wenn jemand Untersuchungen angestellt hätte?

»Man hat sie ausgeräumt, die Nabelschnur durchgeschnitten und alles bis auf das Baby in den Müll geschmissen«, sprach Gideon weiter und seine Stimme wurde lauter, je mehr er sich in Rage redete. Ich spürte, wie Valla neben mir zusammenzuckte, doch ich traute mich nicht, sie anzusehen. »Dort, wo alles hingehört hat. Und Valla hätte man gleich mit-«

Ein Knall ertönte. Ich zuckte zusammen und duckte mich instinktiv, bevor ich nach Valla griff, um sicherzugehen, dass es ihr gut ging. In der Zwischenzeit fiel Gideon zu Boden, noch bevor er seinen Satz beendet hatte. Es geschah so schnell, so unerwartet, dass ich perplex auf den Engel mit der Waffe starrte. Die Pistole war weiterhin auf mich gerichtet.

»Das kann sich ja niemand anhören«, zog eine weitere Person meine Aufmerksamkeit auf sich, obwohl es mir schwerfiel, den Blick von den Engeln abzuwenden, die unbeteiligt der Unterhaltung gefolgt waren und darauf warteten, dass wir ihnen Valla aushändigten.

Eine junge Frau trat hinter der Reihe der Entführer hervor. Obwohl sie augenscheinlich zu unseren Gegnern gehörte, lächelte sie mich an und zwinkerte mir zu.

»Hat sich wohl selbst gerne reden gehört«, meinte das Mädchen, das über Gideon stieg. Mit einer Hand hantierte sie mit einer Waffe, mit der sie auf die Männer, die Vallas Freundin festhielten, zielte. Mit der anderen Hand umschloss sie Silvanias Handgelenk. Auffordernd sah sie Vallas beste Freundin an, der die Überraschung ins Gesicht geschrieben stand, und marschierte mit ihr los. Direkt auf uns zu. »Das ist jetzt definitiv vorbei. Glaubt mir, das ist mir schon die ganze Zeit auf die Nerven gegangen. Und ständig dieses Gerede über die Unterschiede der Rassen. Furchtbar.«

»Constanze?«, wisperte Valla ungläubig neben mir, trat einen Schritt nach vorne und blieb mit sperrangelweit geöffnetem Mund stehen. »Was tust du hier?«

Nervös blickte Valla sich nach Gefahrenquellen um und es dauerte eine Zeit lang, bis mir klar wurde, warum. Der heutige Tag glich einem Déjà-vu. Auch das Mädchen hatte ich schon einmal gesehen. Wobei, das stimmte nicht. Nicht einmal. Mehrmals.

Giftgrüne Haare, schwarzer Lippenstift, hochtoupierte Locken, Totenkopfkette. Constanzes Anblick vergaß man nicht so schnell, auch wenn sie nicht so atemberaubend schön war wie ihre Schwester. Halbschwester. Kein Wunder, dass sie sich hinter den anderen versteckt hatte. Ob ihre Mitstreiter wussten, wer sie war?

»Hallo, Valla. Schön dich zu sehen. Du siehst gut aus. Hast du abgenommen?«, erwiderte sie und lachte künstlich, um die Stimmung aufzuheitern, während sie ihre Waffe auf die Engel richtete und Silvania einen Stoß versetze, sodass sie vor ihr bei uns ankam.

»Das stimmt nicht, richtig? Sie lügen?«, fragte Valla, ohne wirklich jemanden von uns anzusehen.

Am liebsten hätte ich sie in den Arm genommen, ihr übers Haar gestrichen und gesagt, dass es nur ein Aprilscherz war. Doch das wäre gelogen und ich würde Valla nicht mehr anlügen. Nie wieder.

Sanft zog ich Silvania das Klebeband vom Mund, die prompt hustete, als sie zu schnell die kalte Luft einatmete. Mit meinem Messer löste ich zudem die Kabelbinder, die zu Fesseln umfunktioniert worden waren. Ich tat es weniger, um Silvania zu helfen, sondern eher, damit meine Finger etwas zu tun hatten und ich Zeit bekam zu überlegen, was ich sagen sollte. Doch die Bürde einer Antwort wurde mir abgenommen.

»Ich denke nicht, Valla. Aber es ist okay. Du bist immer noch du und immer noch meine Schwester«, murmelte Constanze lächelnd, ihre Augen waren jedoch erfüllt von Trauer. Wie lange hatte sie das Geheimnis mit sich herumgetragen, ohne es Valla verraten zu dürfen? Hatte sie es überhaupt gewusst oder war es ihr erst durch Gideon klar geworden? War sie deshalb hier? Weil sie mehr herausfinden wollte? Oder befürwortete sie die Trennung? Nein! Dann hätte sie nicht geschossen, zumindest nicht auf Gideon.

»Das reicht! Wir haben nicht den ganzen Tag Zeit. Kommst du freiwillig mit oder müssen wir euch erst alle umbringen, bevor wir dich zum Schöpfer bringen können?«, wandte sich ein Engel an Valla, die unentschlossen zwischen Silvania, Constanze und mir hin und her sah.

Sie hatte keine Wahl. Mehr oder weniger. Sicher, wenn wir sie nicht unterstützten und gegen die Engel kämpften, würde ihre Gegenwehr nichts nützen, weshalb sie uns brauchte. Also bezog sie uns mit ein. Wir sollten entscheiden. Aber zum Teufel, mir war noch nie eine Entscheidung so schwergefallen. War ein Leben es wert, viele andere dafür zu opfern? Noch dazu eines, dass es nicht geben durfte?

»Und was jetzt?«, drängte Valla, als die Engel sich trennten und Stellung bezogen. Einer links, einer rechts.

Der Engel mit der Waffe stand in der Mitte. Sie bildeten einen Halbkreis um uns und hatten die Rücken den abtrünnigen Teufelsanwärtern und Dämonen zugewandt, die sich unsicher ansahen. Ich konnte ihr Zögern verstehen. Ihr Anführer war tot. Eine ihrer Mitstreiterinnen ebenfalls. Eine Weitere hatte sie verraten. So hatten sie sich ihre Rebellion sicher nicht vorgestellt. An ihrer Stelle wäre ich weggelaufen. So schnell und weit ich könnte. Raus aus der Gefahrenzone, die sich immer mehr aufheizte.

»Ich weiß es nicht«, hauchte Constanze und drehte den Kopf ihrer Schwester zu.

Valla sah sie nicht an. Sie starrte weiterhin ins Leere. Sah sie die Tränen, die in Constanzes Augen schwammen? Das zittrige Kinn, den bebenden Finger, der am Abzug lag?

»Ich verstehe«, wimmerte Valla und biss sich auf die Unterlippe. Sie atmete tief durch und fuhr mit kräftigerer Stimme fort: »Ist schon gut.«

Und da war es wieder. Das Lächeln. Ihr unbeschreibliches Lächeln. Sie strahlte uns an, damit wir uns besser fühlten, obwohl wir sie aufheitern sollten. An ihr war nichts Böses. Überhaupt nichts. Ob Engel oder nicht, sie gehörte zu uns. Weil sie versucht hatte, den Stein zu beschützen. Sie war losgezogen, um das Fegefeuer zu durchqueren und die verschwundenen Schüler zurückzuholen, weil sie lieber ihr Leben gab, bevor ihre Freunde starben. Und in diesem Moment fiel meine Entscheidung.

»Bringst du Silvania zurück zur Akademie?«, erkundigte sie sich bei mir, wartete aber meine Antwort nicht ab. Zielstrebig setzte sie ihre Füße in Bewegung und ging auf die Monster zu. Mit jedem Zentimeter, der den Abstand zwischen ihr und den Engeln verringerte, schlug mein Herz schneller.

»Nein!«, schrie ich ihr hinterher, bevor sie die Hälfte des Weges hinter sich gebracht hatte.

Ihre Schritte stoppten. Sie drehte sich zu mir um, schaute mich mit schiefgelegtem Kopf an und runzelte die Stirn. Mit schnellen Bewegungen schloss ich zu ihr auf, nahm Vallas Hände in meine und presste für eine Millisekunde die Lippen auf ihre. Nicht lange genug, um sie wirklich zu spüren, aber gerade so, dass ich erneut das Kribbeln in der Magengrube fühlte.

»Aber Nik verlässt sich darauf, dass ...«, begann sie zu protestieren, drückte meine Finger und lehnte sich gegen mich, als wäre sie durchgefroren und ich die einzige Wärmequelle.

»Ich gehe nicht ohne dich«, unterbrach ich sie und wiederholte die Worte erneut in Richtung der Engel.

Der leichte Nieselregen, der vom Himmel fiel, wurde stärker und jeder Tropfen, der auf meine Haut traf, schickte eisige Stiche durch meinen Körper. Hatten wir nicht schon genug Probleme?

»Sei nicht dumm. Geh aus dem Weg, Teufelssohn! Sonst wird es hässlich.«

Ich hätte die Drohung ernster nehmen sollen, das war mir klar. Aber ich konnte nicht. Ich wollte nicht. Ich hatte meine Wahl getroffen und sie war nicht auf den Verstand gefallen, sondern auf mein Herz. Ich liebte Valla. Egal wer sie war. Ob Dämon, Engel, Mensch oder sonst etwas. Sie war sie! Und sie war wundervoll, so wie sie war.

»Etwas so Schönes kann nicht hässlich werden«, sagte ich liebevoll und zwinkerte Valla zu.

Für Außenstehende musste es wirken, als würde ich flirten. Und zum Teil tat ich das auch. Aber die kleine Unterbrechung gab mir die Ruhe, um zu überlegen, was ich als Nächstes tun würde.

Fliehen? Zu viele Leute, die uns verfolgen würde. Ein Brand? Wenn ich Pech hatte, würde ich Constanze und Silvania verletzen. Kämpfen? Zu viele Gegner. Verdammt! Es schien aussichtslos zu sein. Wir waren zu wenige und hatten nichts, womit wir uns gegen alle verteidigen konnten. Das kleine Taschenmesser wog Tonnen in meiner Hand, während meine Gedanken heiß liefen.

Sanft zog ich die flache Seite der Klinge nach. Das Metall war kalt. Kälter noch als die Luft. Aber das störte mich nicht. Ganz im Gegenteil. Es brachte mich auf eine Idee.

»Ich an deiner Stelle würde meine Meinung ändern«, empfahl mir der Engel erneut.

Seine Stimme klang hell, freundlich, die zusammengebissenen Zähne verrieten jedoch, dass er mit seiner Geduld am Ende war. Da hatten wir etwas gemeinsam. Ich mochte die Art nicht, wie sie Valla anstarrten. Gierig. Wie Geier, die sich um frisches Aas versammelten. Nun ja, in ihren Augen war Valla das wahrscheinlich auch, weshalb ich keine Reue empfand, als ich ein letztes Mal tief durchatmete und zu einer Erwiderung anlegte.

»Du bist aber nicht ich. So cool bist du einfach nicht«, zischte ich, riss meinen freien Arm nach oben und warf mein Taschenmesser schwungvoll in das Gesicht des Engels.

Die Klinge drehte sich mehrmals in der Luft, bevor sie den Kopf des Geflügelten erreichte. Es ging unfassbar schnell, sodass er keine Möglichkeit mehr hatte, auszuweichen. Die Messerspitze bohrte sich in das weiche Gewebe seines Augapfels, bis das Metall kaum noch zu sehen war und nur noch der Griff aus der Augenhöhle herausragte. Blut lief über sein Lid, seine Wange und anschließend das Kinn hinab. Sein Mund öffnete und schloss sich. Immer wieder, als wäre er ein Fisch auf dem Trockenen. Die Waffe, mit der er gezielt hatte, rutschte ihm aus der Hand und landete mit einem Knall auf dem Boden, bevor auch sein Körper fiel und bewegungslos liegenblieb.

Stille senkte sich über den Platz. Alle hielten den Atem an. Und plötzlich brach die Hölle los. Die zwei verbliebenen Engel stürzten sich auf mich, Schüsse waren zu hören und das Bellen von Hunden. Ich ignorierte das Heulen der Tiere, die hinter den abtrünnigen Teufelsanwärtern und Dämonen hervorgekrochen kamen, und konzentrierte mich auf meine Angreifer. Ein Engel breitete die Flügel aus und attackierte mich von oben mit einem Schwert, das er aus einer Scheide an seinem Gürtel hervorgezogen hatte. Der zweite lief blitzschnell auf mich zu, zog einen Dolch aus seinem Stiefel und zielte in Richtung meiner Kehle. Ich war darauf vorbereitet. Meine Hände wurden glühend heiß und das Kribbeln der Hitze breitete sich auf meinen gesamten Körper aus.

»Valla!«, rief ich panisch und hoffte, dass sie mich durch den Trubel hören konnte. »Verschwinde!«

Sie sollte Silvania nehmen und mit ihrer Schwester im Schlepptau von hier fortgehen. Ich wehrte den ersten Engel ab, indem ich ihm die Hände ins Gesicht drückte. Es zischte und ein Schrei war zu hören, bevor er zurücktaumelte und auf den Boden fiel. Der Dolch glitt ihm aus den Fingern und er vergrub die gerötete Haut in seinen Händen. Ich wollte ihn töten, ehe er sich von den Blessuren erholen konnte, aber in diesem Moment sah ich den Schatten des anderen Engels über mir und sprang instinktiv zurück.

Keine Sekunde zu früh. Knapp vor mir rammte mein Gegner die Klinge in den Boden, statt in meinen Schädel.

»Verschwindet!«, wiederholte ich, nachdem ich im Augenwinkel erkannte, wie sich ihnen einige der Höllenhunde näherten.

Ich konnte ihnen nicht helfen. Adrenalin rauschte durch meine Adern und ich spürte das Pochen meines Herzschlags am Hals. Automatisch trat ich gegen den Engel, der irritiert auf das Schwert starrte, das mich verfehlt hatte und im Gestein steckte. Ich erwischte seine Kniekehle und erntete ein wütendes Schnauben, während seine Kniescheibe mit voller Wucht auf den Grund prallte. Ein Knacken ertönte und ein hasserfüllter Blick traf meinen. Ich unterdrückte die aufkommende Sorge um Valla, als ich wieder mit dem Fuß ausholte und diesmal den Engel auf der rechten Gesichtshälfte traf. Er stöhnte, prallte mit dem Hinterkopf voran gegen den Boden und schrie, als er bemerkte, dass ich nach dem Schwert griff.

Ein Lächeln legte sich auf meine Züge, als das Metall aus dem Gestein glitt und ich es über meinen Kopf hob. Konzentriert kniff ich die Augen zusammen und rammte die Klinge ins Herz meines Gegners. Abwehrend hielt er seine Hände vor den Körper, doch ich war schneller. Seine Pupillen weiteten sich und das Kinn zitterte ängstlich, während sein Mund aufklappte. Von seinen Flügeln fielen die Federn ab, die erglühten und anschließend zu Staub zerfielen, als hätte sie jemand verbrannt. Ein letztes Mal hob sich sein Brustkorb, bevor der Atem verstummte und sein Kopf zur Seite fiel. Er war tot.

Gerade als ich mich wieder nach meinem zweiten Gegner umsehen wollte, spürte ich fremde Hände am Bein. Kurz darauf verlor ich den Boden unter meinen Füßen und spürte den Luftzug auf meiner Haut, als ich quer durch die Gegend geschleudert wurde. Ich schlug auf den harten Untergrund auf und stieß mir den Kopf an einem Baumstamm. Sofort zog sich ein Stich durch meinen Schädel und ein Pochen breitete sich in den Schläfen aus. Meine Sicht verschwamm und ich keuchte laut, nachdem der Schmerz in meinem Kopf seinen Höhepunkt erreichte. In der Ferne hörte ich wieder das Jaulen der Hunde, gefolgt von fletschenden Zähnen und dem Geräusch von Fleisch, das auseinandergerissen wurde. In der Hoffnung, den Schmerz zu lindern, griff ich mit der Hand an meinen Hinterkopf. Warmes Blut tropfte von meinen Haaren auf die Fingerspitzen. Verdammt! Das hatte mir gerade noch gefehlt.

Zittrig erhob ich mich und stützte mich mit meinen Händen auf dem Stamm ab, wodurch Splitter in mein Fleisch drängten und kleine Wunden hinterließen. Schweiß rann mir aufgrund der Anstrengung über die Stirn, was ich ausblendete und mich auf das Bellen konzentrierte, das stetig lauter wurde. Schritte kamen näher und als ich den Kopf hob, sah ich, wie sich mehrere der Hunde um mich versammelten. Wo kamen die plötzlich her? Ich dachte, Valla hätte Grillfleisch aus denen gemacht? Oder gab es noch ein zweites Rudel, dem wir bis jetzt nicht begegnet waren?

»Elijah!«, hörte ich Valla schreien und unbändiger Hass stieg in mir auf.

Sie klang panisch, als hätte sie Angst. Und ich konnte ihr nicht helfen. Selbst wenn ich gewollt hätte, ich hätte sie in dem Getümmel aus kreischenden Dämonen, zerstückelten Teufelsanwärtern, Blut und ausgerissenen Gedärmen nicht schnell genug finden können. Sie war auf sich allein gestellt, wie alle anderen auf diesem Schlachtfeld.

Rasend vor Wut biss ich die Zähne zusammen, marschierte auf einen der Hunde zu und setzte ihn in Brand. Mit dem Resultat, dass drei andere mich angriffen, bevor ich reagieren konnte. Scharfe Zähne schlugen sich in meinen Knöchel, ein Hund verbiss sich im Oberschenkel und ein weiterer sprang mich an, sodass ich das Gleichgewicht verlor und erneut auf den Boden knallte. Das Gewicht des Köters schnürte mir die Luft ab. Ich zog und zerrte, doch ich schaffte es nicht, den Hund von mir runter zu bekommen. Mein Blutdruck schoss durch die Decke.

Der Wind wehte an mir vorbei und ließ mich frösteln. Ich hatte meine Kleidung durchgeschwitzt und eine Gänsehaut breitete sich auf meinem Körper aus, als die Kälte in die Knochen kroch und sich dort einnistete. Mein Herzschlag setzte einen Moment lang aus, als über mir die Schnauze des Höllenhundes auftauchte. Seine Zähne fuhren meinen Brustkorb entlang und ließen mich erschaudern. Sie schnitten in mein Fleisch wie ein Messer durch Butter. Blut quoll aus den Verletzungen und ich schrie verzweifelt auf. Tiefer und tiefer drangen sie in mein Innerstes vor und in mir breitete sich eine schmerzhafte Kälte aus.

Von Sekunde zu Sekunde schien meine Körpertemperatur zu fallen. Mein Herzschlag wurde langsamer und ich vernahm das Klappern von Zähnen, das mit Sicherheit von mir selbst ausging. Der Speichel an meinen Lippen gefror und es fiel mir immer schwerer, die Augen offen zu halten. Ob ich schon so leichenblass aussah, wie ich mich fühlte?

Erneut explodierte der Schmerz in meiner Brust.

»Elijah!«, hörte ich erneut Vallas Stimme, aber ich reagierte nicht auf ihre Rufe. Stattdessen hob ich in letzter Sekunde, bevor das Tier meine Hauptschlagader treffen konnte, meine Hand und verwandelte den Hund in eine Fackel. Ich stieß das winselnde Geschöpf von mir, trat gegen seine Gefährten und lief zurück zum Mittelpunkt der Schlacht.

Von den aufgereihten Abtrünnigen war kaum noch jemand übrig. Der Boden war blutverschmiert, Leichenteile lagen verstreut und überall konnte man Hunde sehen, die über einem Stück Fleisch standen und genüsslich fraßen. Angeekelt beäugte ich einen zweiköpfigen Höllenhund, der sich über das Gesicht eines Jungen und einen weiblichen Fuß hermachte. Seine Rudelmitglieder jagten währenddessen denen hinterher, die versuchten zu fliehen. Sie kamen nicht weit, bevor auch sie als Hundefutter endeten. Niemand schien sicher zu sein, außer Constanze, die wie eine Rachegöttin wirkte. Sie hatte eine Klinge in der Hand und schlitzte nacheinander die Hunde auf. Ihre Hände trieften vor Blut, genau wie ihre Kleidung. Sie störte sich nicht daran und wehrte die Hunde weiter ab. Silvania versteckte sich hinter ihr, zuckte bei jedem Bellen zusammen und schrie, als einer der Angreifer Constanze gefährlich nahekam. Ich ließ meinen Blick weiter schweifen. Noch war ich ein gutes Stück von den beiden entfernt. Ich stockte. Mein Herz stand für einen Augenblick still. Angst schnürte schlagartig meine Kehle zu und in meinem Kopf begann sich alles zu drehen. Nicht nur aufgrund des Blutverlusts. Der Engel. Seine linke Gesichtshälfte wies Blasen auf, er war rot wie eine Tomate und seine Fratze war gehässig verzogen, als er in meine Richtung sah. Er hatte die Waffe seines verstorbenen Komplizen in der Hand, womit er auf Valla zielte.

Hastig sprintete ich los und überbrückte die letzten Meter. Ich stellte mich in die Schussbahn, den Blick starr auf den Engel gerichtet, der die Waffe schwenkte und lachte.

»Hast du noch nicht genug, Teufelssohn? Liebst du sie so sehr, dass du dafür die Zukunft der Hölle aufs Spiel setzen würdest?«, fragte er und verfiel in noch größeres Gelächter, als hätte er einen Witz gerissen. Ich beachtete ihn nicht. Er war nicht wichtig. Nicht er und auch nicht die Waffe. Hier ging es um Valla und um mich.

»Der Teufel liebte Gott, liebte ihn unsterblich.« Das hatte Mom einst zu mir gesagt, als ich wissen wollte, weshalb Dad in der Hölle sein Dasein fristete und ob er Grandpa je vergeben könnte, dass er sich gegen ihn gewandt hatte. Ich hatte nie verstanden, wie der Teufel sein Leben an der Seite seines Vaters opfern konnte, um die Hölle zu formen. Und ich war nicht reif genug gewesen, um zu kapieren, wie Gott seinen eigenen Sohn verstoßen konnte, weil er gegen die Menschen rebelliert hatte. Aber in dem Moment, als ich mich zu Valla umdrehte, ungeachtet dessen, dass eine Knarre auf mich zielte, wurde es mir schlagartig klar: Weil sie sich geliebt hatten. So sehr, dass sie nicht anders konnten, als sich gegenseitig ziehen zu lassen, um sich selbst entfalten zu können, in der Hoffnung, sich irgendwann wieder zu vereinen. Und das war ihre Chance. Unsere Chance. Und ich würde sie nicht verstreichen lassen.

Ich packte die Wut auf meinen Dad und schob sie in den hintersten Winkel meines Verstandes. *Liebe.* Das war der Schlüssel. War es immer und wird es auch in Zukunft sein. Ich schloss zu Valla auf, legte den Arm um ihre Hüfte und drückte meine Lippen auf die ihren. Ich breitete die Flügel aus, schlang sie um meinen und Vallas schutzlosen Körper, dann wartete ich. Wie in Zeitlupe vergingen die nächsten Sekunden. Ein Knall ertönte. Und noch einer, gefolgt von lautem Jaulen. Ich spürte die Wucht, mit der mich die Kugeln trafen und meinen Leib gegen Valla pressten. Sie drangen durch die Federn meiner Flügel in die Haut, spalteten mein Fleisch und brachten die Knochen zum Bersten. Ich keuchte und verstärkte den Kuss. Vallas Lippen auf meinen, der Geschmack von ihr auf meiner Zunge – das war himmlisch. Vielleicht hätte mir schon beim ersten Mal klar sein sollen, dass sie ein Engel war.

Wieder ein Knall. Der dritte Schuss traf mein Schulterblatt, während die anderen zwei sich in den unteren Rücken gebohrt hatten. Schwarze Flecken flackerten durch meine Sicht, sodass ich die Augen schließen musste. Die Zeit normalisierte sich und auf einmal zog alles an mir wie ein Film vorbei.

Valla löste sich von mir, stieß mich beinahe weg. Meine Füße knickten unter mir weg und ich fiel. Vallas zierliche Hände fingen mich auf, ehe ich auf den Boden aufschlagen konnte. Ich riss die Augen auf und sah in ihre wunderschönen Iriden. Müdigkeit beschlich mich und Stille senkte sich auf den Platz. Sogar die Höllenhunde stellten das Gejaule ein. Einzig die Kampfgeräusche von Constanze, die ihre Klinge durch den Hals des Schützen jagen wollte, waren zu vernehmen. Constanze keuchte, das Klatschen von Haut ertönte, dann ein Röcheln und anschließend ein Gurgeln, während der Engel an seinem eigenen Blut erstickte. Constanze hatte gesiegt. Zumindest glaubte ich das, nachdem Silvania ruhig blieb. Valla und ich waren ungestört und für einen Moment konnte ich mir einbilden, dass es nur uns beide gab. Sie und mich.

»Wieso hast du das getan?«, wimmerte Valla über mir.

Ihr Gesicht war leichenblass, Tränen standen in ihren Augen, doch das machte sie nicht weniger schön. Zärtlich sah sie auf mich hinab. Sie atmete hektisch und griff nach dem Shirt, das an meinem Körper klebte. Mit aller Kraft riss sie den Stoff auseinander. Der Wind auf meiner nackten Haut ließ mich frösteln. Meine Zähne klapperten schmerzhaft aufeinander. Eine Gänsehaut bildete sich auf meinen Armen. Ich presste die Lippen zusammen und konzentrierte mich auf Valla statt auf die Kälte. Sie suchte mich nach Verletzungen ab, als hoffte sie, mir noch irgendwie helfen zu können. Aber das konnte sie nicht. Ich wusste es, konnte es spüren. Die Kugeln hatten sich in meine Innereien gefressen, meine Milz entzweit, die Arterien zum Platzen gebracht und meinen Darm in mehrere Stücke zerrissen.

»Weil du strahlst, Valla«, murmelte ich. Je mehr Blut ich verlor, desto müder wurde ich. Wie von selbst fielen mir die Augen immer wieder zu. Doch ich wollte die Zeit auskosten. Jede Sekunde, um sie anzusehen. Also hielt ich die Augen offen, solange ich konnte. »Du strahlst. Wie die Sonne, die die Hölle erwärmt. Sie gibt ihr Antrieb, taucht die Unterwelt ins Licht und sorgt dafür, dass das Leben weitergeht. Du bist genau so, Valla. Eine Sonne.«

Ich hustete und schmeckte Blut. Jeder Ton aus meinem Mund glich einem Kraftakt.

»*Meine* Sonne. Mir war so entsetzlich kalt, bevor ich dich traf, aber ein Augenaufschlag von dir reicht, damit ich brenne.«

»Du redest Unsinn. Wir brauchen einen Arzt, dann geht es dir bald besser. Du musst nur ein wenig durchhalten.« Vallas Finger glitten sachte über die Bissspuren der Höllenhunde. Sie schien ihre Worten selbst nicht zu glauben. Langsam begannen die Tränen über ihre Augenlider zu quellen und ihre Wangen zu benetzen. Sie schniefte und schluckte, als hätte sie einen Kloß im Hals.

»Es musste so kommen, Valla. Damit ich es endlich verstehen kann. Wir dachten immer, es wäre Dads Plan. Aber was ist, wenn das nicht stimmt? Wenn es nicht seiner ist, sondern Gottes?«, raunte ich und setzte ein Lächeln auf, um sie zu beruhigen. Ich wollte nicht, dass sie weinte. Sie sollte glücklich sein. So lange es ging.

»Wovon sprichst du?« Eine von Vallas Tränen tropfte auf meine Stirn und vermischte sich mit dem kalten Schweißfilm, der meinen Körper überzog.

»Von Liebe, Valla. Der Teufel hasste die Menschen, die neuen Schöpfungen seines Dads, weil sie lasterhaft waren. Sie liebten. Unsterblich. Etwas, das kein Geschöpf davor getan hatte. Und begingen dabei furchtbare Verbrechen, um zu beschützen, was ihnen am teuersten war.« Abermals hustete ich und diesmal spuckte ich

Blut. »Was ist, wenn Gott dem Teufel beibringen wollte, was Liebe ist? Und nicht nur ihm, sondern auch allen anderen, die er einst geformt hatte?«

Die schmerzhaften Stiche, die von den Kugeln ausgingen, verloren an Intensität, zudem nahm das Pochen auf meiner Brust, an den Bissstellen, ab. Ich wertete es als kein gutes Zeichen. Ich verlor das Gefühl. Bald würde ich alles von mir verlieren. Valla drückte die Lippen auf meine Stirn, was ich kaum wahrnahm. Das gewohnte Kribbeln blieb aus.

»Was hat das mit uns zu tun?«, fragte Valla und wurde erneut von einem Schluchzen geschüttelt. Ihre Finger zitterten, als sie mir eine Strähne aus dem Gesicht streifte. Sie war so stur. Auch jetzt noch.

»Das weißt du doch schon längst. Sag es, Valla. Nur einmal. Bitte. Ich muss es hören. Nur ein einziges Mal.« Ich bettelte, flehte. Aber ich meinte jedes Wort ernst. Ich konnte nicht gehen. Nicht so.

»Ich will nicht«, wimmerte sie. Ihre Stimme brach. Sie schniefte. »Ich kann nicht.«

Sie presste die Lippen aufeinander. Tränen tropften von ihrem Kinn. Die Haare klebten ihr verschwitzt im Gesicht.

»Bitte!« *Zwing mich nicht.* Sie sprach es nicht aus, doch ich wusste, was sie sagen wollte. Aber ich konnte ihr diese Last nicht abnehmen. Das war die letzte Möglichkeit dafür. Jetzt oder nie. Sie nickte, griff nach meiner Hand und drückte sie.

»Ich liebe dich, Valla«, flüsterte ich ehrlich in dem Wissen, dass es meine letzten Worte sein würden.

»Ich liebe dich auch, Elijah!«, hauchte sie, bevor ihre Worte in einem Schniefen untergingen.

»Elijah! Ich liebe dich wahnsinnig“, hörte ich Valla ein weiteres Mal meinen Namen schreien, doch ich konnte nicht mehr reagieren.

Mein Körper bemühte sich mit aller Kraft, mein Herz vor dem Stehenbleiben zu schützen. Wie durch einen Nebel drangen ihre Schreie an mein Ohr. Der Schwindel in meinem Kopf verstärkte sich, die Augen fielen gegen meinen Willen zu und die Geräusche um mich herum verblassten.

Kapitel 10

Valla

Nein! Elijah! Elijah! Bitte! Mach die Augen auf! Bitte, Elijah!«

Meine Stimme hallte über das Schlachtfeld, das erschreckend still geworden war. Ich schüttelte seinen Körper, der leblos in meinen Armen lag. Er atmete nicht mehr. Mein Herz begann zu rasen. Rasselnd sog ich Sauerstoff in meine Lungen, während mir Rotz und Wasser übers Gesicht lief. Nur langsam tropfte die Erkenntnis seines Todes in meinen Kopf. Ich wollte es nicht glauben. Es war ihm gut gegangen. Vor wenigen Augenblicken war alles noch in Ordnung gewesen. Er hatte vor mir gestanden, mich innig wie in der Höhle geküsst und mich angelächelt. Da war keine Angst in seinen Augen gewesen, keine Trauer. Nur Entschlossenheit. Und Liebe. Unendlich viel Liebe.

Ich schniefte und fühlte, wie sich meine Eingeweide zusammenzogen. Als würde mein unversehrter Körper mit der Seele leiden. Wie konnte das passieren? Der Teufel brauchte ihn doch, oder nicht? Hätte sein Dad nicht auf ihn aufpassen müssen? Ich schluchzte, als sich eine Hand an meine Schulter legte. Sanft übte sie Druck auf mich aus, um meine Aufmerksamkeit auf sich zu ziehen. Doch ich schaffte es nicht, aufzusehen. Wie gebannt blickte ich in das Gesicht der Leiche. Ich konnte mich nicht von ihm abwenden. Fester presste ich den noch warmen Körper an mich und versuchte, das

Leuchten in seinen geöffneten Augen wiederzufinden. Ich suchte Flammen, gelbe Sprenkel und orangenes Flackern. Aber da war nichts. Nur Leere.

»Wir sollten gehen, Valla«, hörte ich Constanzes Stimme hinter mir. Sie klang angestrengt, als müsste sie sich zusammenreißen. Sie sprach leise, wie mit einem Kind, aber das war nicht nötig. Sie konnte mich nicht erschrecken und ihre Worte würden mich auf keinen Fall verletzen. Das konnten sie gar nicht. Man konnte nichts kaputtmachen, das bereits zerstört war.

»Valla, bitte«, drängte meine Schwester lauter und ein Heulen war zu vernehmen, das meine Augen einen Moment nach oben wandern ließ, bevor sie sich abermals auf Elijah richteten.

Die Höllenhunde fletschten die Zähne und fixierten uns aus zusammengekniffenen Augen, als wären wir ihr Mittagessen. Aber sie griffen uns nicht an. Sie warteten. So wie Silvania, die mich mit erwartungsvollen Blicken musterte. Sie waren sich nicht sicher, ob der zukünftige Herrscher der Hölle tot war. Meine Gewissheit schmerzte. Ich hatte gefühlt, wie sein Puls langsamer geworden war, und nun war das Klopfen seines Herzens nicht mehr wahrnehmbar. Ich griff auf seine Brust und fühlte nichts.

»Valla!« Angst. Constanzes Ton war ängstlich. Ihre Stimme zitterte und ihre Hand an meiner Schulter bebte, als wäre sie nervös. Gern hätte ich sie beruhigt, ihr gesagt, dass alles gut werden würde, aber das wäre schlichtweg gelogen. Nichts würde gut werden. Gar nichts.

»Nein!«, schrie ich, jedoch war das Wort kaum zu identifizieren.

Es hörte sich eher an wie der Klagelaut einer Banshee. Qualvoll, traurig, trostlos. Doch ich hoffte, Constanze würde trotzdem verstehen. Ich konnte ihn nicht hierlassen und riskieren, dass er von den Zähnen der Hunde zerfetzt und anschließend verspeist werden würde. Das hatte er nicht verdient.

»Ich weiß«, bemühte sich Constanze, mich zu trösten, nahm neben mir Platz und lächelte mich traurig an. Sie war so nah, dass sich unsere Schultern berührten. In ihren Augen schimmerten Tränen und feuchte Strähnen klebten an ihrem Gesicht. Die Lippen meiner Schwester waren blutrot und sie atmete heftig.

»Ich weiß, okay?«, wiederholte sie. »Aber es ist entsetzlich kalt. Bald werden die Flammen erlöschen und dann sind wir der Kälte schutzlos ausgeliefert. Er hätte nicht gewollt, dass du neben seiner Leiche erfrierst oder gefressen wirst.«

Wieder zog sich mein Brustkorb schmerzhaft zusammen. Elijah hätte gewollt, dass wir gemeinsam Silvania zu Nik zurückbrachten. Doch das war nun nicht mehr möglich. Aber woher sollte meine Schwester das wissen? Sie hatte ihn nicht gekannt, genauso wenig, wie sie mich kannte.

»Er ist tot. Es kann ihm egal sein.« Aufs Neue löste sich eine Träne aus meinem Augenwinkel und Constanze reichte mir ein Taschentuch, das sie aus der Hosentasche zog, damit ich mir die Nase putzen konnte.

»Das war es aber nicht. Er wollte, dass du ein Leben hast. Jeder von uns will das.« Sie lehnte ihren Kopf für wenige Sekunden an meinen, bevor sie sich erhob und mir die Hand in der Hoffnung entgegenstreckte, ich würde sie ergreifen und mit ihr gehen. Dazu hätte ich Elijah loslassen müssen und das brachte ich nicht übers

Herz. Nicht, solange sein Körper noch warm war und Blut aus seinen Wunden sickerte.

Obwohl ihre Worte mich hätten beruhigen sollen, verwandelten sie meine Trauer in Wut. Die Tränen versiegten, als ich etwas anderes als Elijahs Tod fand, auf das ich mich konzentrieren konnte: den Hass, der in mir brodelte. Ich wollte jemandem Schmerzen zufügen. So sehr, wie mir wehgetan worden war. Sie wollte nur das Beste für mich? Genau sie sagte das? Was für ein Witz!

»Ach ja? Du hast über ein Jahr nicht mit mir gesprochen, hast mich gemieden, als hätte ich die Pest. Und jetzt willst du, dass es mir gut geht? Reichlich spät, findest du nicht?« Es war ungerecht. Ich sollte ihr das nicht vorwerfen, aber es war besser, als mir eine Zukunft auszumalen, in der Elijah nicht mehr vorkommen würde.

»Versuch, mich zu verstehen, Valla«, flehte sie, zog ihre Hand zurück und verschränkte schützend die Arme vor der Brust, als wären sie eine Mauer, die sie vor meiner Attacke schützen konnte. »Der Angriff, die Gerüchte und dann habe ich das Gespräch von Mom und Dad mitgehört, in dem Mom sagte, du wärst nicht ihr Kind.« Während meine Wangen durch den eiskalten Wind trockneten, liefen nun dicke Tränen über ihr Gesicht. »Ich war verwirrt und traurig. Ich hatte Angst.«

Dieses Gefühl kannte ich nur zu gut. Und vielleicht tat ich Constanze Unrecht, indem ich sie an meinem Leid teilhaben ließ und versuchte, sie zu verletzen, um mich selbst besser zu fühlen. Sie hatte auch einiges durchgemacht, wenn auch auf eine andere Art als ich. Dennoch hätte ich ihr geholfen. Meine Schwester hätte es nur zulassen müssen. Ich hatte diese Wahl nicht. Von einem Tag auf den anderen hatte ich meine Schwester verloren.

Jetzt hatte ich sie wiedergefunden, nur um zu erfahren, dass wir nicht von der gleichen Mom stammten. Meine Mom. Das war ebenfalls ein Punkt, der mich erschütterte. Die Frau, die mich abends zugedeckt, mir Essen für den morgigen Tag eingepackt und mich zum Abschied geküsst hatte, als ich klein war, hatte mich nicht zur Welt gebracht. Ich nannte sie *Mom*, aber das war sie gar nicht. Wieso hatte man es mir nicht gesagt? Im Grunde hätte es mir dennoch klar sein müssen, oder? Ich hatte keine Ähnlichkeit mit ihr. Andere Haarfarbe, Augenfarbe, Gesichtszüge, Blutgruppe. Nichts hatten wir gemein. Doch ich hatte es immer darauf geschoben, dass Constanze und ich nicht beide nach ihr kommen konnten. Wie hatte ich mich getäuscht.

»Und deshalb hast du beschlossen, dich gegen den Teufel zu verschwören?«, mutmaßte ich, während ich mit den Gedanken immer noch bei der Frau meines Dads festhing. Weinte Mom – Constanzes Mom – deshalb immer, wenn sie mich zu Gesicht bekam? Nicht, weil sie das Gerücht, ich wäre eine Versagerin, glaubte, sondern weil der Angriff ihr ins Gedächtnis gerufen hatte, dass ihr Mann eine andere Frau vergöttert und mit ihr ein Kind gezeugt hatte? Wie musste es für sie sein, jeden Tag das Abbild seines Betrugs vor Augen zu haben? Bis vor Kurzem hatte ich sie für schwach gehalten. Nun würde ich sie nie wieder mit den gleichen Augen sehen können.

»Nein, natürlich nicht«, widersprach Constanze und zwang mich, meine Gedanken wieder ihr zuzuwenden. »Ich habe von Gideon erfahren, was sie vorhaben. Er war schon immer in mich verknallt und dachte wohl, er könnte mir damit imponieren. Dieser Spinner!«

Sie lachte freudlos und schüttelte den Kopf. Unter anderen Umständen hätte ich mir ein Lächeln abgerungen. Aber ich schaffte es nicht, meine Mundwinkel zu heben, egal wie sehr ich es versuchte.

»Ähm, Constanze ...«, klinkte sich Silvania in das Gespräch ein, ohne wirklich Erfolg zu haben. Meine Schwester reagierte nicht auf sie, ihre Augen fixierten meine und sie sprach weiter, als hätte Sil nichts gesagt.

»Ich hatte mir fest vorgenommen, es den Meistern zu sagen. Wirklich!« Constanze biss sich auf die Unterlippe und schloss ihre Augen. Nur kurz, als würde sie überlegen, was sie als Nächstes sagen wollte. Sie seufzte. »Aber mir wollte niemand zuhören. Also habe ich mich selbst eingeschleust und auf den richtigen Moment gewartet.«

Das klang gar nicht nach ihr. Constanze hielt sich aus Problemen raus, spielte die artige Tochter und tat, was ihr gesagt wurde. Nie verstieß sie gegen die Regeln oder brachte sich in Gefahr. Trotzdem konnte ich in ihrer Mimik nichts finden, was auf eine Lüge hindeutete.

»Valla!« Wieder versuchte Silvania unsere Aufmerksamkeit auf sich zu ziehen, während Constanze und ich uns ein Starrduell lieferten, das ich gewann.

Meine Schwester blickte zu Boden, wischte sich eine Träne aus dem Gesicht und räusperte sich. Mitleid keimte in mir auf. Wahrscheinlich war ich zu hart zu ihr. Noch vor wenigen Tagen war meine größte Sorge gewesen, was meine Mitschüler heute über mich denken würden. Und jetzt könnte es mir nicht egaler sein. Ich hatte mich geändert. Vielleicht traf das auch auf Constanze zu.

»Es tut mir wirklich leid, Valla. Alles. Ich habe dich unendlich vermisst«, murmelte sie, hob den Blick erneut und lächelte mich schüchtern an, als hätte sie Angst, ich könnte sie wegstoßen, auslachen oder auf ihren Gefühlen herumtreten.

Ihre Sorge war unbegründet, denn die Wahrheit war: Auch sie hatte mir gefehlt. Was hatte Elijah gesagt? *Eine zweite Chance.* Vielleicht war das unsere. Elijah. Der Gedanke an ihn reichte, um mir die Kehle zuzuschnüren.

»Constanze! Valla!«, schrie Silvania abermals, diesmal lauter, drängender, bis wir reagierten und uns ihr zuwandten.

»Was?«, fauchten meine Schwester und ich unisono. Eine Antwort von Sil war nicht mehr nötig. Ich sah das Problem und wünschte gleichzeitig, es würde sich in Luft auflösen. Um uns hatten sich die Höllenhunde versammelt und schlichen in Kampfstellung auf uns zu. Ihre Mäuler waren weit aufgerissen, sie knurrten und jaulten. Ein Schauer jagte über meinen Rücken und ich überlegte fieberhaft, was wir als Nächstes tun konnten.

»Die Hunde!« Silvanias Knie zitterten, während sie langsam den Rückzug antrat und sich von den Tieren entfernte. Sie schlich zu Constanze und mir, womit sie nur erreichte, dass sich die Viecher noch mehr zusammenrotten konnten, da wir weniger Angriffsfläche boten. Verdammt! Und als wäre eine Horde wildgewordener Todesmaschinen nicht genug, wurde das Licht der Fackeln dunkler, bis das Feuer erlosch. Der Geruch nach verbranntem Holz senkte sich über den Platz und ich hielt die Luft an. Das Scharren von Krallen auf dem Boden erklang. Die Hunde setzten zum Sprung an und warfen sich gegen unsere Körper. Mit voller Wucht traf mich eines der Viecher am Kopf, sodass ich Sterne sah, die meine Sicht verschleierten. Zähne rammten sich in meine Oberarme, kalter Speichel tropfte auf meinen Nacken. Ich bekam eine Gänsehaut. Überall an meinem

Körper fühlte ich Haut und Knochen der Hunde, die über mich stiegen. Ein Bein stieß in meine Seite, eine Kralle schlitzte sich durch mein Hosenbein und zerstörte die darunter liegende Haut. Ich bemühte mich, sie mithilfe meines Ellbogens wegzustoßen, und suchte verzweifelt in Elijahs Kleidung nach dem Messer. Doch er musste es irgendwo verloren haben. Eine Pfote zerquetschte meine Finger unter sich. Ich schrie auf. Schmerzhafte Stiche jagten durch meine Glieder. Ich blieb über Elijah gebeugt und beschützte seinen Körper mit meinem, bis der Schmerz übermächtig wurde und ich die Augen nicht mehr offenhalten konnte. Ich hörte Silvanias Schreie und Constanzes Fluchen, bevor alles um mich schwarz wurde.

***

»Er hat sich gut geschlagen«, murmelte der Mann mit den grau melierten Haaren, während er in den roten Steinen des Zepters die Situation beobachtete.

Seine weißen Flügel wehten sachte im Wind, ein Lächeln zierte seine Lippen, wirklich freuen konnte er sich jedoch nicht. Die beiden hatten alle Hindernisse gemeistert und waren dem Ziel näher gekommen als alle anderen vor ihnen. Nichtsdestotrotz waren sie gescheitert.

»Besser als ich damals?«, fragte der Teufel neben ihm, starrte jedoch ebenfalls auf das ohnmächtige Mädchen, dessen Körper lichterloh brannte und seine geliebten Höllenhunde in Staub verwandelte.

Er würde neue für das Fegefeuer züchten müssen, wenn er sie vor dem Aussterben bewahren wollte. Stolz keimte in ihm auf. Sie war stark. Eine geborene Anführerin.

»Um Welten besser ...« Der Mann hielt inne, warf Septer einen interessierten Blick zu und lachte, als der Diener des Teufels scheu wegsah.

Septer war es nicht gewohnt, Besucher aus dem Himmel zu empfangen, schon gar nicht Gott höchstpersönlich. Es machte ihm Angst. So wie die Leere in der Halle. Noch nie war es hier so still gewesen. Nirgendwo schrie eine gequälte Seele, niemand bettelte um sein Leben. Sogar die Ketten und Folterinstrumente waren entfernt worden.

»Elijah erinnert mich an dich. Du warst auch so. Ungestüm, stur«, riss Gott das Wort wieder an sich und betrachtete seinen Sohn von der Seite, der entspannt auf dem Stuhl saß. Ebenfalls ein ungewohntes Bild.

»Leichtsinnig, impulsiv, arrogant – diese Liste könnte ich bis in alle Ewigkeit weiterführen, aber dafür fehlt uns die Zeit. Bald wird sie zu sich kommen und, bis dahin sollten wir eine Entscheidung treffen«, unterbrach der Teufel den Gedankengang des Schöpfers.

Er strich mit der Hand über die Rubine und setzte ein bedauerndes Lächeln auf. Septer konnte ein überraschtes Keuchen nicht unterdrücken. Sein Meister wirkte traurig. Aber war es nicht das, was Septer prophezeit hatte, als er den Teufel wiederholt gebeten hatte, sich einzumischen? Auch in ihm regte sich eine seltsame Nostalgie, die er nicht beschreiben konnte. Er hatte wirklich gehofft, Elijah und Valla würden überleben. Jahrelang hatte er sie beobachtet, jeden ihrer Schritte verfolgt. Sie hätten es verdient, zu leben. Nichtsdestotrotz fühlte sich Septer genauso geehrt wie bekümmert. Es war eine Ehre für ihn, im gleichen Raum sein zu dürfen wie der Teufel und Gott, an ihrem Gespräch teilhaben zu dürfen, obgleich er sich nicht traute, etwas zu sagen, und lieber den Stimmen der beiden lauschte.

»Ich stimme dir zu.« Der Schöpfer nickte wohlwollend und fuhr sich mit den Fingern, an denen große Goldringe steckten, durchs Haar. Eine Falte bildete sich auf seiner Stirn und er zog nachdenklich die Augenbrauen zusammen. »Du hast dich verändert, mein Sohn.«

»Nicht gänzlich.« Der Teufel schnaubte, was Septer zusammenzucken ließ.

Sein Meister erhob sich, überreichte Gott das Zepter und ging mit den Händen hinter dem Rücken verschränkt auf Septer zu. Elegant wie ein Panther durchquerte der Teufel den Raum und stoppte vor seinem Diener. Der Herrscher der Hölle würdigte ihn keines Blickes, stattdessen bestaunte er das Porträt, das über dessen Kopf an der Wand hing. Es zeigte den Teufel, kurz nachdem er die Hölle übernommen hatte. Viele Jahre waren seitdem ins Land gezogen.

»Inwiefern?« Interessiert sah Gott seinem Sohn nach und musterte mit einem gütigen Lächeln das Bild. Es stimmte ihn traurig. So lange kämpften sie bereits gegeneinander und doch schien es kein Ende nehmen zu wollen.

»Ich will immer noch mit dem Kopf durch die Wand«, antwortete der Teufel, drehte sich zu Gott und legte den Kopf schief, als würden sich seine Gedanken durch die Bewegung wie von selbst ordnen.

»Das Unmögliche möglich machen.« Der Ton Gottes hatte eine feierliche Färbung angenommen. »Wieso?«

»Sie sind die Richtigen für diese Aufgabe. Die beiden können es schaffen, das Gleichgewicht zwischen dem Himmel, der Hölle und der Menschenwelt zu bringen.«

Der Teufel stierte auf das Zepter in Gottes Hand und betrachtete in den roten Edelsteinen das Mädchen, dessen Atmung erneut einsetzte. Ihr Brustkorb hob und senkte sich. Die Flammen, die sie umgeben hatten, waren verschwunden. Die Überreste der Hunde schwebten wie Rauch durch die Lüfte. Asche fiel wie Schnee vom Himmel auf sie herab und bedeckte das ineinander verschlungene Paar unter sich. Ein schöner, wenn auch grausamer Anblick.

»Daran zweifle ich nicht. Aber wir wissen, dass es nicht einfach für die beiden wird«, gab Gott zu bedenken und setzte sich auf den Stuhl seines Sohnes. Es war ein Zeichen, eine symbolische Geste, auch wenn niemand es aussprach. Sie waren eins. Niemand stand über dem anderen. »Wir könnten auch warten, bis sie aufwacht, und zusehen, wie sie an ihrer verflossenen Liebe stirbt. In mehreren Jahren werden bestimmt neue Paare geboren, die Anspruch auf die Hölle und den Himmel haben. Weshalb sollten wir also den beiden das Zepter überlassen?«

»Ich werde keine Kinder mehr bekommen«, begann der Meister nachdrücklich, sodass Septer aufgrund der Intensität eine Gänsehaut bekam. »Und ich werde mich zur Ruhe setzen. Ob du das gutheißt oder nicht. Elijah soll meinen Platz übernehmen. Ich hatte lange genug diese Aufgabe inne. Jahrhundertelang habe ich für meine Fehler gebüßt.«

Der Teufel pausierte. Die düstere Stimmung ließ Septer schlucken und er fragte sich, ob er nicht lieber den Raum verlassen sollte. Doch ein Blick seines Masters genügte, damit er seine Schultern straffte und die Wirbelsäule durchdrückte. Er war der Diener des Teufels. Schwäche konnte er sich nicht erlauben.

»Alles muss irgendwann ein Ende haben«, sprach der Teufel weiter und ignorierte das Starren des Schöpfers. »Meine Strafe war für mich vorgesehen, aber die gesamte Hölle leidet unter der Spaltung zwischen Engeln, Dämonen und Teufelsanwärtern.«

»Das ist dein letztes Wort?« Verblüfft weiteten sich die Augen Gottes und seine Lippen verzogen sich zu einem schmalen Strich. Er drehte das Zepter unbewusst in der Hand und zog damit Septers Aufmerksamkeit auf das Bild der Liebenden. Das Mädchen, *Nein! Valla,* verbesserte er sich. Vallas Augenlider zuckten unkontrolliert. Ihre Hand, die sich im Shirt des Teufelssohns vergraben hatte, spannte sich an und drückte den Stoff fester. Sie würde bald aufwachen, daran hatte Septer keinen Zweifel.

»Überrascht?« Der Teufel stutzte. Seine Stimme schnellte eine Oktave in die Höhe und er sah dem Schöpfer verwundert entgegen, als könnte er nicht glauben, dass er den Herrscher über Raum und Zeit überraschen konnte.

»Gewiss. Trotz allem war dir meine Meinung immer wichtig. Dass du dich nun für Elijah entschieden hast, ohne mit mir Rücksprache gehalten zu haben, erstaunt mich«, gab der Göttervater zu und das Lächeln in seinem Gesicht vertiefte sich, obwohl die Sorgenfalte über seiner Nase nicht vergehen wollte.

Aber vielleicht musste sie das gar nicht. Septer hatte viele Eltern kennengelernt und keiner von ihnen hatte je aufgehört, sich um seine Kinder zu sorgen. Auch wenn der Teufel bestimmt nicht mehr darauf angewiesen war, hatte Gott niemals gestoppt, sich um ihn Gedanken zu machen. Egal, was er sich in der Vergangenheit geleistet hatte. Septer konnte das Zucken seiner Mundwinkel nicht unterdrücken.

»Es ist vernünftig, auf andere zu hören, aber für sein Leben kann man nur selbst die Entscheidung treffen. Ich will nicht mehr. Und die beiden passen perfekt zusammen.« Zärtlich besah der Teufel Valla, die sich regte. Ihre Lider flatterten und auch ihre Gefährtinnen erwachten langsam aus der Starre. »Tu nicht so, als würdest du das nicht sehen. Du hast dich doch ebenfalls für sie entschieden.«

»Woher willst du das wissen?«, konterte Gott mit einer Gegenfrage und hob fragend eine Augenbraue. Er starrte ebenfalls in den Rubin. Die Zeit lief ihnen davon.

»Weil ich den Dämonenstein nicht manipuliert habe, damit er Valla zu Elijahs Beschützerin macht. Ich hatte eine andere Aufgabe für sie.« Das Lachen des Teufels hallte von den Wänden wider und legte sich wie Balsam über Septers Seele. Er hatte seinen Master nie so gelöst gesehen, so glücklich.

»Ein wenig darf man das Schicksal unterstützen, oder nicht?« Gott stimmte in das Lachen seines Sohnes ein und ohne dass es jemand sagte, war die Entscheidung gefallen.

»Es wird Zeit, Vater!«, drängte der Teufel, ehe er Gott das Zepter abnahm. Er schwang es, sodass es durch die Luft sauste.

In Zeitlupe konnte Septer beobachten, wie sich die Situation in den Edelsteinen veränderte. Die klaffende Wunde an Vallas Schenkel schloss sich. Das Blut verschwand. Die Zähne, die im Fleisch steckten, fielen heraus, als würde jemand dagegen drücken. Faser um Faser fügte sich zusammen, bis sich eine Hautschicht darüber bilden konnte. Dasselbe passierte bei der Verletzung an ihrer Schulter, allerdings mit dem Unterschied, dass es mehrmals knackste, als das ausgerenkte Gelenk wieder an seinen Ursprungsort zurücksprang.

»Du hast Recht, das wird es. Aber nur aus Interesse: Was wäre ursprünglich dein Plan für das Mädchen gewesen?«, erkundigte Gott sich, stand auf und legte seine Hand über die Finger seines Sohnes.

Immer schneller und schneller schlossen sich die Wunden, bis selbst der kleine Kratzer auf Vallas Wange verschwunden war. Valla war jedoch nicht die Einzige, auch die Verletzungen ihrer Gefährtinnen zogen sich zusammen, bis sie ihre Augen aufrissen. Schweratmend sahen die beiden gen Himmel, sodass ihnen das Wunder verborgen blieb, das sich neben ihnen abspielte.

Elijahs Arterien fügten sich ebenfalls zusammen, seine Gedärme wurden erneut mit Blut versorgt. Das Blut auf seiner Brust gelangte zurück in seinen Körper, um den Blutverlust auszugleichen. Die Bisswunden schlossen sich, ohne Narben zu hinterlassen. Sein Herzschlag setzte wieder ein, gefolgt von seiner Atmung. Und in dem Augenblick, in dem Valla ihre Augen öffnete, schlug Elijah seine ebenfalls auf.

Septer lächelte. Jetzt war alles gut.

***

Wie von selbst füllten sich die Lungen mit Sauerstoff und mein Brustkorb hob sich, während ich meine verklebten Lider auseinanderzog und mich aufrichtete. Mein Rücken schmerzte, die Wirbelsäule protestierte bei jeder Bewegung und ich stöhnte, als ich meinen Kopf drehte, um zu Silvania und Constanze zu sehen. Die beiden hatten sich aufgesetzt und blickten mich an, als könnte ich ihnen sagen, was passiert war. Das hatte allerdings Zeit, Elijah nicht. In der Angst, es wäre nur ein Traum gewesen, griff ich an seinen Hals. Eine Zeit lang passierte gar nichts, dann, kaum zu fühlen, war da das Schlagen seines Herzens. Er hatte einen Puls.

Ein Schluchzen schlüpfte aus meiner Kehle und schon wieder liefen mir an diesem Tag Tränen übers Gesicht. Diesmal schämte ich mich nicht für sie. Er lebte! Ich hätte vor Freude springen, singen und schreien können. Aber es reichte mir, einfach hier zu sitzen und ihm in die Augen zu sehen, die sich endlich geöffnet hatten. Warme Flammen tanzten in den rötlichen Iriden und lösten in mir das Gefühl der Wärme aus, das ich schmerzlich vermisst hatte.

»Alles gut?« Seine Stimme glich einem Krächzen, während er die Hand hob und an meine Wange führte. Seine Fingerkuppen waren eiskalt und bildeten einen starken Kontrast zu meinen heißen Tränen, doch es störte mich nicht. Das Gegenteil war der Fall. Ich lehnte mich den Fingern entgegen. Es war, als würde ich jede seiner Berührungen ersehnen.

»Du warst tot!«, wimmerte ich, erhob mich und half Elijah anschließend auf die Beine.

Er zitterte und schwankte leicht, sodass er sich auf mich stützen musste. Nach einigen Augenblicken waren die Anfängerschwierigkeiten jedoch überwunden und er konnte ohne Hilfe vor mir stehen. Trotzdem ließ er meine Hände nicht los.

»Aber jetzt bin ich es nicht mehr«, raunte Elijah, zog mich näher an sich und legte einen Arm um meine Taille. »Ich liebe dich, Valla«, sagte er und drückte die Lippen ohne Vorwarnung auf meinen Mund.

Sein Geruch umfing mich, sein Geschmack nahm mich ein und mein Denken hörte auf. Stromschläge fuhren durch meinen Körper und ich presste mich an ihn, um noch mehr fühlen zu können. Es war, als müsste ich mich weiterhin davon überzeugen, dass er lebte.

»Ich liebe dich auch«, stöhnte ich zwischen zwei Küssen und legte die Arme um seinen Hals.

Elijah leckte über meine Unterlippe und ich öffnete den Mund einen Spalt breit, um seine Zunge willkommen zu heißen. Ich hatte den Himmel nie von Nahem gesehen, aber ich war mir sicher, dass er nicht schöner hätte sein können. Sicher, es war nicht alles perfekt. Mir war weiterhin schweinekalt und wir hatten noch den Rückweg zur Akademie vor uns, aber mich beschlich das Gefühl, dass es einfacher als die Suche nach Silvania werden würde.

Viel einfacher.

Ich lachte, küsste Elijah ein letztes Mal und lehnte anschließend meine Stirn an seine. Wir würden es schaffen.

Gemeinsam.

Welches Paar konnte schließlich sonst von sich behaupten, dass es göttlichen Beistand und den Segen des Teufels hatte?

Epilog

Valla

Ein Jahr später …

»Verdammt, Constanze! Beeil dich! Wir kommen noch zu spät«, rief ich meiner Schwester zu, die in einem Kleiderhaufen stand und unentwegt behauptete, sie hätte nichts anzuziehen.

Obwohl ich auf keinen Fall den Anfang der Feier verpassen wollte – schließlich handelte es sich um Elijahs Geburtstagsparty –, konnte ich mir ein Grinsen nicht verkneifen. Das Verhältnis zwischen mir und Constanze hatte sich verändert. Wie ich es mir gedacht hatte, waren wir damals wirklich spielend aus dem Fegefeuer gekommen. Danach war alles Schlag auf Schlag gegangen und irgendwie hatte Constanze die Hysterie genutzt, um sich an mich und Sil zu hängen. Egal wo wir waren, sie war auch da. Irgendwann gehörte sie einfach dazu, als wären wir immer schon zu dritt gewesen. Selbst als mein Ruf wiederhergestellt wurde, nachdem sich verbreitet hatte, dass ich mutig genug gewesen war, das Fegefeuer zu durchqueren, blieb sie an uns kleben und schickte ihre früheren Freunde in die Wüste.

»Ist es meine Schuld, dass sich Silvania dreimal umziehen musste? Sie ist schon verheiratet. Wieso muss sie sich schön machen? Nik ist auch von ihr beeindruckt, wenn sie einen Kartoffelsack trägt.« Lachend hob Constanze das nächste Kleid auf und hielt es sich vor den Körper.

Auch Sil kicherte, griff aber automatisch an den filigranen Ring, der an ihrem Zeigefinger steckte. Vor über einem Monat hatte die Hochzeit stattgefunden, doch Silvania strahlte immer noch wie in dem Moment, als sie Nik gegenüberstand und *»Für immer«* gehaucht hatte. Sie war glücklich und ich freute mich unheimlich für sie. Nach all der Angst hatte sie jemanden verdient, der sich um sie sorgte. Dass Nik für sie sterben würde, hatte er bewiesen: Er wäre für sie ins Fegefeuer gegangen. Wer würde sich so einen Mann nicht wünschen?

»Und das ist deine Entschuldigung dafür, dass du noch in Unterwäsche hier herumstehst?« Auch ich konnte mein Lachen nicht mehr zurückhalten, während ich meiner Schwester half, ein passendes Outfit zu finden.

Wieso musste sie ausgerechnet für den Geburtstag meines festen Freundes ein Date ausmachen? Böse konnte ich ihr deshalb allerdings nicht sein. Immerhin war ich schuld, dass sie den Typen kennengelernt hatte. Nach unserem Ausflug im Fegefeuer hatten Elijah und ich beschlossen, dass wir noch ein paar Jahre Normalität genießen und uns in unsere Aufgaben einarbeiten wollten. Unsere Freunde hatten uns bei dieser Entscheidung tatkräftig unterstützt und die Klappe gehalten. Das Wort *Teufelssohn* oder *Engelstochter* war niemandem über die Lippen gekommen.

Natürlich nahmen wir unsere Position trotzdem ernst. Tagsüber besuchten wir als normale Schüler die Akademie und nachts arbeiteten wir an Verträgen zwischen dem Himmel und der Hölle. Das Versteckspiel war anfangs anstrengend und zermürbend gewesen. Nicht nur für uns. Auch unsere Freunde hatten hart daran zu knabbern. Vor ein paar Monaten reichte uns die

Bürokratie dann nicht mehr. Die theoretischen Ansätze waren gut, aber wir wollten mehr, also schmissen wir eine Party. Mit Dämonen, Teufelsanwärtern *und* Engeln. Es war ein Desaster. Aber nach der fünften oder sechsten Fete und genug Alkohol, um alle Menschen an Leberzirrhose sterben zu lassen, hatten wir es geschafft, zivilisiert miteinander umzugehen.

Auf einer dieser Partys hatte Constanze Emphriel kennengelernt. Tja, als sie miteinander im Bett gelandet waren, wussten sie nicht, welche Rasse der jeweils andere angehörte, aber spätestens am nächsten Morgen war es ihnen klar. Nichtsdestotrotz wollten sie sich eine Chance geben. Elijah und ich hielten das für ein gutes Zeichen. Hoffentlich würden sie das erste Paar von vielen werden.

»Ich musste ihr helfen«, beklagte sich meine Schwester, zog sich aber endlich ein schwarzes Kleid über, bevor sie nach passenden Schuhen suchte.

Ich verdrehte die Augen. So würden wir nie hier wegkommen.

»Ich hätte das auch allein geschafft«, entgegnete Sil, warf Constanze dunkle Pumps zu und öffnete die Tür, nachdem es geklopft hatte.

»Ihr seid immer noch da? Ihr werdet noch zu spät kommen, wenn ihr nicht bald losfahrt.«

Mom. Sanft lächelte ich ihr entgegen und erntete einen liebevollen Blick. Während das Verhältnis zu meiner Schwester sich im letzten Jahr verbessert hatte, waren meine Eltern eine ganz andere Baustelle. Dad und ich redeten kaum miteinander, seit ich ihm eröffnet hatte, dass ich von seiner Affäre mit einem Engel wusste. Ob er es tat, weil er sich schämte oder weil er nicht wusste, was er sagen sollte, war mir nicht klar. Es machte auch keinen

Unterschied. Mom hingegen war wochenlang um mich herumgeschlichen, obwohl ich ihr nie erzählt hatte, wie viel ich wusste. Vermutlich hatte Dad es ihr gesagt. Irgendwann war es nicht mehr auszuhalten gewesen. Zu lange hatte ich mich in meinem Zuhause wie eine Fremde gefühlt. Und das war nicht mehr akzeptabel. Ich hatte sie direkt gefragt, ob sie nicht mehr meine Mom sein wollte, obwohl sie das immer gewesen war. Schockiert hatte sie mich angesehen, aber nicht geweint. Seitdem hatte sie eigentlich gar keine Tränen mehr vergossen. Wahrscheinlich war mein Unwille, mehr über meine biologische Mutter herauszufinden, hilfreich gewesen, damit wir uns wieder angenähert hatten.

»Danke für den Hinweis, Mom«, sagte ich grinsend und drängte Constanze, endlich fertig zu werden. »Können wir jetzt los?«

Ich trat meine Schwester beinahe in den Wagen, der uns zu Elijah bringen sollte, und starrte die Fahrt über auf meine Hände. Auch wenn ich Elijah heute Morgen zuletzt gesehen hatte, vermisste ich ihn bereits. Hibbelig rutschte ich auf dem Sitz hin und her und erinnerte mich an die Absprache, die wir in der Früh getroffen hatten. An seinem nächsten Geburtstag würde er die Hölle und ich den Himmel übernehmen und diese von dem Moment an leiten. Ab jetzt war es noch ein Jahr, bevor wir allen eröffnen mussten, wer wir waren. Obwohl ich mich nicht dafür schämte, ängstigte mich diese Vorstellung.

Ehe ich weiter darüber nachdenken konnte, wurde ich aus dem Auto bugsiert und über den Gehweg geschleift. Von Weitem war bereits der Lärm zu hören und hunderte Lichter zu sehen, die bei jedem Epileptiker zu einem Anfall geführt hätten.

Im Inneren des Hauses kam noch der Gestank nach Alkohol, Parfüm und stickiger Luft dazu. Ich störte mich nicht daran, als ich den Gastgeber erblickte. Auf einer Tischkante sitzend starrte er auf die Eingangstür, sprang jedoch auf, als er mich sah. Seine Lippen verzogen sich zu einem Lächeln und in seinen Augen loderte das Höllenfeuer. Innerlich dankte ich Sil, dass sie mich zu dem dunkelblauen Kleid mit der Tattoospitze am Rücken überredet hatte.

»Du siehst umwerfend aus«, schrie er mir über die Musik hinweg zu und verkleinerte die Distanz zwischen uns, bis er vor mir stand. »Alkohol ist da hinten bei Nik. Und Constanze, Emphriel hat schon nach dir gefragt«, wandte er sich an meine Begleiterinnen, von denen nur noch eine Staubwolke übrig blieb, nachdem Elijah seinen Satz beendet hatte.

Lachend legte ich meine Arme um Elijahs Hals, schmiegte mich an seinen Brustkorb und genoss das Geräusch des schlagenden Herzens.

»Ich hoffe, du bist nicht gekommen, um lange zu bleiben?«, brummte Elijah und drückte einen Kuss auf meinen Haaransatz. »Mir fallen schönere Dinge ein, mit denen ich meinen Geburtstag verbringen möchte.«

Ich seufzte wohlig, bevor ich zu ihm aufsah und die Lippen spitzte. Elijah folgte meiner stummen Aufforderung, verstärkte den Griff um meine Hüfte und keuchte angetan.

»Ach, du willst dich nicht tanzend an schweißnasse Körper schmiegen?«, witzelte ich, als wir den Kuss lösten. Auch ich konnte gut auf die feiernde Masse um uns verzichten. Die anderen waren laut, brüllten und der Bass dröhnte zusätzlich in meinen Ohren. Dabei wollte ich nur eins: mit Elijah allein sein.

»Zufällig nicht.« Elijahs Augen verdunkelten sich, gierig drückte er seinen Mund erneut auf meinen, bis ich kaum noch Luft bekam und er sich notgedrungen von mir lösen musste. »Aber das, was mir vorschwebt, hat auch mit feuchten Körpern zu tun. Und einem Bett.«

Seine Worte beschleunigten meinen Puls. Mir wurde heiß und ein angenehmer Schauer jagte mir über den Rücken. Instinktiv drückte ich meine Hüfte der seinen entgegen und unterdrückte ein Stöhnen.

»Du hast Gäste. Sie sind nur deinetwegen hier.« Ich gab mir Mühe, vernünftig zu sein, aber der rosarote Nebel, der mein Gehirn verschleierte, machte es mir unmöglich, standhaft zu bleiben.

Elijahs Hände fuhren über meinen Hintern, massierten ihn, während seine Lippen meinen Hals liebkosten.

»Ja, Nik und Sil machen den Eindruck, als würden sie im Moment meiner Abwesenheit sterben«, knurrte er in mein Ohr.

In dem Augenblick, in dem seine Zunge meine Ohrmuschel entlangstrich, wusste ich, dass ich verloren hatte. Kichernd folgte ich Elijah in sein Zimmer und dachte, während ich die Tür absperrte, dass mein Leben schön war. Einmalig. Zu kostbar, um andere darüber bestimmen zu lassen.

Eiskalte Liebe

von Lisa Lamp

»Nikolai Ferres ist und bleibt ein Idiot!« Es ist kein ungewöhnlicher Satz aus dem Mund Leandras, die mit dem beliebtesten Jungen der Schule regelmäßig aneinandergerät. Sie scheinen es beide zu genießen, sich mit Worten zu zerfleischen. Allein Leas kleine Schwester Lilly behauptet, Nik würde zu Leandra passen. Momente, in denen die Siebzehnjährige an der Zurechnungsfähigkeit ihrer einzigen noch lebenden Verwandten zweifelt.

Eines Tages gibt es einen Zwischenfall in der Mädchenumkleide. Leandra lässt vor Wut ein paar Duschköpfe explodieren, was besonders sie selbst schockt. Um die Katastrophe perfekt zu machen, wird Lilly von seltsamen Wesen mit glühenden Augen entführt. Ausgerechnet Nikolai Ferres eilt Leandra zu Hilfe. Er scheint mehr von Lea und ihrer Familie zu wissen. Was verheimlicht er? Und was wollen diese Wesen von Lilly?

DerFuchs-Verlag

www.DerFuchs-Verlag.de
info@DerFuchs-Verlag.de

Auch auf Facebook:
https://www.facebook.com/DerFuchsVerlag

WEITERE BÜCHER AUS DEM VERLAGSSORTIMENT!

Verliebt in einen Wolf – Sam und Moe

von Pat Grace & Sabrina Georgia

Das Leben als Teenager ist im Grunde schon kompliziert genug. Davon kann Moritz Landvogt ein Lied singen. Von den Eltern zu einer Therapie gezwungen, schlägt er sich mehr oder weniger durch sein chaotisches Leben. Neben der Schule, die in Bezug auf das Verstecken vor seinen Mitschülern alles von ihm abverlangt, kommt ihm auf einmal auch noch einer der Nachbarn in die Quere. Samuel Johnsan hat seine eigene Firma, ist erfolgreich, trägt teure Klamotten und ist allgemein ziemlich selten allein in seinem Schlafzimmer. Ein Mann, dem es an nichts fehlt.

Während Moritz, der lieber Moe genannt wird, mehr damit beschäftigt ist, seine Flucht aus dem Elternhaus zu planen, spielt der Nachbar eine immer größere Rolle. Er könnte ihm helfen, alles hinter sich zu lassen. Wenn da nicht die ein oder andere Sache wäre ...

Von Tag zu Tag häufen sich die Tierangriffe, lassen die Gegend gefährlich werden. Was hat der Nachbar damit zu tun und wieso entwickelt er so großes Interesse an dem jungen Mann mit den langen schwarzen Locken?

Snowania

von Katrin Matzat

Die siebzehnjährige Internatsschülerin Jordan führt ein recht ereignisloses Leben. Zumindest, bis sie eines Nachts von einem Mann träumt, der sie umbringen will. Bald darauf wird ihr klar, dass es sich nicht nur um bloße Hirngespinste handelt, sondern um furchteinflößende Realität.

Der Fremde hält sie für die prophezeite Auserwählte eines Landes, an dessen Existenz sie nicht einmal im Traum geglaubt hätte: Snowania.

Jordan erfährt, dass Snowania nur allzu real ist und sie der Schreckensherrschaft des Tyrannen Sarganok ein Ende setzen soll.

Eine abenteuerliche Reise durch die eisige Welt Snowanias beginnt ...

Remembering Love

von Juna Dee

Nach dem Tod ihrer Großmutter erhält Zoe vom Notar einen versiegelten Brief, in dem Koordinaten genannt werden.

Zusammen mit ihrem Mann Christian beginnt sie die geheimnisvolle Reise. Überall begegnen ihnen Menschen, die ihnen erneut Briefe übergeben. Im Laufe der Zeit erfahren sie so eine Menge über die Person, die einst in Zoes Leben eine wichtige Rolle gespielt hatte. Als dann plötzlich noch persönliche Notizen auftauchen, treten sie vollkommen in die vergangene Welt ihrer Großmutter ein. Jeder kennt die Liebe, die Hoffnung. Was ist aber, wenn man den Fußspuren eines geliebten Menschen so nah folgen kann, als wären es die eigenen? Was werden Zoe und Christian noch auf ihrer Reise erleben? Sind die Orte auch für sie etwas Magisches?